마법의 숙제

Messieurs les enfants

by Daniel Pennac

Copyright ⓒ Editions Gallimard 1997
Korean Translation Copyright ⓒ MUNHAKDONGNE Publishing Corp., 2000
All Rights Reserved.

This Korean edition is published by arrangement with Editions Gallimard
through Sybille Books Literary Agency Co., Seoul.

이 도서의 국립중앙도서관 출판시도서목록(CIP)은
e-CIP 홈페이지(http://www.nl.go.kr/cip.php)에서 이용하실 수 있습니다.
(CIP제어번호: CIP2004000073)

마법의 숙제

다니엘 페낙 장편소설

신미경 옮김

문학동네

내가 이 소설을 쓰는 동안 같은 스토리로 영화를 만든
친구 피에르 부트롱에게.

내가 그의 영화를 보게 되는 날 그 친구도 내 소설을 읽게 될 것이다.
그게 바로 우리 게임의 법칙이었다.

섬세한 뉘앙스의 제목을 귀신처럼 찾아내는 니콜라 두테와
무자비한 이야기꾼 로제 그르니에에게 고마운 마음을 전한다.

그날이 그날인 날들을 꼭 살아야 할까.

—크리스티앙 무니에

차례

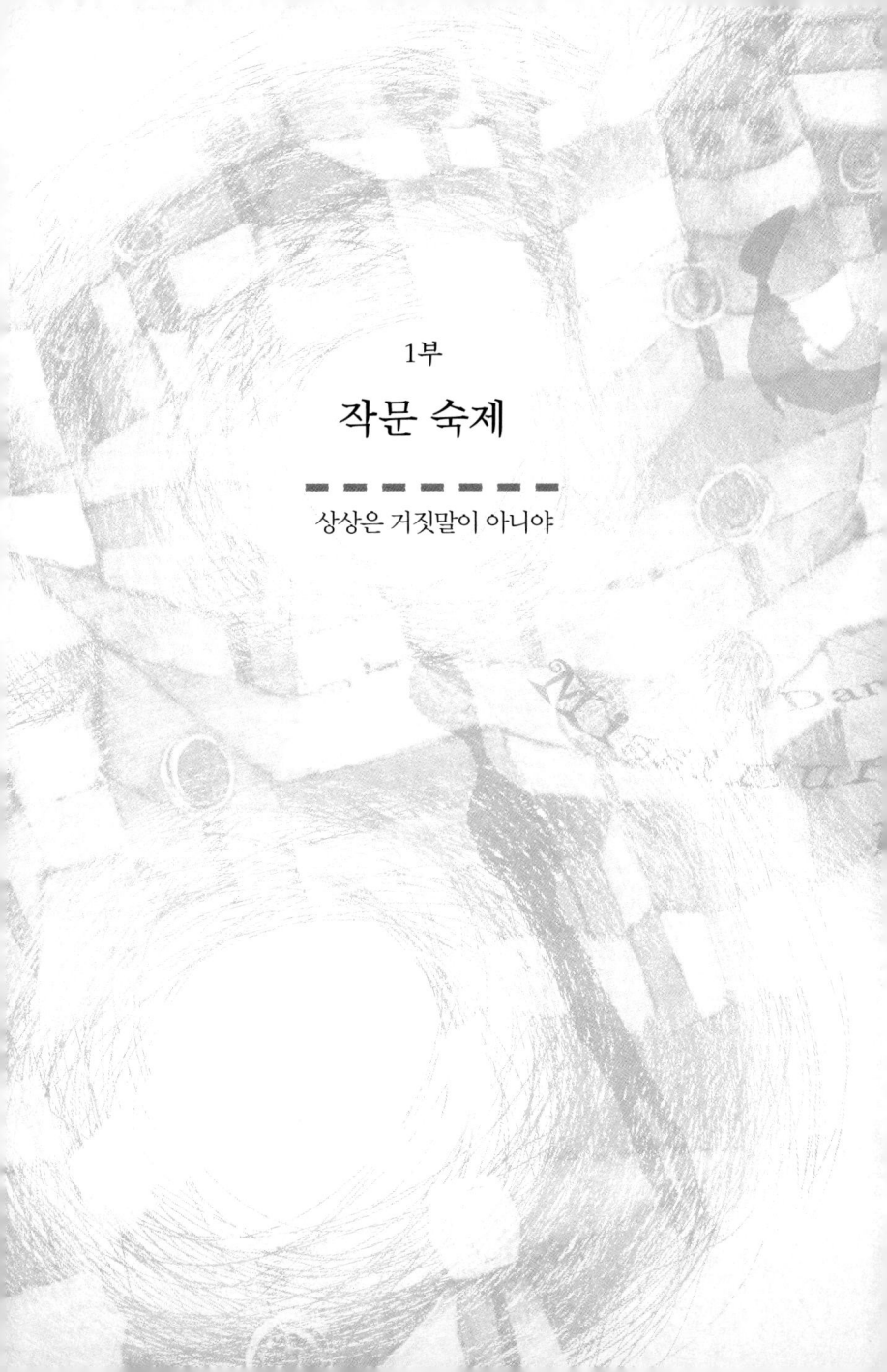

1부

작문 숙제

상상은 거짓말이 아니야

1

"상상은 거짓말이 아니에요!"

크래스탱 선생은 목소리를 높이지도 않고 울부짖었다.

"상상한다는 건 거짓말을 하는 게 아니에요!"

그의 손가방은 학생들이 제출했던 작문 숙제를 책상 위로 토해내고 있었다.

"일부러 이렇게 쓴 겁니까?"

완전히 돌아버리지 않고서야 누가 일부러 그렇게 쓰겠는가.

"도대체 몇 번이나 설명해야 알아듣겠어요?"

지난 삼십 년 동안 그의 반 학생들은 서른 번 바뀌었다. 어떤 학생들은 크래스탱 선생이 처음 가르쳤던 학생들의 아이들이고, 지금은 또 그들의 손자들이 생겨나고 있다. 그런데도 크래스탱 선생의 입에서 튀어나오는 말들은 도무지 변한 게 없다.

"상상은 거짓말이 아니에요!"

크래스탱 선생은 늙지도 않았다. 애타게 청춘을 그리워하며 축 처져가는 살이나, 현실적이 된다는 미명 아래 바싹 메말라가는 정서, 늙는다고 말할 때 흔히 거론되는 그런 노쇠 증상은 그에게서는 찾아보려야 찾아볼 수 없다. 애초부터 나이 같은 건 먹지 않는 사람인 것처럼 세월이 흘러도 크래스탱은 언제나 그 모습 그대로였다. 그가 시간을 초월하는 영원불멸의 존재일지도 모른다는 이 사실이, 한 세대 앞서 그를 거쳐갔던 학생들을 가장 섬찟하게 했을 것이다.

"저 선생님, 몇 살이나 먹었을 것 같아?"

학생들은 묻곤 했다.

좋은 질문이다. 오래 전부터 자기 반 학생들을 소금 인형처럼 굳어버리게 하는 녹슬지도 않는 이 선생, 그는 도대체 몇 살이나 먹은 걸까?

아이들은 그가 언제 교실에 들어오는지 알 수가 없다. 그저 선생님이 오기를 기다릴 뿐이다. 그러다 문득 고개를 들어보면 어느새 크래스탱 선생은 교단에 서 있다. 늘 똑같은 양복, 볼펜 꼭지에서 흘러나온 보랏빛 얼룩, 반창고로 친친 감아맨 오른쪽 안경테…… 핏기 하나 없는 그의 얼굴은, 우스꽝스런 캐리커처처럼 겨우 그 윤곽만을 알아볼 수 있을 뿐이다.

"상상은 거짓말이 아니에요!"

아! 분필을 세워 칠판을 빠르게 긁어내리는 듯한 저 소름끼치는 목소리……

그의 낡은 손가방이 책상 위로 한 무더기의 작문 숙제를 쏟아냈다.

"일부러 이렇게 쓴 겁니까?"

이번에도 그는 평소처럼 손이 가는 대로 작문 하나를 골라냈다.

"퐁탕주 양!"

호명되지 않은 다른 학생들이 내쉬는 안도의 한숨 소리! 이제 반은 죽은 거나 다름없는 퐁탕주가 얼마나 놀랐을지는 말할 필요도 없다.

"그래요, 퐁탕주 양 말이에요……"

나는 나이 지긋한 중년의 교육자가, 유년의 무게를 두 다리로 겨우 버티고 있는 12년 하고 3개월 된 쪼끄마한 아이를 어떻게 성(姓)으로 부를 수 있는지 늘 궁금했다…… 어디 한번 진지하게 생각해보자구요. 나이를 먹을 만큼 먹은 여자 혹은 남자가 매일 아침 자리에서 일어나, 구석구석 이빨을 닦고 가슴이 얼마나 처졌는지, 목덜미가 얼마나 늘어졌는지 확인한 후, 세무서에서 보낸 편지를 뜯어보다가 이해할 수 없는 협박이 담긴 횡설수설하는 행정 문구에 어리둥절해하면서 내일 답장을 하기로 결심하고, 교사용 책가방을 움켜쥔 채 마지막 남은 빵조각을 입에 물고 지하철 속으로 기어들어간 뒤, 삼십 분쯤 지나서 12년 하고 3개월 된 계집아이를 째려보면서 한다는 소리가,

"퐁탕주 양, 대답해보세요."

크래스탱 선생은 글짓기 숙제가 걸레쪽이라도 되는 듯이 손가락 끝으로 잡고 말했다.

"어디 한번 얘기해보라니까요. 할머니가 낳은 아이가 어떻게 해서 그 할머니 딸의 언니가 되고, 또 그 언니가 어떻게 그 할머니의 엄마의 엄마가 되는 거지요?"

웃는 사람은 아무도 없었다.

"어서 얘기해보라니까요, 퐁탕주 양. 내 귀에는 아무 소리도 안 들리는군요."

계집아이는 마침내 우물거리며 말했다.

"신문에서……"

신문에서라니. 퐁탕주는 어떤 일이 있어도 해서는 안 될 말을 했다(하지만 그게 아니면 무슨 말을 한단 말인가?).

"아아, 그래요! 이상적인 가정생활을 상상해보랬더니 신문을 베꼈다 이 말이지요?"

'이상적인 가정생활을 상상해보시오.' 이것이 작문 숙제의 주

제였다. 크래스탱 선생은 언제나 가족이나 어린 시절에 관한 것만 작문 주제로 내주었다. 이 점은 널리 알려지다 못해 하나의 전설이 되어버린 크래스탱 선생의 괴벽 가운데 하나였다.

"신문이라고, 퐁탕주 양……"

하얗게 질려 있던 크래스탱의 분노가 드디어 폭발했다.

"진실이란 신문에서 찾을 수 있는 게 아니에요! 텔레비전에 나오는 것도 아니고요! 그렇다고 주변 사람들이 떠드는 이야기 속에 있는 것도 아니에요!"

그것은 크래스탱의 골수에까지 박혀 있는 교육철학이었다.

"진실은 누가 가져다주는 게 아니에요! 편지처럼 우체통에 배달되는 게 아니란 말이에요!"

칠판을 긁어대는 듯한 소름끼치는 목소리가 교실에 쩌렁쩌렁 울려퍼졌다.

"진실이란, 자신에게 할당된 몫을 분배받듯 그냥 주어지는 게 아니에요! 자기 스스로 정복하는 거란 말입니다!"

삼십 년 전, 우리들에게 귀가 닳도록 했던 얘기와 토씨 하나 틀리지 않고 똑같다. 옳은 소리다. 그렇지만 당시 어린아이였던 우리가 어떻게 그것을 이해할 수 있었겠는가? 지금도 마찬가지다. 아직 세상만사를 잘 모르는 학생들에게 그것은 손에 닿지 않는 까마득한 진실에 불과했다.

"다음, 그라시앙 군!"

그라시앙이 소처럼 눈을 끔벅거리며 천천히 고개를 들었다.

"학생 글짓기는 가족이라는 것과는 아무 상관 없는 소리만 늘어놓고 있군요! 도대체 말도 되지 않는 소리예요! 학생은 아무거나 끄적거린 거라구요!"

그라시앙은 졸린 듯 여전히 소처럼 눈만 끔벅거리고 있다.

"그렇게 멍청한 얼굴 하지 말아요!"

다음 순서는 짧게 토를 달면서 점수가 점점 나빠지는 순서대로 글짓기 숙제를 나누어주는 일이었다.

"그라시앙! 어리석기 짝이 없어. 우세댕! 괴상망측해. 마르스랭! 무의미해! 방동! 순 거짓말이야!"

'교정본'이라는 글씨가 씌어진 아이들의 글짓기가 사방으로 날아가기 시작했다.

"상상은 거짓말이 아니에요! 상상이란 마음속에서 '진정으로' 꿈꿔보는 일이에요. 내가 여러분한테 불가능한 일을 해오라고 한 건가요? 가족이란 것, 진정한 가족이란 것을 상상하는 게 그렇게 힘들어요? 어린 시절을 상상해보란 말이에요! 그게 무슨 별나라 얘긴가요?"

한 반에 서른 명인 중학교 2학년만 삼십 년 동안 맡아왔으니 지금까지 총 구백 명의 아이들에게 소리쳐온 셈이다. 자신의 눈길을 슬그머니 피해다니는 구백 명이나 되는 아이들의 겁먹은 눈초리를 뒤쫓으며 삼십 년을 보내다 보면, 가르친다는 것은 잃어버린 진실을 외롭게 외치는 저주받은 직업이라는 씁쓸한 깨달음에 도달하게 된다. 삼십 년이란 세월은 그렇게 살아온 인생이 얼마나 빗나간 것인지 알려주기에 충분하고도 남는 시간이 아닌가.

한 사람의 일생이 그 진리를 깨닫는 데 통째로 바쳐진 셈이다.

그런데 오후 4시 25분, 다른 학생들과 다를 바 없는 세 명의 아이들이 교직생활의 씁쓸함 따위에는 아랑곳하지 않고 딴전을 부리고 있었다. 아무리 열두 살, 열세 살짜리 꼬마라 해도, 한 시간 내내 겁에 질려 떨고 있을 수만은 없는 일이다. 상대가 크래스탱 선생이라 해도! 아무튼 크래스탱 선생이 교단에 서서 한참 핏대를 올리는 동안 이 어처구니없는 세 아이들은 작은 위안거리를 하나 찾아냈다.

1) 창가 여섯째 줄에 앉은 이고르 라포르그는 아주 흥미로운 낙서 한 장을 불어 노트 사이에 숨기는 중이었다.

2) 그때, 짝꿍 조제프 프리츠키가 크래스탱 선생이 잠시 등을 돌린 틈을 타 번개같이 그것을 훔쳐냈다.

3) 그 뒤에 앉아 있던 누르딘 카데는 무슨 재미있는 구경거리인가 하며 두 아이 위로 몸을 숙여 흘깃거리고 있었다.

그 동안 크래스탱 선생은 학생들 사이를 왔다갔다하며 훈계를 계속하고 있었다.

"가족이란 오늘날 서서히 소멸되어가고 있다고들 합니다. 가정의 가치가 사라져가고 있다는 거지요. 하지만 천만의 말씀! 매스 미디어라는 분해효소가 이미 가정을 완전히 멸종시켜버렸어요. 텔레비전이 인스턴트 세대를 만들어내면서 여러분은 그 제조공정의 참담한 생산품이 되어버렸단 말이에요!"

이고르 : 조제프, 애먹이지 말고 빨리 돌려줘.

누르딘 : 그게 뭐야? 나도 보여줘, 조제프. 나도 좀 보자!

조제프 : 이고르, 이거 네가 그린 거야?

크라스탱 선생은 여전히 가로로 세로로 교실을 왔다갔다하면서 말했다.

"여러분한테는 텔레비전만 있으면 충분하지요. 그게 바로 비극입니다. 여러분은 텔레비전 화면이 하라는 대로 따라하고 있어요. 머릿속에는 텔레비전 화면으로 가득하고, 귀는 헤드폰으로 귀마개를 한 채 살고 있단 말이에요. 내가 여러분한테 바다를 통째로 마시라고 한 게 아니잖아요! 잠시 전원을 끄고 현실에서 벌어질 수 있는 일을 상상해보라는 게 전부였어요. 여러분 부모님들은 현실 속의 인물들이잖아요. 여러분의 엄마, 아빠, 누나, 동생은 정말로 존재한단 말이에요. 그들이 겜보이에 나오는 사람인가요! 그래요?"

이고르:그만둬, 조제프! 돌려줘! 너 가만 안 둘 거야!

조제프:(보란 듯이 소리 죽여 키득거린다.)

누르딘:조제프 나도 좀 보여줘, 빨리. 야 이 새끼야, 뭔지 나도 좀 보자구!

　크래스탱 선생은 이 아이들의 부모뻘 되는 우리에게도 다르게 훈계하지 않았다. 하지만 당시 그의 설교는 텔레비전이 만들어낸 인스턴트 세대 어쩌고 하는 식의 사회학적인 것이라기보다는 좀 더 도덕 교과서 냄새가 났다. 크래스탱 선생이 보기에, 우리는 가정이라는 소중한 것을 누릴 가치조차 없는 녀석들이었다. 크래스탱 말대로라면, 우리 부모들은, 그들의 희생 어린 삶에 대한 고마움을 작문 숙제로도 제대로 표현할 줄 모르는 배은망덕한 우리를 위해 녹초가 되도록 헌신하는 사람들이었다. 크래스탱은 설교를 늘어놓다가 끝내 분노를 삭이지 못하고 반쯤 갈라진 목소리로 흐느끼곤 했다. 그쯤에 이르면 크래스탱은 갑자기 말을 멈추었다. 마치 한 존재가 흘릴 수 있는 모든 눈물을 참기 위해 온힘을 그러모으는 것처럼 보였다. 그러면 반 아이들은 모두 숨을 죽였다. 우리는 크래스탱 선생이 뿜어내는 살기 어린 차가운 분노를 목격하면서 무시무시한 공포를 느낌과 동시에 우리도 크래스탱처럼 살게 되면 어떡하나 하는 절망감을 느끼곤 했다. 그 우울하고 무거운 분위기는 교실 밖까지 우리를 따라다녔다. 때로는 꿈자리를 어지럽혀 한밤중에 자다가 벌떡 일어나게 했다. 그렇지만 크래스탱이 분노에 못 이겨 잠시 말을 잃는 순간은 오래 지속되지 않았다. 그는 곧 제정신을 찾고 작문 숙제로 되돌아왔다. 한참 심각한 분위기에 빠져 있는 우리가 전혀 예상하지 못하는 순간, 기습적으로 전략을 바꾸는 것이다. 바로 그런 사태가 그날 오후 4시 25분 정각에 일어났다.

"궁금한 게 하나 있는데……"

크래스탱 선생은 몸을 홱 돌리더니 조제프 프리츠키 위로 고개를 숙였다. 죄인을 북사발로 만들어버리겠다고 위협하면서 무서운 얼굴로 몸을 기우뚱하게 구부린 정의의 기사 같았다.

"프리츠키 군, 내가 말하는 동안 자네가 무슨 짓을 하고 있었는지 알고 싶은데."

조제프에겐 뭐라고 대답할 시간조차 없었다. 이고르 라포르그 한테서 슬쩍한 낙서가 어느새 크래스탱 선생의 손에 들어가 있었으니 말이다.

나중에 조제프는 이고르에게 이렇게 해명했다.

"이고르, 맹세해. 나도 어쩔 수 없었어. 진짜 눈 깜짝할 사이였다구. 얼마나 놀랐는지 오줌 쌀 뻔했다니까. 정말이야. 간신히 참았어. 눈앞이 하얘지면서 아무 생각도 안 나더라구."

크래스탱 눈앞에 놓인 그 낙서가 어떤 것이었는지 자세히 묘사

할 수도 있지만, 그 참담한 재앙을 생생히 표현하려면 아무래도 말만 가지고는 힘들 것 같다. 살아 있는 물증을 실제로 보는 게 나을 것이다.

독자 여러분, 한 페이지 넘겨보시겠습니까……

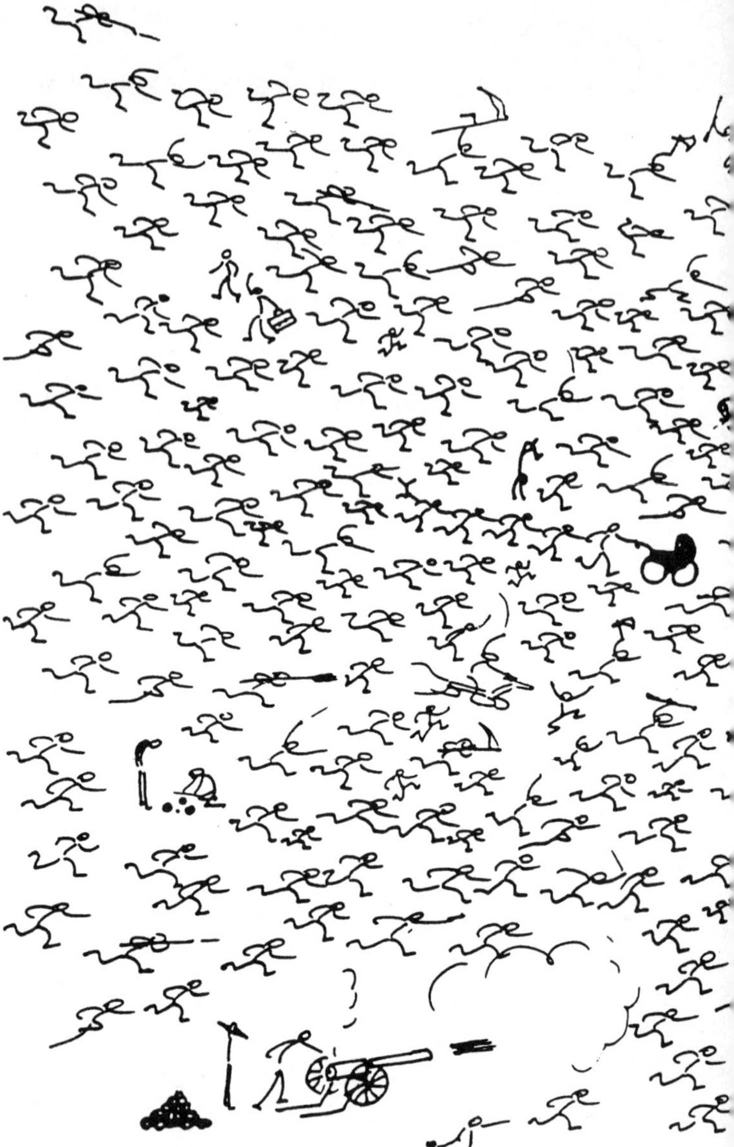

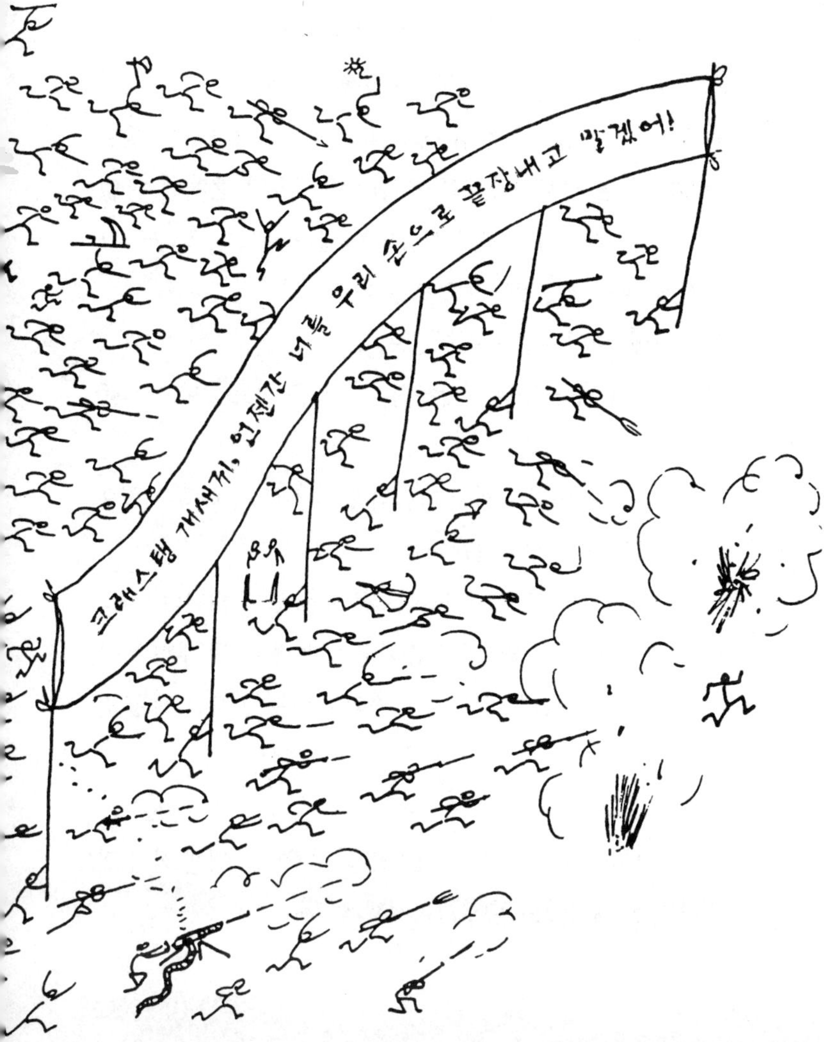
크라스탱 개새끼, 언젠간 너를 우리 손으로 끝장내고 말겠어!

필설로 표현할 수 없는 침묵이라는 게 있는 법이다. 크래스탱은 바로 이런 종류의 시한폭탄성 침묵을 잘 표현할 줄 아는 사람이었다. 그는 고개를 가로 저으며 그림을 평가했다.

"운동감이 있군요. 그건 부인할 수 없겠어⋯⋯"

그는 반 전체를 증인으로 삼아 그림을 펼쳐 보였다. 학생들은 책상 아래로 눈을 떨구었다. 그들은 범죄에 사용된, 움직일 수 없는 물증이 되어버린 무기에 잠시라도 눈길을 주느니 차라리 그 자리에서 맞아 죽고 싶었을지도 모른다.

"하지만 아이디어는 좀 구식이군요."

크래스탱은 뭔가 골똘히 생각하면서 낙서를 접고 교탁으로 돌아갔다.

"프리츠키 군, 알림장을 열고 다음과 같이 적도록. 다음주 월요일, 학부형 프리츠키 씨와 면담."

이 또한 크래스탱이 닳고 닳도록 써온 방식 중의 하나다. 가족이라는 게 이미 멀고먼 옛날에 멸종해버린 데 반해, '학부형 누구누구 씨' 라는 표현만큼은 쉽사리 멸종되지 않는 종자인 게 분명하다.

크래스탱은 계속했다.

"이 시대착오적인 68세대*식 그림을 학생 아버지에게 직접 전해드린다면 참 재미있는 일이 벌어지겠지."

바로 이 장면에서 이고르 라포르그가 끼어들었다. 이고르는 자리에서 일어서지도 않은 채 태연한 표정으로 말했다.

"그 낙서는 제 거예요, 선생님."

크래스탱 선생은 믿어지지 않는다는 눈길로 이고르를 쳐다보았다. 그렇지 않아도 쥐 죽은 듯 조용한 교실에 한층 더 무거운 침묵이 내려앉았다.

"그건 제 그림이에요."

이고르는 말했다. 크래스탱은 가소롭다는 듯 미소를 지었다.

"라포르그 군, 좀더 그럴싸한 말을 할 수 없겠어요? 학생은 다른 과목에도 재능이 없지만 이런 그림을 그릴 만큼 미술에 재능이 없잖아요. 좀더 현실적으로 사고해봐요."

이고르 라포르그는 시선을 떨구지 않았다. 이 쪼그맣고 성가시기 짝이 없는 녀석은 눈싸움이라도 하듯 눈을 똑바로 치켜뜨고 크래스탱을 쳐다보았다. 크래스탱 선생과 이고르의 눈싸움이 막 흥미진진하게 전개되려는 순간, 누르딘 카데가 하늘을 찌를 듯 손을 쳐드는 바람에 일은 싱겁게 끝나고 말았다.

"아니에요, 선생님. 제가 그렸어요!"

---

* 1968년 5월 프랑스에서는 당시 교육제도에 반발하는 학생운동이 제도권 전반에 대한 광범위한 저항의식으로 확산되었다. 68세대란 이 움직임에 큰 영향을 받은 연령층(현재의 4, 50대)을 일컫는다.

"요것 봐라. 여기는 중학교 2학년 학급이 아니라 메디치 가(家)의 후원을 받는 화가들이 모여 사는 마을인가 보지요?"

이제는 더 놀랄 게 없다는 듯 크래스탱이 말했다.

"아니에요, 선생님. 그 그림은 제가 그리셨어요."

"'제가 그렸습니다'라고 하는 거예요, 카데 군! 우리는 지금 불어로 말하고 있다고요."

[크래스탱이 아랍 출신의 누르딘 카데에게 이렇게 말했다고 해서 이 선생이 인종차별적 선입견을 갖고 있다고 의심한다면 그건 천만의 말씀이다. 그는 삼십 년 전부터 불어를 제멋대로 쓰는 모든 학생들을 상대로, 누구한테든, 그러니까 나한테도 똑같은 소리를 했으니 말이다. 크래스탱은 영원히 살지만 어디에도 존재하지 않는 사람으로, 그에게는 불어 문법만이 유일한 조국(祖國)이었다.]

"불어로 말하고 있어요. 카데 군, 나를 기쁘게 해주기 위해 단 한 번만이라도 노력해줄 수는 없겠어요?"

누르딘 카데의 표정이 험상궂게 일그러지는 것과 동시에 수업 끝을 알리는 종이 울렸다. 동시에 학교 전체가 순식간에 폭발하기라도 하듯 복도로 아이들을 토해놓았다.

"카데, 프리츠키, 라포르그, 이 세 학생은 남아 있어요!"

'살았구나' 하며 좋아하던 세 아이는 다시 의자에 엉덩이를 걸쳤다.

"학생들 셋이 모두 이 그림의 주인이라고 주장하니, 똑같은 숙제를 내주겠어요. 내일 아침까지 해오도록. 동료애란 그에 수반하는 결과를 가져오게 마련이지요."

"복도에서 뛰지 마!"

푸아리에 교감 선생이 고래고래 외치는 소리가 교실 밖에서 들려왔다. 앰뷸런스 소리 저리 가라 고함을 질러대는 푸아리에 교감을 진정시키려고 애쓰는 랑발 교장 선생의 목소리도 들려왔다.

"내버려두세요, 푸아리에 선생…… 삼십 년 동안 저랬어요……그물에 오줌 받기라니까요……"

크래스탱 선생이 분필을 집어들었다.

"노트를 펴세요, 작문 숙제니까."

아이들에게 받아쓰라고 하면서 크래스탱 선생은 작문 주제를 칠판 위에 써내려갔다. 그의 글씨가 칠판을 얼룩덜룩하게 메워나갔다. 초스피드로 격렬하게 씌어진 글자들이 마치 번개가 수차례 할퀴고 지나간 것처럼 옆으로 죽 비스듬하게 늘어지는가 싶더니, 어느새 다 씌어진 문장 위로 악센트 기호들이 우박처럼 쏟아져내렸다.

작문 주제 :

어느 날 아침, 잠에서 깨어나보니 하룻밤 사이에 내가 어른으로 변해 있었다. 깜짝 놀라서 부모님 방으로 달려갔는데, 엄마 아빠는 아이들이 되어 있었다. 그 다음을 이야기하시오.

크래스탱은 칠판에서 등을 돌렸다.

"난 분명히 '그 다음'이라고 했어요, '그 다음'에 일어나는 일 말이에요."

조제프 프리츠키는 용기를 내서 물었다.

"선생님, 애들 나이는 몇 살로 해요?"

가방을 닫으면서 크래스탱이 대답했다.

"다섯 살에서 일곱 살, 그 이상은 안 돼요."

"아빠 엄마가 없는 사람은 누가 어린이로 변해요?"

누르딘이 물었다.

"가장 가까운 어른."

결정적인 대목에서는 언제나 그렇듯, 막 교실문을 나서려던 크래스탱이 문 앞에서 갑자기 몸을 돌렸다. 그러고는 손가락을 치켜올리고 눈에 잔뜩 힘을 주며 말했다.

"손쉽게 해결하려고 하지 마세요. 이건 꿈도 아니고 외계인 시리즈도 아니고 요정 이야기도 아니에요. 여러분이 어른이 되고 여러분의 부모가 아이가 되는 '현실'이에요. 이해하겠어요? 내일 아침 여덟시까지 해 오는 거예요. 아! 이걸 잊지 말아요, 상상은 거짓말이 아니에요!"

말을 마친 크래스탱은 늘 그랬던 것처럼 귀신같이 사라져버렸다.

제일 먼저 자리에서 일어선 아이는 누르딘 카데였다. 누르딘은 어깨에 책가방을 메더니 교실문 쪽으로 뛰어갔다.

"누르딘!"

라포르그가 소리쳐 불렀을 때 누르딘은 막 문을 나서는 참이었다.

"왜?"

"왜 네가 그렸다고 했어?"

눈썹을 치켜올리며 누르딘이 대답했다.

"너희 같은 프랑스 애들하고 어울리고 싶어서 그랬다."

2

아이들이 변했다고 사람들은 말한다. 그게 사실이라면, 바주카 포만큼이나 공격적인 소위 신세대 아이들은 크래스탱 같은 선생을 완전히 박살내버렸을 것이고, 선생은 산산조각나버린 과거의 권위를 되찾기 위해 자신의 정체성을 한 조각 한 조각 주워모으며 새하얀 정신병동에 갇혀 있어야 마땅할 것이다. 하지만 크래스탱이란 인물은 분명 자기 자리에 남아 있다. 여전히 교실에서 철옹성같이 군림하면서 아이들을 옴짝달싹 못 하게 하고 있다. 물론, 내 어린 시절과 비교해볼 때 아이들이 변한 건 사실이다. 요즘 아이들은 한밤중에 형광빛 나는 운동화를 신고 자전거 페달을 밟아대며 거리를 질주한다. 늘상 워크맨을 끼고 사는 탓에 몰골이 꼭 파리 같으며, 일찌감치 노인네처럼 가는귀가 먹는다. 록

가수라도 되는 양 파킨슨병 환자처럼 다리를 떨어대질 않나, 키가 커 보이겠다는 욕심에 짧게 친 머리에 미니 스커트를 입고 다니는 꼬락서니라니. 아침은 콘플레이크를 새 모이만큼 주워먹고, 점심은 양키 식 햄버거로 해결하며, 우리들이 어렸을 때 그랬던 것처럼 어른들이 쓰지 말라는 험한 말만 골라 쓰고, 보지 말라는 영화만 골라서 보러 가는 것이다.

하지만 요새 아이들의 고민거리는 우리가 그 나이에 했던 것과 같다. 대화의 단골 메뉴도 우리 때와 똑같다. 한마디로 말해서, 아이들이란 자기네 선생에 대해 떠든다! 특히 크래스탱 선생이 화제에 오르면 아이들의 반응은 한결같다. 유치원 때부터 붙어다녔고, 둘의 나이를 합쳐봐야 이제 겨우 스물다섯밖에 안 되는 이고르와 조제프, 이 두 아이가 크래스탱 선생에 대해 뭐라고 얘기하는지 한번 들어보자. 2인승 자전거 앞쪽 페달을 밟고 일어선 이고르는 어둠이 내리는 도시를 가로지르며 이렇게 외치고 있었다.

"그 다음을 이야기하시오, 그 다음을 이야기하시오! 엿이나 먹어라, 크래스탱! 봐라, 이게 그 다음이다!"

이고르 뒤에서 페달을 밟고 있는 조제프는 웃지도 않는다. '학부형과의 면담'이라는 크래스탱의 요구를 아빠한테 어떻게 전하면 좋을지 궁리하며 자전거 페달만 밟을 뿐이다……

이고르:너, 우리가 중3이 될 때까지 그 크래스탱 개새끼의 꼴을 봐야 한다는 거 알고 있어?

조제프 :(페달만 밟는다) ……

이고르:너 상상할 수 있어?

조제프 :(여전히 페달만 밟는다) ……

이고르:야! 조제프!

조제프 :물론이지! 구백팔십사 시간, 오만구천사십 분, 삼백오십사만이천사백 초에 걸쳐서.

이고르:그만 해!

조제프 :크래스탱 시간에 한번 계산해봤어. 일 주일에 한 번씩 작문 숙제를 한다고 치고 일 년이면 서른여섯 번, 총 백마흔네 번의 글짓기를 해야 하는 거야. 방과후 벌로 자율학습 하는 건 따로 쳐도 말야.

이고르:그만 하라니까!

하지만 조제프는 멈추지 않았다. 집에서 기다리고 있을 아빠 포프 프리츠키를 생각하면 더이상 참을 수가 없었다.

조제프 :모조리 가족에 대한 것뿐이야. '가족끼리 보내는 저녁 시간' '텔레비전을 함께 보는 가족' '어머니란 무엇인가?' '누이나 형이 진정한 친구가 될 수 있을까' '이산가족의 만남' '고모의 정원' '사촌누이의 오른발' '삼촌의 똥구멍' '부모의 다섯 살 시

절과 가장이 된 아이들'……

　이고르: 그만 하라니까!

　두 아이는 빨간불 앞에서 멈추었다. 좀더 정확히 말해, 두 아이가 소르비에 거리와 비다소아 거리가 만나는 모퉁이에 이르렀을 때였다. 짙은 회색 리무진 한 대가 입을 꾹 다문 두 아이의 자전거와 보도블록 사이로 조용히 미끄러져 들어왔다. 제모를 쓴 운전사가 보였고, 그 뒤로 고위 관리 같은 금발의 사내가 보였다. 어쨌든 평상시에 그 지역을 드나드는 자동차가 아닌 건 확실했다. 수족관에 빨간 물고기가 몇 마리나 들어 있나 세어보듯, 이고르와 조제프는 자동차의 뿌연 유리창을 기웃거리며 내부를 탐색하기 시작했다. 뒷좌석에 앉은 남자는 경제신문 속에 고개를 푹 처박고 있었다. 단단한 체격에 넥타이를 매고 안경을 쓴 그 남자는 아무 반응도 보이지 않았다. 바깥 세상은 어떻게 돌아가든 상관없는 것 같았다. 자동차 유리창에 얼굴을 찰싹 붙이고 있는 게 두 아이의 머리통이든 두 마리의 파리새끼든, 그건 그의 관심 밖의 일이었다. 아이들이란 자연에 속한 것이 아니던가. 그런데 자연이란 그의 경제 기안서에 들어 있는 항목이 아닌 것이다. 이고르는 집게손가락을 뻗어 어항 유리벽 같은 유리창을 똑 똑 똑, 세 번 두드렸다.

　차 주인의 권위를 과시라도 하듯 유리창이 아주 천천히 내려갔다.

"아저씨?"

아무 대답이 없다.

이고르는 그렇다고 쉽게 포기할 녀석이 아니다.

"이봐요, 아저씨! 아저씨는 어렸을 때 어땠어요?"

등도 돌리지 않은 채 운전사가 백미러를 보며 대답했다.

"어쨌든 너보다는 가정교육을 잘 받은 아이였다. 어른들을 귀
찮게 하지는 않았으니까."

이고르 또한 그에 못지않게 메마른 목소리로 대꾸했다.

"이봐요, 아저씨, 내가 한마디 할까요? 상상은 거짓말이 아니
에요!"

두 개의 또다른 눈동자가 경제신문 위로 솟아올랐다. 가느다란
금테에 둘러싸인 작고 차가운 눈이었다.

"꺼져, 이 새끼야! 볼기짝을 두들겨패기 전에."

예기치 못한 반응이었다. 그러나 나지막한 말투로 보아 그는
진지했다. 얼음장처럼 차갑고 창백한 그 사내는 자기 양복에 얼
룩 하나 남기지 않고 열두 살짜리 아이를 부지깽이로 때려눕힐
수 있는 진짜 냉혹한 인간이 틀림없었다. 순간, 이고르는 언젠가
마틴 스콜세지 감독의 영화에서 들은 구절로 응수하기로 작정했
다. 먹이를 찾아낸 천적처럼 몸을 숙인 채 흐뭇한 미소를 지으며

이고르가 말했다.

"이거 미친놈이잖아, 겁나는데!"

그 순간, 자동차 뒷문이 확 열렸다. 하지만 조제프가 발로 걷어 차 가까스로 다시 닫을 수 있었다. 그 바람에 문을 열고 나오려던 금테 안경의 머리통이 자동차 몸체와 유리창 사이에 끼이면서 안 경이 휙 날아갔고, 뒤이어 운전석 앞문이 스르르 열렸다…… 하 지만 이고르와 조제프는 어느새 2인승 자전거를 함께 어깨에 짊 어지고 반대편 플라트리에르 거리로 향하는 계단을 허겁지겁 올 라가고 있었다. 겁에 질린 미친 듯한 웃음을 터뜨리며 아이들이 말했다.

"빌어먹을, 미친놈이야, 진짜 살인자 같은 놈이라구!"

신호등이 파란불로 바뀌자 클랙슨 소리가 높아졌다. 예의 그 '살인자'는 손수건으로 코를 닦았다. 운전사는 안경을 주워들면 서 "괜찮으십니까, 선생님?" 하고 물었다. 자동차 문이 다시 쾅 닫히고, 거리는 원래의 리듬을 되찾았다. 회색 리무진은 그를 부 드러운 가죽 시트 위에 태우고 멀어져갔다. 그 부유한 재벌 2세 는 정력적으로 사업을 이끌어가다가 12년쯤 지난 후, 한치의 오 차도 없이 완벽하게 진행되는 회의중에 동맥 하나가 툭 끊어지면 서 이 세상에서 흔적도 없이 사라져버릴 것이다.

*

　그러면 누르딘은 어떻게 되었을까? 누르딘 카데는? 누르딘 카데에 대해서는 어떻게 생각해야 할까? 아랍계 피가 반쯤 섞인 이민 2세대라고 해서 누르딘 카데가 별다른 아이인 걸까? 사부아 태생의 프랑스인 엄마, 어느 날 그 엄마가 우편 집배원과 줄행랑쳐버린 후 심각한 우울증에 빠진 모로코인 택시기사 아빠, 그리고 하나 있는 누나, 누르딘 말에 따르면 꼭 전제군주 같다는 누나. 누르딘의 이런 집안 사정이 내 유년 시절과 전혀 다르다는 이유로 그 아이를 별종이라고 말할 수 있을까? 천만의 말씀이다. 누르딘은 지금 크래스탱이 평소보다 좀더 '각별하게' 나에게 창피를 주던 날, 그러니까 내가 그와 똑같은 나이에 했던 일을 똑같이 하고 있었다.

　누르딘은 크래스탱 미행 계획을 세우고 있었던 것이다. 누르딘 카데는 화가 나서 하얗게 질린 얼굴로 교실을 나서 교장 랑발과 교감 푸아리에("복도에선 뛰는 게 아니야") 앞을 인사도 없이 지나쳐버렸다. ("이봐, 카데, 인사도 할 줄 모르니?"—"내버려둬요, 푸아리에 선생, 내버려두세요……") 그리고 녹슨 스쿠터에 몸을 실은 뒤 길모퉁이로 향했다. 한 시간쯤 지나 크래스탱이 학교 정문을 나서자, 누르딘은 그를 바짝 뒤쫓기 시작했다. 크래스탱이 버스를 타고 가다가 내리자, 누르딘은 그가 내린 정거장에 스쿠터를 사슬로 묶어놓고 걸어서 쫓아갔다. 그리고 크래스탱이 막 방향을 튼 길목에서, 그러니까 내 인생의 첫번째 전환점이기도 했던 바로 그 거리에서, 누르딘은 내가 목격했던 것을 목격했다. 옷을 입었다고 해야 할지 벗었다고 해야 할지 판단하기 어려울 만큼 아슬아슬하게 몸을 가린 여자들이 두 줄로 죽 늘어서 있었다. 누르딘은 황홀경과 두려움 사이에서 반쯤 넋이 나간 얼굴로 멍하니 서 있었다.

누르딘이 이제 막 '여자들의 거리'를 발견한 참이었다.

어둠이 내린 거리 위로 가로등 불빛이 벨벳처럼 윤나는 여자들의 살결을 비추고 있었다. 거리는 곧게 뻗어 있었지만, 여자들의 젖가슴과 엉덩이, 팔, 허벅지, 무릎, 종아리와 발목 때문에 시야가 흐려졌다. 석조 건물들이 늘어서 있어 밋밋하고 딱딱해 보이는 거리인 동시에, 부드럽게 굴곡진 여체의 곡선과 풍만한 볼륨, 생의 뜨거운 피가 넘쳐흐르는 거리이기도 했다. 바로 그날 그 자리에서 누르딘 카데가 첫번째 발기를 경험하지 않았다면, 분명 두번째 발기는 거기서 했을 거라고 나는 장담할 수 있다. 미친 듯이 뛰던 관자놀이 혈맥이 진정되고 벌떡거리던 심장이 온전히 제자리를 찾을 때까지, 누르딘은 얼마간 그러고 서 있어야 했다. 크래스탱은 거리에 늘어선 여자들에게 눈길 한번 주지 않고 저만치

걸어가고 있었다. 여자들도 그를 쳐다보지 않았다. 아니, 그보다
는 여자들이 크래스탱과 눈길을 마주치지 않으려고 애썼다는 표
현이 더 정확할 것이다…… 뜬금없이 손톱을 다듬는다거나, 신
경질적으로 스타킹을 끌어올린다거나, 아니면 사만타에게 해야
할 말이 불현듯 생각났다거나, 당장 야몽의 전화번호를 받아적는
다거나 하는 식으로 크래스탱을 정면으로 쳐다보는 것을 피하고
있었던 것이다…… 여자들이 겁먹은 눈길로 크래스탱 선생을 흘
깃거리는 것을 보면서, 누르딘은 어쩌면 저 여자들도 모두 크래
스탱의 옛 제자들일지도 모른다는 생각을 했다. 이런 상상을 하
자, 거리에 늘어선 여자들이 갑자기 친숙하게 느껴지고, '여자들
의 거리'에 들어설 용기가 생기는 것 같았다. 나는 그 거리를 '여
자들의 거리'라고 부른다. 그 이름 말고는 다르게 불러본 적이 없
다. 더욱이 나이에 비해 지나치게 조숙한 요새 젊은애들에게 그
거리의 진짜 주소를 발설한다는 것은 말도 안 되는 일이다. 누르
딘은 '여자들의 거리'를 따라 조심스럽게 크래스탱의 뒤를 밟았
다. 누르딘의 이러한 태도는 금세 여자들의 주의를 끌었다.

"어머나! 햇병아리잖아!"

"이 동네 애가 아닌데……"

"애, 너 고아원에서 나왔니?"

"저금통 깨서 온 거야?"

"애송이가 우릴 유혹하러 온 거야?"

"자네트, 쟤는 네 거다. 이참에 개막식 하라구!"

거리 앞쪽에서 "알베르!" 하고 부르는 나이 지긋한 여자의 카랑카랑한 목소리가 들리자, 누르딘을 짓궂게 놀려대던 여자들이 일제히 입을 다물었다.

"알베르!"

그 순간, 크래스탱이 걸음을 멈추었다. 누르딘은 어느 건물 현관 안으로 잽싸게 몸을 숨겼다.

"알베르, 이리 와요."

크래스탱에게 윙크하면서 그를 성(姓)이 아닌 이름으로 부른 여자는 거리에 늘어선 다른 여자들의 엄마라고 해도 좋을 것 같았다. 거리의 여자들을 자기 딸처럼 젖을 물려 기르고, 옷을 입혀—물론 자기만큼이나 아슬아슬한 옷차림이지만—키운 마음씨 좋은 엄마처럼 보이는 여자였다. 그 여자는 딸들보다 스무 살은 더 많아 보였다. 그렇지만 어떤 젊은 여자도 흉내낼 수 없을 만큼 당당하게 자기 자리를 지키고 있었다. '여자들의 거리'는 그녀의 지휘 아래 조직적으로 움직이는 한 척의 배였다!

이렇게 해서 누르딘도 내가 삼십 년 전에 겪은 것과 똑같은 상황에서 욜란드를 알게 된 것이다. 모든 분야를 통틀어 내 인생의 가장 훌륭한 스승인 욜란드에 대해서는 나중에 따로 얘기할 기회가 있을 것이다. 지금 이 시점에서 궁금한 건 욜란드가 크래스탱 선생 귀에 대고 무슨 말을 했을까 하는 점이다. 멀리 떨어져 있는 누르딘에게는 그녀의 귓속말이 전혀 들리지 않았다.

"알베르, 63번지에 새로 온 아가씨가 있어. 아녜스라는 아이야."

크래스탱의 눈길이 맞은편 거리를 비스듬히 따라가다가 얌전하게 생긴 아름다운 금발 아가씨에게 멈춘 것이 누르딘 눈에 포착된 전부였다. 그녀는 얼마나 아름다운지, 누르딘은 어렸을 때 누나 라쉬다가 프랑스 사회에 익숙해져야 한다며 읽어준 요정 이야기 속에서 그녀가 튀어나온 게 아닐까 생각했을 정도다. '그래, 저앤 작은 인어야.' 라쉬다의 목소리가 누르딘의 기억 속에서 울려퍼졌다. '……막내인어가 가장 아름다웠습니다. 그녀의 피부는 장미 꽃잎처럼 맑았습니다……'

"새로 온 아이라고…… 어디 한번 볼까요?"

크래스탱이 중얼거렸다.

고맙다는 말을 하고 길을 건넌 크래스탱은 아녜스 앞에 가서 마주 섰다. 그는 말없이 그녀를 쳐다보았다. 그러자 아녜스가 더듬거리며 말했다.

"내가 너를…… 제가 당신을 모시고 갈까요?"

크래스탱은 아무 말도 하지 않았다. 그녀를 뚫어지게 바라볼

뿐이었다. 숨막힐 듯 무거운 침묵이 흘렀다. 그것은 크래스탱이 작문 더미에서 가장 못쓴 것을 골라 학생에게 돌려줄 때 흐르는 침묵과 같았다. 마침내 크래스탱이 입을 열었다.

"아녜스? 맞아?"

누르딘은 호주머니 속에서 두 주먹을 움켜쥐었다. 그 옛날, 내가 호주머니 속에서 두 주먹을 꼭 움켜쥐었던 것처럼. 그때 내 손엔 나이프까지 들려 있었다. 그래…… 잭나이프였어…… 손잡이가 황금색인 오피넬 표 나이프였지. 난 손잡이를 꽉 움켜쥔 채 크래스탱을 미행하고 있었어…… 크래스탱 선생 반 아이들은 쉽사리 그런 유혹에 빠지곤 했다. 하지만 그날 나는 주먹만 불끈 쥐었을 뿐이다. 크래스탱은 욜란드와 함께 계단을 올라갔다. 지금 크래스탱이 턱짓으로 계단을 가리키고는 아녜스의 뒤를 따라 사라진 것처럼.

누르딘이라면 작은 인어를 구출하기 위해 기꺼이 뛰어갈 수도 있었을 것이다. 하지만 부드럽고 나긋나긋한, 기분 좋기 짝이 없는 무언가가 달큰한 살냄새를 풍기며 누르딘의 몸을 지그시 눌러왔다.

"애, 꼬마야. 너 숙제하러 왔니?"

3

"아, 안 돼! 안 된다니까, 조제프! 나더러 네 불어 선생을 만나러 가라고? 절대로 안 돼! 너, 내가 전에 경고했지! 똑바로 좀 서세요, 스틸망 부인. 다리 구부리지 말라니깐요!"

완전한 실패였다. 조제프는 아빠를 설득해서 크래스탱이 원하는 '학부형과의 가벼운 면담'에 응하게 하는 데 실패한 것이다. 가게문을 열고 들어갔을 때만 해도 조제프는 문제의 아빠 포프 프리츠키의 얼굴을 보고 일이 잘 풀릴 거라고 잔뜩 기대했었다.

"어어! 저거, 사고 친 얼굴이구먼! 오늘은 또 무슨 일을 저지른 거냐? 말해봐. 물론 이고르도 한통속이겠지…… 그렇게 움직이지 좀 마세요, 스틸망 부인. 그러다 내 바늘에 엉덩이라도 찔리면 어쩌려고 그래요."

포프 프리츠키는 입술 한쪽 끝만 씰룩이며 말했다. 몸집이 집 채만 한 스틸망 부인이 장례식에 입고 갈 옷을 가봉하느라 다른 쪽 입술 끝에 옷핀을 잔뜩 물고 있었던 것이다. 벨빌에서 열리는 장례식이란 장례식은 빼놓지 않고 참석하는 스틸망 부인은 그 어마어마한 몸집에 어울리지 않는 아주 작은 목소리로 올 때마다 하는 소리를 되풀이했다.

"여유 시간 없이 촉박하게 와서 미안해. 하지만 포프 자네도 알다시피 죽는 사람이 나 죽어요, 하고 예고하고 죽나."

계산대 뒤에서 무운은 소리없이 웃고 있었다. 포프 프리츠키와 무운 프리츠키는 스틸망 부인에 대해서라면 훤히 꿰고 있어서 부인이 늘상 하는 이 소리를 줄줄 외울 정도였다.

"여기 좀 봐. 사라 이모가 죽은 뒤로 살이 좀 쪘어…… 그래도 파 부인이 뜰 때까지는 입을 수 있겠지. 파 부인은 요즘 많이 쇠약해졌어, 그렇게 생각하지 않아?"

솔직히 말해서, 조제프가 아빠 포프의 눈 밑으로 알림장을 슬쩍 들이밀어 '학부형과의 가벼운 면담' 칸에 사인을 받는 데 지금만큼 적절한 순간은 없을 것이다.

하지만 천만의 말씀이었다. 조제프가 말을 채 끝내기도 전에 포프는 하마터면 입에 물고 있던 옷핀을 삼킬 뻔했던 것이다.

"절대로 사인 못 해. 학교에도 절대로 안 가! 마지막이라고 했으면 마지막인 거야. 내가 너한테 경고했지! 애들한테는 모든 걸 명확히 해두어야 한다니까!"

조제프는 크래스탱 면담 얘기에 질겁하는 아빠 앞에 알림장을 펴든 채 완전히 풀 죽은 얼굴로 서 있었다. 포프는 괜한 화를 내며 무언가 켕기고 두려운 마음을 어설프게 감추고 있었다. 이 또한 조금도 변하지 않았다. 부모가 크래스탱의 소환장을 얼마나 무서워했는지는 나 역시 겪은 일이 아닌가! 크래스탱과의 면담이란 아버지에겐 죽음을 의미했다. 아무리 엄하고 무서운 아버지도 크래스탱만 만나고 오면 아이들 앞에서 더이상 슈퍼맨이 될 수 없었다. 아! 물론 크래스탱 선생과의 첫번째 면담 땐 아무 문제가 없다. 아버지들은 크래스탱의 호출에 순순히 응한다. 그들은 당연히 그래야 하는 것처럼 아이들을 꾸짖기는 하지만, 그보다는 반 애들 하나 제대로 지도하지 못하고 별것도 아닌 일로 학부형을 오라가라 하는 선생들에게 화를 내며, 다시는 이런 면담에 응하지 않으리라 속으로 다짐하고 다짐하면서 학교에 가는 것이다. 부모들은 그러잖아도 할 일이 많은데 선생이라는 작자가 제 할 일을 제대로 못 하는 것으로도 모자라 부모들 일하는 것까지 방해할 수는 없는 거라고 온갖 불평 불만을 늘어놓으며 문교부를 통째로 삼켜버릴 듯한 기세로, 또 마음속으로 '내 새끼 털끝 하나라도 건드리기만 해봐라, 가만두지 않을 테니' 라고 중얼거리며 한 가정의 보스답게 단호한 태도로 면담에 응하는 것이다……
처음 크래스탱을 만나러 학교에 가는 아버지들은 이렇게 의기양
양하다…… 하지만 그들이 면담을 마치고 학교에서 돌아올 때의
몰골을 봐야 한다! 그들은 마치 심연의 바닥까지 들여다본 사람
들처럼 비참한 모습으로 돌아온다. 그리고 크래스탱의 '두번째'
소환장이 날아왔을 때 그들이 보이는 반응이라니! 그것은 사소한
근심이나 막연한 불안감이 아니었다. 그것은 형이상학적인 공포
였다. 말을 잃고 하얗게 질려서 한밤중에 잠자리에서 벌떡 일어
날 만큼 끔찍하고 무시무시한 공포였다.

아무것도 겁내지 않는 사람이라고 소문난 아빠 눈에서 이런 공
포를 읽고, 조제프는 어떻게 했을까? 어찌할 바를 몰라 주저하며
알림장만 만지작거리고 있었다.

"아빠! 아빠가 사인해주지 않으면 선생님은 내가 이걸 아빠한
테 안 보여줬다고 생각할 거야. 그럼 난 방과후에도 남아서 벌을
받아야 한단 말야. 내일까지 해야 할 작문 숙제도 있는데……"

"바로 그래서 사인을 못 해주겠다는 거야. 사인을 해주면 내가
그걸 봤다는 걸 크래스탱 선생이 알 테고, 그러면 난 면담을 하러
가야 하고, 면담을 하러 가면……"

포프의 다음 말은 스틸망 부인을 향한 것이었다.

"아이고! 그만 좀 꿈지럭대요. 팬티 속에 생쥐라도 들었나, 원."

스틸망 부인은 포프를 물끄러미 내려다보았다. 태어날 때부터 시작해서 어려서 정원에서 뛰놀고 커서 유태인 성년식을 하고 삼촌 시델의 양복점을 맡아서 운영하기까지, 오래 전부터 포프를 알아온 스틸망 부인은 그가 그럴 줄은 몰랐다는 듯 난데없이 큰 소리로 울기 시작했다.

"거 참, 내 머리에 눈물 떨어뜨리지 말아요!"

조제프는 스틸망 부인이 눈물을 꾹 눌러 참는 것을 지켜보며, 난쟁이들은 태어날 때부터 얼굴이 어른 같은데 거인들은 왜 대부분 애들처럼 유치할까 하는 생각을 했다. '몸매가 정말 특별한 분들을 위한 양복점'이라고 가게 간판에 커다랗게 씌어 있듯이 포프 프리츠키의 아들 조제프 프리츠키는 거인과 난쟁이에 대해서라면 모르는 게 없었다. 하지만 그들에 대해 잘 아는 게 무슨 소용이란 말인가? 거인과 난쟁이의 모순점을 떠올린 순간 크래스탱의 목소리가 귓가에 쟁쟁하게 울리는 것 같았다. '상상은 거짓말이 아니에요, 프리츠키 군! 도대체 몇 번이나 말해야 알아듣겠어요?'

"네가 보충숙제는 몽땅 도맡아서 하고, 토요일마다 방과후에 이고르랑 벌받느라 학교에 남아 있든 말든, 그건 조제프 네 문제지 내 문제가 아냐. 난 네 선생 만나러 안 간다. 그 슈목*이 지껄여대는 소리, 다시는 안 들을 거야."

이 정도면 괜찮은 거다. 어쨌든 이런 식으로라도 대화를 이어 가는 게 침묵을 지키는 것보다 낫다.

"'슈목'이라고 했어, 아빠?"

조제프는 입가에 조심스럽게 미소를 지었다. 그래도 아무 소용이 없었다. 포프는 아들에게 겁에 질린 눈길을 던졌다.

"슈목? 내가 슈목이라고 했니? 아니야, 조제프. 골렘**이라고 했어!"

포프 프리츠키는 더이상 움직이지 않았다. 옷핀 두 개가 그의 입술에 여전히 물려 있었다. 포프가 으르렁대며 반복해서 말했다.

"골렘."

"작문 주제가 뭔데?"

엄마 무운이 끼어들었다. 엄마의 달콤한 목소리는 조제프가 앞으로 어떤 전략을 취해야 할지 말해주는 듯했다. '아빠의 화가 가라앉은 후에 방법을 생각해보자꾸나.'

주제? 작문 주제? 작문 주제가 뭐였더라? 조제프는 엄마에게 주제를 말해주었다.

"아빠와 나는 애가 되고 너는 어른이 된다고? 우스운 주제로구나, 그렇지 않니?"

---

* schmock, 유태인들 사이에서 쓰는 비어로, '바보'라는 뜻.
** golem, 유태인들 말로, 악마가 진흙으로 빚어낸 전설 속의 괴물을 뜻한다.

그렇다면…… 웃자구요.

*

이고르 라포르그는 등에 책가방을 메고 양손에는 시장 바구니를 들고, 재수 없는 날이면 곧잘 부르는 노래를 흥얼대면서 계단을 한 번에 네 개씩 밟으며 뛰어올라가고 있었다.

하나, 엿먹어라 크래스탱!
둘, 난 내가 하고 싶은 대로 살 거야!
셋, 나한텐 그럴 권리가 있어!……

한 층마다 한 구절씩 4층까지 부르던 노래였지만, 급히 뛰어내려오는 한 사내 때문에 이고르는 3층 층계참에서 노래를 멈추었다. 남자는 몸에 붙은 불을 끄려고 우물 속에 뛰어들듯 가방 하나를 들고 서둘러 계단을 달음박질쳐 내려왔다. 이고르는 난간에 몸을 기댄 채, 소용돌이를 일으키며 도망치듯 내려가는 그 남자를 감탄하며 바라보았다.

"우리랑 같이 저녁식사 안 할 거예요? 내가 장을 잔뜩 봐 왔는데!"

코트와 머플러 한 장이 계단을 하나씩 내려갈 필요도 없이 지름길을 타고 위층에서 맨 아래층으로 뚝 떨어져내렸다.

"아니, 그 사람은 저녁 안 먹어!"

위층 문이 거칠게 쾅 하고 닫혔지만, 건물은 기적적이게도 무너지지 않고 똑바로 서 있었다. 이고르는 마지막 남은 계단들을 천천히 기어올라가, 폭탄 제거반이라도 되는 양 아주 조심스럽게 열쇠를 구멍에 집어넣었다. 그러고는 방긋이 열린 문틈으로 얼굴을 디밀며 말했다.

"사격 중지! 국제 적십자다!"

아무 대답이 없다. 흔히 죽음과도 같은 침묵이라고 하는, 전투 직후의 침묵이 감돌고 있다. 도주한 남자는 가방을 꾸릴 시간도 없었나 보다. 아니면 언젠가는 지난 감정을 깨끗이 잊고 다시 돌아올 생각으로, 넥타이 한 개, 양말 한 짝, 삼베 손수건 두 장—그중 하나는 낡았다—등 자신의 흔적들을 여기저기 뿌려둔 채 떠난 것인지도 모른다. 일과를 마치고 집으로 돌아온 엄마들이 그렇듯, 이고르는 아무렇지도 않은 표정으로 복도에 주욱 널린 것들을 주워 빨래바구니에 담았다. 그러고는 장바구니를 부엌에 가져다놓고 등에 멘 책가방을 내려놓았다. 토끼고기, 감자, 생크림, 호두를 꺼내 싱크대 위에 올려놓으며 이고르는 큰 소리로 말했다.

"좋아, 한번 요약해보자구. 여섯 달 동안 네 사람이었어!"

여전히 침묵이 흐르고 있었다. 이고르는 장 본 물건 목록을 적어넣는 작은 칠판에 교수형당한 사람을 네번째로 그려넣었다.

"프레데릭 샤세리오: 7월 10일 입실, 8월 3일 퇴실. 총 24일. 추방 동기: 자기 엄마가 해주던 요리가 맛있다며 우리를 성가시게 했음."

계속 침묵이다. 이고르는 칼을 쥐고 감자껍질 벗기기라는 고역을 시작했다. 추방자들이 그려진 칠판에 시선을 던지며 그가 말했다.

"파스칼 드 강시외, 세련되기는 했지만 이 집 아들과 다투었음. 9월 17일~10월 3일. 총 16일."

지금 감자 가지고 뭐 하는 거지? 감자껍질은 사과껍질처럼 길다랗게 칼날 주위를 맴돌면서 떨어졌다······

"프랑수아 랑주뱅, 11월 8일 사라짐. 엄마는 무엇 때문에 랑주뱅을 싫어했지?"

감자는 칼로 벗기는 동안 거무죽죽해졌지만 물로 씻으니 곧 깨끗해졌다······ 냄비에 물을 붓고······ 자, 이제 됐다.

"아! 맞아. 밤에 코를 고는데다가 눈만 떴다 하면 아랍인들을 잡아먹지 못해 안달이었지······"

이고르는 내내 서서 빠른 속도로 음식을 준비했다. 몇십 년이

흐른 먼 훗날, 침묵만 지키는 엄마 곁에서 이렇게 혼잣말을 하며 보낸 유년의 끄트머리는 이고르에게 가장 끈질기게 남아 있는 기억이 될 것이다. 그게 좋은 기억일지 아닐지는 모르지만……

"그리고 마지막 남자는? 조금 전에 가방 싸서 나갔지. 사흘 버텼네! 최고 기록인걸!"

"정확히 사흘 동안 단 한 번도 샤워를 하지 않았어."

이고르는 놀라울 것도 없다는 얼굴로 고개를 45도쯤 돌렸다. 문틀에 팔꿈치를 기대고 있던 엄마 타티아나가 드디어 입을 열었다. 엄마는 담배에 불을 붙이며 말했다.

"옷은 깨끗하게 입으면서 몸은 지저분한 남자는 딱 질색이야."

비쩍 마른 이 젊은 여자가 어떻게 사내를 그토록 난폭하게 내쫓을 수 있었는지 상상하기란 어렵다. 그녀는 줄담배를 피워대면서 자기 아들이 다 큰 어른처럼 저녁을 준비하는 모습을 슬픈 얼굴로 지켜보았다.

이고르의 엄마는 여성잡지의 부부생활 상담 코너에 카운슬링 칼럼을 쓰고 있었다.

감자가 잉어처럼 냄비 속으로 다이빙을 했다. 이고르는 싱크대 위에 두 손을 올려놓은 채, 벌써 몇번째인지 알 수 없지만, 엄마의 문제에 대해 다시금 파고들기 시작했다.

"엄마는 독자들한테 뭐라고 충고해? 가라테를 배우라고? 격투

기술을 배우라고? 아니면 독자들에게 남자들을 추천해주기 전에 엄마가 먼저 모든 남자들을 맛보려는 거야, 요리 감정가처럼?"

타티아나는 감자 하나와 칼을 양손에 움켜쥐었다.

"내 독자들에게? 네 아빠에 대해 이야기하지, 이고르. 물론 익명이야! 독자들이야 모르지, 내가 말하는 사람이 나와 네 아빠라는 걸 말이야. 몹시 절망해 있는 여자들한테 우리 얘긴 잘 먹힌단다."

타티아나가 이어서 물었다.

"오늘 저녁 메뉴는 뭐지?"

"올리브를 곁들인 토끼고기와 호두를 넣은 감자죽."

"음! 맛있겠는데."

두번째, 세번째 감자가 첫번째 감자처럼 냄비에 담긴 맑은 물속으로 떨어졌다. 이고르는 감자와 칼을 들고 어른 행세를 하면서, 매일 하는 심리분석을 다시 시작했다.

"바로 그게 문제야, 엄마. 엄마는 아빠랑 쌍둥이 같은 남자만 찾아다니고 있어. 그런 사람을 찾을 수 없으니까 아무하고나 어울리는 거고. 엄마는 정반대로 행동하고 있어. 그건 엄마 자신한테 끔찍한 고통을 주는 일이야……"

아니다. 지금 열두 살을 갓 넘긴 아이가 자기 엄마의 성생활을 비판하도록 내버려두는 게 과연 상식적으로 '타당'한지 아닌지를 가리는 것이 아니다. 또한 이 어린애가 성인심리라고 하는 금

렵구(禁獵區)에 즐겨 침입하는 것이 '현실적'인지 아닌지를 논하는 것도 아무 의미가 없다. 우리는 벌써 열일곱 달째 이 가정에서 절망이라는 말로는 다 표현할 수 없는 끔찍한 생활을 하는 중이니, '타당'한가 아닌가 하는 문제로 우리를 성가시게 굴지 말라구요! 과연 '현실적'이라는 게 뭔지 실제로 벌어진 일을 근거로 해서 직접 판단해보시라구요! 편도선 수술을 하겠다고 병원문을 열고 들어간 (거의) 신체 건강한 서른여덟 살 먹은 남자가 의사놈의 실수로 뼛속까지 병균에 감염되어 병원 문을 나서는 일은 과연 타당한 일일까? (서른여덟 살에 편도선? 물론 그 나이에도 걸릴 수 있다! 외과의사가 서툰 경우엔 피가 날 수도 있다!) 나로 말하자면 죽음에 대해서 그리고 상식적으로 타당한 일이 무엇인가 하는 점에 대해서 할말이 많은 사람이다. 하지만 현실주의에 관해서라면…… 내가 말할 수 있는 건, 당시 열한 살이었던 이고르가 애물단지처럼 보살펴야 할 철없는 엄마와 두고두고 기어올라야 할 에베레스트 산 같은 어마어마한 고통을 떠안은 채, 자신을 아빠 없는 아이로 만들어버린 수혈 담당 의사의 배를 좌악 갈라버리지 않은 것도 바로 현실주의에 따라 행동한 결과라는 거다. 사실대로 말하자면, 이고르는 수술용 메스를 쓸 생각까지 했었다. 당시 키 132센티미터, 몸무게 33킬로그램에 불과했던 이고르는 매우 치밀한 계획을 짰다. 범행 날짜, 시간까지 전부 계산했다. 문제의 메스도 손에 넣었다. 그러고 나서 조제프와 자신의 계획에 대해 이야기하다가, 바로 그 현실주의라는 이름 아래, 외과의사를 둘로 토막낼 생각을 접었다. 조제프가 비에유 뒤 탕플 거리의 랍비인 사촌 라종이 한 말을 그대로 전해주었던 것이다. 외과의사의 배를 갈라버릴 생각이라면 병원 윗대가리들에게도 책임이 있으니까 그들도 난도질해야 하고, 그들을 처치한 다음에는 의료산업을 담당하는 정치가들을 손보고, 화학산업을 담당하는 작자들도 모조리 손봐야 한다고 했던 것이다…… 하지만 키 132센티미터, 몸무게 33킬로그램인 열한 살짜리 아이에게 그것은 엄두도 못 낼 일이었다…… 더군다나 이고르가 결심한 대로 행동에 옮긴다면 그렇지 않아도 침통해 있는 타티아나가 어떻게 될지는 두말할 나위도 없었다.

그러니까 타당한 게 뭐고 현실주의가 어떻다는 문제로 우리를 귀찮게 하지 말고 지금 부엌에서 둘이 무슨 소리를 하는지 들어나보자구요. 한겨울의 어둠이 파리 시내를 뒤덮어오는 시간, 이고르는 믹서를 돌리고 있었다.

"엄마는 아빠 같은 사람을 다시는 못 만날 거야. 아빠는 너무나……"

넋 나간 미소를 지으며 이고르가 말했다.

"아빠는 너무나 완벽한 사람이었어."

저런! 그 다음 얘기가 무엇일지 나는 안다. 지나간 행복의 오솔길에서 갈팡질팡하다 보면 지금의 슬픔만 더 짙어질 뿐이다.

"엄마는 그렇게 굉장한 사람 절대로 못 만날 거라구……"

그만둬, 이고르! 지금 엄마를 위로하려고 하면 오히려 최악의 상황이 될 수도 있어, 너도 잘 알잖아!

"그 누구도 아빠처럼 나를 사랑해주지 못할 거야."

이고르는 믹서 손잡이를 돌리면서 죽은 사람을 눈앞에 보고 있기라도 한 것처럼 말했다.

"하지만 엄마, 아빠에게는 커다란 결점이 있었어."

타티아나의 몸이 아무도 감지할 수 없을 만큼 조금 굳어졌다.

"아빠도 죽음 앞에서는 어쩔 수 없는 사람이었다는 거야."

이런 변이 있나! 기어이 눈물둑이 터지고 말았다. 이고르의 흐느낌 소리가 믹서 안으로, 토끼고기와 감자죽 위로 고통이 되어 넘쳐흘렀다.

"그리고 아빠는 죽었어, 엄마!"

슬픔이란 묘한 거다. 진실한 고뇌나 절절한 슬픔도 말을 한다고 더 악화되지는 않으니 말이다. 아마도 문학적 필연성이라는 것, 무엇인가 쓰고 싶다는 욕구는 바로 거기서 나왔을 것이다…… 그렇지 않으면 죽은 사람을 따라 죽는 수밖에 없지 않은가.

"죽었다구, 엄마! 빌어먹을, 죽었단 말야! 수혈 한 번 잘못 받고 죽어서 땅속에 묻혔다구! 아빠가 파자마 속에 손을 넣어 엉덩이를 긁적이는 모습을 다시는 볼 수 없다구!"

이고르는 타티아나의 팔에 안겨 울먹였다. 애들이란 엄마 품에 안겨 우는 법이니까.

"나는 어른이 되기 싫어, 엄마. 지금도 너무나 어른 같은걸……"

하느님 맙소사! 저 나이에 꼭 할 소리만 하면서 울고 있네. 봐라, 그게 바로 상식적으로 타당한 일이자 현실적이라는 거다. 이렇게 이 집은 제대로 된 질서를 되찾았다. 그럼 이제는 장소를 바꾸어 누르딘 카데 집으로 가보자.

*

카데 집에서 들리는, 달그락달그락 접시 부딪치는 소리, 포크와 나이프 쨍그랑거리는 소리는 누르딘의 누나 라쉬다가 어떤 기분인지 잘 보여준다. 신경질적인 설거지 소리는 무언의 항변이며, 저녁식사가 험악한 분위기에서 끝났다는 것을 말해주고 있었다. 먼저, 누르딘 녀석을 보자. 방과후 한참 만에야 집에 돌아온 녀석이 왜 늦었다는 설명 한마디 없이 슬그머니 식탁 아래 두 다리를 쭉 뻗고 앉는 꼴이라니. 마치 여자들한텐 아직도 투표권이 없다는 식으로, 나한테 아무 해명도 하지 않고 말야. 아버지라는 사람도 마찬가지야. 너 어디서 오는 거냐, 지금이 몇시인 줄 아느냐, 무슨 일이냐 물어보지도 않고, 주차장에서 물감이나 잔뜩 묻히고 올라와서 고슴도치처럼 묵묵히 저녁밥만 우겨넣고 다시 내려가버리질 않나. 게다가 저 녀석 지금 하는 꼴이라니! 내일 아침까지 제출하라는 작문 숙제를 어떻게 해야 할지 모르겠다며 연습장만 펼쳐놓고 바보처럼 빅 볼펜을 질겅거리는 꼬라지라니! 그러고는 기껏 한다는 소리가 뭐 어쩌고 어째, 밤새 지가 어른이 되고 아빠가 예닐곱 살짜리 애가 되면 고작 하겠다는 게, 물루나 베르트랑(이 옆집 아들에 대해서라면 말을 꺼내지 않는 게 낫다)한테 롤러스케이트를 빌려서 친구들과 함께 대로에 나가 미친 듯이 롤러스케이트를 타는 거라고.

"그래? 어른이 되자마자 하겠다는 게 겨우 놀이터에 나가 스케이트 타는 거니?"

"그럼. 어른이 되면 학교 다닐 필요도 없잖아!"

설마 그럴 리가…… 저 녀석 일부러 저러는 거다. 저 말하는 얼굴 좀 봐! 지금 누르딘이 짓고 있는 얼빠진 표정은 라쉬다에게는 커다란 수수께끼였다. 쟤, 생겨먹은 대로 진짜 바보 천치 아냐? 매일 밤 부엌에서 숙제할 시간만 되면 왜 저러는 거야? 놀 때는 머리가 잘 돌아가는 녀석이!

사무실에서 함께 근무하는 미레유가 이런 말을 한 적이 있었다.

"누르딘은 지금 학교 공부 거부중이야. 학교 공부를 거부하고 있는 거라구. 내 조카가 그랬던 것처럼 말야. 네 동생이라고 비켜 가겠어. 내 조카는 글씨도 읽을 줄 몰랐어. 하지만 토스터는 얼마나 잘 고치는데!"

학교 공부 거부중이라고! 제가 무슨 수로 학교 공부를 거부해…… 미레유, 바보 같은 년. 학교 공부야 했겠지. 하지만 제 조카가 어쩌구 토스터가 어쩌구 하는 걸 보면 바보 중의 바보가 틀림없어!

그릇들이 부딪치는 소리가 점점 커졌다. 펄펄 끓는 물 속에 푹 담갔다가 개수대 위에 건져놓은 식기들은 물방울을 떨어뜨리며 차갑게 식어갔다…… 놀이터에서 롤러스케이트가 어쩌고 어째…… 이 녀석 내가 가만두나 봐라!

"학교야 안 다니겠지만, 가정을 꾸려야 하고 아빠랑 엄마도 길러야 하잖아. 생각해봐, 내가 작문 주제를 제대로 이해한 거라면 엄마도 역시 쪼그만 아이가 되는 거야. 대여섯 살쯤 먹었을 테니까 우체국 남자랑 도망쳤을 리도 없잖아. 그리고 난 말이지, 네가 어른이 되자마자 이 집에서 나가버릴 거야. 누나는 그때부터 편히 쉬겠다고. 방 두 개짜리 조용한 집 하나 얻어서. 이 집 게으름뱅이들을 위해 몸 바쳐 일하는 것도 그만둘 거라고. 프랑스 사회에 적응하려고 애쓰기는커녕 바보 같은 소리나 지껄여대고 오밤

중이나 돼서야 집에 돌아오는 동생을 붙잡고 숙제 시키는 일도 집어칠 거야! 너, 지금까지 어디 있었어, 응? 어디 있었냐구? 너 또 시작이야? 진짜 이럴 거야? 어떻게 살든 상관없어? 다른 놈들처럼 막 굴러먹어도 된다 이거야?"

그것은 폭발 직전에 울리는 호각 소리였다. 누르딘은 다이너마이트의 도화선을 자르기엔 너무 늦었다는 것을 알고 있었지만, 그래도 라쉬다의 화가 폭발하는 것은 원치 않았다. 누르딘은 천성적으로도 싸움을 좋아하지 않았지만, 누나가 분을 터뜨릴 때는 가능하면 피하는 게 백 번 나았다. 누르딘은 부드러운 미소를 머금고 우애 어린 눈길로 누나를 지그시 바라보며 조심스럽게 입을 열었다.

"라쉬다 누나……"

"엘렌이라고 불러!"

어어, 이건 처음 듣는 소리다! 엘렌? 누르딘은 그 이름을 입 속으로 중얼거려보았다…… 엘렌?…… 어떻게 들릴까 싶은 마음에, 누르딘은 그 이름을 아랍 식으로 약간 비틀어보았다. 렐렌? 크렐렌? 괜찮은데, 크렐렌…… 재미있는 이름이잖아. 누르딘은 순진한 척하는 눈빛으로 누나를 올려다보며 말했다.

"크렐렌?"

행주가 누르딘의 머리를 살짝 비켜나 벽에 가서 부딪혔다. 세

제 방울이 연습장 위에 후두둑 떨어졌다.

"왜 이래, 누나 미친 거 아냐?"

누르딘을 겨눈 라쉬다(그러니까 엘렌, 아니 크렐렌, 아이고 나도 모르겠다)의 뾰족한 손가락이 누르딘을 그 자리에 못박아버렸다. 마치 라쉬다의 쭉 뻗은 한쪽 팔이 부엌을 가로질러 달려오는 것 같았다.

"너, 나 약올리지 마. 알았어? 신경 건드리지 말라구. 내가 물어보는 것만 대답해. 너 어디 있었어, 응? 지금까지 뭐 하다 왔어?"

누르딘의 전략은 완전한 실패였다. 더이상 어찌할 방법이 없었다. 이런 경우에 늘 그랬듯이 문제는 더 악화되고 말았다. 누르딘이 자리에서 발딱 일어나는 바람에, 그가 앉아 있던 의자가 빙그르르 돌다가 넘어졌다. 누르딘은 제 물건들을 가방 속에 쑤셔넣으며 소리를 질렀다.

"창녀들하고 있었다! 어쩔래! 프랑스 여자 다 된 계집애 하나 먹어치웠다!"

그건 순전한 거짓말이었다. 그 장면을 지켜본 내가 증언할 수 있다. 여자가 누르딘을 두 팔로 감싸며 다가오자, 녀석은 낑낑거리는 소리를 내면서 몸을 배배 틀다가 겁에 질린 당나귀 새끼처럼 도망쳐버렸던 것이다. 스쿠터 위에 몸을 싣고 바보처럼 줄행

랑친 것을 진심으로 후회했던 만큼, 누르딘에게 그것은 한심스럽기 짝이 없는 도주였다.

"누나가 정 알고 싶다면 말해주지, 난 다시 그리로 갈 거야!"

쾅 소리와 함께 현관문이 닫혔다. 누르딘은 어느새 계단에 나와 있었다. 진짜로 '여자들의 거리'로 되돌아갈 생각이었다. 숙제하는 데 크렐렌 따위는 필요 없다. 지금 누르딘한테는 쓸 만한 주소가 하나 있지 않은가! 그 아가씨는 누나처럼 누르딘을 성가시게 하지 않을 것이다. 작은 인어 아녜스의 비단결 같은 목소리가 귀에 들리는 듯했다. 그녀의 이름을 알아내지 못했다면 어쩔 뻔했을까. 그녀의 이름을 안다는 것만으로도 이미 엄청난 성과를 이룬 셈이야! 어쩌면 크래스탱의 손아귀에서 인어를 구출해내야 할지도 몰라. 머릿속에서 윙윙거리는 온갖 생각들을 더듬어가며 누르딘은 주차장으로 허겁지겁 뛰어내려갔다. 스쿠터 쪽으로 곧장 내달리는데, 무엇인가에 주의가 끌렸다.

그것은 주차장의 정적이었다……

공기조차 고여 있는 듯한 정적……

색깔의 냄새……

누르딘의 아빠 이스마엘이었다. 그림을 그리고 있었다. 이스마엘의 그림에는 기도 그 이상의 것이 담겨 있었다. 그의 그림은 신에게도, 그 누구에게도 아무것도 요구하지 않았다. 이스마엘이기도를 대신해서 그림을 그리게 된 후로, 주차장은 그 집에서, 그 거리에서, 어쩌면 벨빌에서, 프랑스에서, 세상에서, 우주에서 가장 조용한 공간이 되어버렸다. 마치 이스마엘이 온 세상을 여기, 이 비밀스러운 주차장 안에 가둬둔 것처럼, 움직이는 거라곤 아무것도 없었다. 마음 달래는 소리, 숨소리만 들릴 뿐이었다…… 그리고 이스마엘의 붓이 속삭이는 소리…… 이스마엘이 택시를 팔고 붓 하나만 손에 쥔 채 인간들이 사는 곳보다 한 층 더 아래인 이 지하실에 파묻혀 산 지 육 개월째다. 사방 벽이 그림으로 가득 채워진 이스마엘의 주차장보다 빛이 더 평화롭게 내려앉는 공간은 이 세상에 없다. 이스마엘은 비단 붓으로 벽에 해를 그려 넣고 있었다…… 누르딘은 아빠 곁으로 다가갔다. 난로는 길모퉁이에 놓인 화로처럼 벌겋게 달아올라 있었다. 이스마엘은 푸른 바다가 그려진 벽을 마주한 채 환풍기 날개 위에 햇빛을 그리고 있었다.

"아빠, 아빠가 그린 해는 정말 멋있어."

오래 전부터 이스마엘은 말을 하지 않았다. 택시 판 돈을 살림에 보태라고 라쉬다에게 주고 나서, 그림 상자와 매트리스를 들고 지하 주차장으로 내려온 후로 그는 단 한 마디도 하지 않았다. 지금도 아들 어깨 위에 가만히 손만 얹을 뿐이다. 아빠와 아들은 주차장 환풍기 날개 위에서 반짝거리는 햇빛을 바라보았다.

"방금 전에 나한테 한 소리 다시 해봐! 다시 해보라니까!"

누나 라쉬다였다. 누르딘이 고개를 돌린 순간 라쉬다가 따귀를 찰싹 올려붙이는 바람에, 누르딘의 얼굴이 다시 제자리로 돌아왔다. 너무 어이없이 따귀를 맞은 누르딘은 작업대 위로 튀어오른 톱니바퀴형 스패너를 반사적으로 손에 들었지만, 이스마엘이 아들 누르딘의 주먹을 틀어잡으면서 가까스로 저지했다.

라쉬다는 눈 하나 깜짝하지 않았다. 아빠와 동생을 빤히 쳐다보다가 아빠를 향해 말했다.

"이게 아빠가 원하는 거야? 아들 녀석이 창녀들한테 들락거리며 누나를 모욕하는 게 아빠가 원하는 거냐구! 도대체 이 세상에 제대로 된 남자라고는 없는 거야?"

그녀가 정말 하고 싶었던 말은 그게 아니었다. "이 집에 제대로 된 남자라고는 없어"라고 말하려던 것을 그만 "이 세상에 제대로 된 남자라고는 없는 거야?"라고 했던 것이다. 이유는 알 수 없었지만, 라쉬다는 이제는 화가 난다기보다 절망적이라는 생각이 들었다.

"아! 이 따위 그림이 다 뭐야! 그림만 그리면 다야!"

라쉬다가 두 손으로 그림 상자를 움켜쥐었다. 시나이 산을 내려오던 모세가 십계명이 새겨진 석판을 부서뜨리는 듯한 몸짓이었다. 뚜껑이 활짝 열린 채 난로에 던져진 그림 도구 상자는 세상의 종말을 알리기라도 하듯 활활 타올랐다.

*

고물 스쿠터에 몸을 싣고, 신호등은 안중에도 없다는 듯 자동차들 사이를 지그재그로 미친 듯이 질주하면서 잠에 빠진 파리시를 굉음으로 쥐어짜는 저 꼬마 녀석이 누군지는 애써 상상할 필요도 없다. 그래 맞다, 누르딘 카데다. 누르딘은 소리 요란한 스쿠터 배기관을 수리할 수도 있었다. 하지만…… 아니다, 누르딘은 도저히 그럴 기분이 아니었다.

4

"그래서, 사인할 거야?"

무운(그러니까 자네트 프리츠키, 처녀 때 이름으로는 자네트 종슈빌)이 포프에게 쓰는 전략은 아주 단순하다. 아내나 직장 여자 동료들이 흔히 쓰는 수법이다. 한 남자를 상대로 두 번이나 세 번쯤, 좀더 가까운 사이에서는 몇 번쯤은 더 통하곤 하는 수법인데, 무운의 경우에는 십오 년 전부터 단 한 차례도 실패하지 않고 백발백중의 결과를 가져다 주었다. 포프 프리츠키를 상대로 펼쳐온 그 전략이 십오 년이라는 긴 세월 동안 단 한 번도 실패하지 않았다는 데 바로 무운만의 천재성이 있다. 그런데 지금 그녀의 눈앞에서, 포프가 반항하고 있었다. 포프 프리츠키는 침대에 누워 신문으로 얼굴을 가린 채 무운의 눈길을 애써 외면하고 있었다. 신문을 들여다보는 일은, 어느 집 남편이든 아내가 설거지하는 동안 써먹는 방패막이다. 신문은 아내의 잔소리를 막아주는 방책이다. 이런 효과를 노리고 신문 뒤에 몸을 숨기고 있는 포프 앞에, 무운이 아들 조제프의 알림장을 들고 서 있다.

"사인 안 할 거야?"

"……"

"좋아."

그때부터 진짜로 일이 벌어지기 시작했다. 무운 프리츠키는 포프가 신문을 읽으려고 켜둔, 침대 머리맡의 흐릿한 스탠드만 남겨놓고 방 안의 불을 모조리 꺼버렸다. 그녀는 한 손에는 알림장을, 다른 한 손에는 볼펜을 들고 있었다. 그녀의 치마는 초장부터 발치께에 흘러내려 있었다. 포프는 아내가 어떻게 손도 안 대고 치마를 벗어버릴 수 있는지 늘 궁금했다. 분명 두 손은 가만히 있다. 양장점 여주인답게 단정하게 투피스를 차려입고는 남편의 눈을 똑바로 쳐다보다가, 손 하나 까딱하지 않고 순식간에 발가벗은 두 다리를 드러내는 것이다. 치마와 그 나머지 것은 어디로 갔을까? 단숨에 침대의 반대편 끝으로 튀어올라온 무운이 웅크린 자세로 두 발목을 겹치면서 양다리로 포프의 아랫도리를 꽉 조이는 바람에, 포프는 그녀를 물리칠 시간조차 없었다. 그녀의 몸에서 뿜어져나오는 열기가 시트를 가로질러 포프의 발가락에 번지더니 이내 발목을 따라 정강이까지 올라오면서 무섭게 작열하기 시작했다…… 상황이 이쯤 되면 포프의 패전은 쉽게 예상할 수 있다.

"사인 안 할 거야?"

안 해. 그녀는 신문에 대고 말하고 있다. 하지만 신문이 사시나무 떨리듯 흔들리는 걸로 봐서 그녀의 승리가 멀지 않았음을 짐작할 수 있다. 포프가 이해할 수 없는 게 또 한 가지 있다. 골반은 악랄하다 싶을 만큼 기막힌 재주를 발휘하는데, 얼굴과 윗몸은 어쩜 이렇게 천진무구할 수 있을까? 괜찮다 싶은 여자들은 왜들 하나같이 꾀와 지략으로 남자를 사로잡는 것일까? 포프는 눈썹을 찡그렸다. 지금 막 떠올린 의문은 신문에 씌어 있는 기사가 아니다. 방금 신문에서 읽은 것이 아니라, 막 머릿속에서 생각한 것이다. 생각했다…… 진정으로 사고했다기보다는 몸을 타고 흐르는 어떤 강렬한 감각이 추상화되었을 뿐이다.

"무운, 그만둬."

"뭘 그만두는데?"

이론적으로 따지는 건 짜증나는 일일 수도 있다.

"난 사인 안 할 거야."

"내기 할래?"

"그렇잖아도 골치 아픈 일이 많단 말야. 내일 모레가 장인어른

생신이라는 것만으로도 내 골치가 썩기에 충분하지 않아? 내가 크래스탱까지 찾아가서 치고받고 해야겠어?"

"그러지 말고, 포프…… 당신, 우리 아빠랑 아주 잘 지내는 편이잖아. 해마다 샴페인으로 익사시켜드리고 있으니까. 좋아, 그럼 내가 제안 하나 할게. 여기다 사인만 해, 그러면 이제부터 당신은 우리 아빠 생신 때 면제야. 어때, 좋지? 영원히 면제라고!"

유혹적인 제안이다……

하지만 아니다. 그걸로는 충분하지 않다.

"그 크래스탱이라는 선생은 슈목 같은 내 남편을 겁에 질리게 하는 골렘이야. 그게 바로 진실이라구."

무운의 몸은 물결치고 있었다. 그때까지도 포프는 잘 버텨내고 있었다. 볼장 다 봤다는 건 그도 알고 있었다. 브래지어가 파국을 예고하며 방 어딘가에 툭 떨어지고 신문이라는 바리케이드가 무너지고 나면, 감각의 사냥이 시작될 터였다. 사냥감을 마지막 함정에 몰아넣는 함성이, 미친 듯 날뛰는 생식 본능의 폭발이 있을 터였다. 포프가 어찌나 거세게 한숨을 내쉬었던지 신문이 바르르 흔들렸다.

"'하얀 젖가슴을 가진 비(非)유태인 여자들을 조심해'라고 말씀하시던 우리 어머니가 옳았어."

"'아무리 뛰어난 유태인도 별볼일 없다'고 하시던 파시스트 같은 우리 아빠가 틀리지는 않았어."

무운은 이제 완전히 발가벗은 채 '하던 일'에 열중하고 있었다. 하지만 한 손에는 여전히 알림장이 들려 있었다. 그리고 다른 손에는 볼펜이.

'내가 얼마나 버틸 수 있을까?' 포프의 궁금증은 이제 하나로 쏠려 있었다. 얼마나 버틸 수 있을까? '언제 한번 시간을 재봐야겠어……' 이 또한 신문에 씌어 있는 기사는 아니었다.

"조제프 녀석, 어쨌든 작문 숙제는 다 했겠지?"

"내일 아침 학교 가기 전에 나한테 보여주기로 목숨 걸고 약속했어."

전신에 흐르는 열기가 점점 더 뜨거워졌다.

"사인할래, 아니면 당신 어머니 뜻에 따를래?"

*

조제프 프리츠키는 새하얀 연습장 위로 고개를 잔뜩 숙이고 제방 안에 앉아, 엄마 아빠가 자기 때문에 절망하고 있다는 바로 그 점 때문에 절망하고 있었다.

원추형 전등 아래에서 조제프는 머리를 쥐어짜고 있었다. 그 또래 아이들이 흔히 그렇듯이, 조제프 역시 자기는 쓸 만한 데라고는 없는 평범한 아이라고 진작부터 생각해왔다. 긴 인생을 살아가는 데 도움이 될 만한 반짝거리는 아이디어라고는 없는, 빈병 같은 아이. 그것은 포프와 조제프 사이에 오래 묵은 갈등의 테마이기도 했다.

"'아무 생각 안 나요, 아무 아이디어도 안 떠오른다구요', 이게 도대체 무슨 소리냐! 글짓기 할 때 너한테 필요한 건 아이디어가 아니야! 중요한 건 아이디어가 아니란 말이야!"

저녁식사 후, 포프는 이렇게 화를 냈다. 조제프의 목덜미를 움켜쥐고 커다란 서랍장 앞으로 끌고 가서 아이 팔에 가족 앨범 상자를 있는 대로 안기고는 문을 가리키며 말했다.

"이거 들고 네 방에 가서 숙제하는 거야. 앨범을 열고 찾아봐. 그 안에 다 있어. 네 엄마 아빠의 아주 어렸을 적 모습도 있고, 유태인, 비유태인, 우리 친척들 모두 다 있을 거야. 혹시 알아, 예수, 모세, 아브라함까지 찾을 수 있을지! '아이디어' 타령 하면서 골치 썩이지 말고! 작문 숙제 할 때 필요한 건 아이디어가 아니라 실제로 가족들이 어떻게 생겼나 자세히 보는 거야!"

조제프는 갇혀 있던 '사람'들을 벌집 같은 사진첩 밖으로 풀어놓았다. 지금 그들은 난장판이 된 녀석의 책상 위에 되는 대로 누워 있다. 아직 살아 있는 얼굴들, 조제프가 태어나기 전에 죽은 사람들, 처음 보는 얼굴들, 잘 아는 친척들, 사촌들, 친구들, 우연히 사진에 함께 찍힌 낯선 사람들, 컬러사진, 흑백사진, 잊혀진 얼굴들, 그리고 집안의 전설적인 인물들이 거기 있었다. 친척들 중에 가장 명물이라고 할 수 있는 마리 제르부아즈 고모 사진도 있었다. 그녀는 살아 생전 단 한 번도 남편 쥐스탱과 잠자리를 같이하지 않은 것으로 유명했다. 하지만 고모는 '불쌍한 쥐스탱'이 죽은 후 일 년에 세 번씩 그의 묘지로 소풍을 갔다. 사진에는 묘석 한귀퉁이에 아슬아슬하게 엉덩이를 걸치고 앉아 원통형 상자에서 간단한 먹거리를 어렵사리 꺼내고 있는, 코밑이 거뭇거뭇한 짙은 적갈색 피부의 마리 제르부아즈 고모의 모습이 담겨 있었다.

엄마 무운은 이렇게 말했었다.

"고모는 언제나 거추장스러운 걸 무릅쓰고 모자 상자에 먹을 것을 담아 가곤 했어. 그게 바로 고모가 말하는 '어떤 상황에서도 숙녀답게 처신한다'는 거지."

여기도 사진, 저기도 사진, 온통 사진투성이였다. 그중에서도 유독 눈에 띄는 건 물론 조제프였고, 포프, 그리고 무운이었다…… 무운…… 그런데 이 사진 속 엄마는 몇 살 때일까?…… 세숫대야처럼 얼굴이 넓적한 무운은 도대체 몇 살이나 먹은 걸까? 네 살, 여섯 살? 남자의 큼지막한 두 손이 수건을 건네고 있고, 발가벗고 양철 대야 안에 들어가 있는 무운은 말괄량이 같은 눈빛으로 물에서 나오기 싫다는 뜻을 똑바로 전하고 있었다. 부드럽지만 단호한 표정이었다. 무운은 벌써 그때부터 그런 표정을 지었나 보다. ('부드럽지만 단호한 표정'이란 표현은 조제프가 아니라 내 표현이다. 조제프는 연습장을 앞에 두고 굳은 얼굴로 앉아만 있었다. 뇌세포들이 전부 말라비틀어진 것처럼 아무 생각도 하지 않고 있었다.) 조제프는 여전히 아무 생각도 나지 않았다. 어릴 적 엄마 모습이 지금과 '완전히' 똑같다는 사실, 그리고 그게 작문 숙제를 하는 데 별반 도움이 안 된다는 사실만 겨우 깨달았을 뿐이다. 서른 살을 더 먹었을 뿐 똑같은 곱슬머리, 똑같은 보조개에 어렴풋이 장난기가 어린, 사람을 똑바로 쳐다보는 시선마저도 완전히 똑같아서 그녀를 모르는 사람이 봐도 이건 같은 사람이라고 쉽게 말할 수 있을 정도였다. 나이만 서른 살 더 먹었다는 것, 그게 전부였다. 내일 아침 갑자기 어른이 되어버린 조제프가 엄마 아빠 침실로 달려갔을 때 지금보다 딱 서른 살 덜 먹은, 엄마와 똑같이 생긴 계집애를 발견하게 되는 것, 그걸로 얘기는 끝인 거다. 작문 숙제를 하기에는 좀 짧은 감이 있다. 아빠 포프로 말하자면 더 심각했다. 완전히 딴사람이었다. 어릴 때의 모습과 닮은 데가 단 한 구석도 없었다…… 성년식 이후로 두 귀를 새로 만들어 붙이고 머리통을 배(梨) 모양으로 다시 빚은 게 아닌가 싶을 정도다. 두상의 옆면은 완전히 무시하고 턱뼈만 기괴하게 발달한 것이다. 좁다란 이마에 불독 같은 아래턱. 이럴 수는 없어. 우리 아빠가 아냐. 우리 아빠가 아니라구. 조금 전 아빠한 테 호되게 야단을 맞은 터라, 조제프는 이런 생각을 흔쾌히 가슴 속에 품고 있었다. 조제프는 세면대 거울 앞에 서서 자신의 부드 러운 살결과 천진난만한 눈, 완벽한 유선형을 이루는 얼굴형을 감탄 어린 눈길로 바라보았다. 그렇다, 조제프는 그런 자신을 무 척 좋아한다. 텁수룩한 머리털에 면도도 제대로 하지 않은 얼굴 로 소리만 꽥꽥 질러대며 숙제하러 가라고 조제프를 방으로 쫓아 버린 인간은 어쩌면 조제프의 아빠가 아닐지도 모른다. 사진이 그걸 증명하고 있지 않은가! 태어날 때 뒤바뀐 게 틀림없다. 그게 아니라면 포프가 사기꾼이거나, 산부인과에서 실수하는 바람에 조제프가 엉뚱한 사람한테 넘겨진 거다. 조제프는 백설공주 얘기 에 나오는 "거울아 거울아, 내 소중한 거울아"라도 외치며 하소 연하고 싶은 마음이 들었다. 엄마 눈을 쏙 빼닮은 조제프로서는 엄마가 포프 아닌 다른 사람과 자기를 만들었다고는 감히 생각조 차 할 수 없었기 때문이다.

다시 포프 얘기를 하자면…… 포프가 화내는 모습은 꼭 애들 같다. 그런 점에서 포프는 무운만큼이나 변하지 않았다고 할 수 있다.

조제프는 여전히 작문 숙제에는 손도 못 대고 있었다.

또다른 사진 한 장은 라 부르불 온천장이 배경이었다. 열한두 살쯤 되어 보이는 무운이, 무슨 대단한 기념식이라도 되는 양 화려하게 옷을 차려입은 외할아버지와 외할머니 사이에서 고리타분한 표정을 짓고 있다. 외할아버지 종슈빌에 대해서라면 사람들이 이구동성으로 하는 말이 있다. 치사한 머저리. 할아버지는 카메라 앞에만 서면 조각상처럼 뻣뻣해진다. 한마디로 자신이 사람들 기억 속에 영원히 남을 거라고 착각하는 인물이었다. 포프는 장인 종슈빌이 마치 대리석에서 태어난 것처럼 거드름을 피운다고 말하곤 했다. 그런데도 그는 손자들한테 자신을 '파피두*'라고 부르라고 요구했다…… 파피두…… 파피두…… 조제프는 그 말을 들을 때마다 밑 닦는 휴지**가 떠올랐다.

언젠가, 이삼 년 전쯤이었을까, 조제프가 지금보다 더 어렸을 때 이렇게 물은 적이 있다.

"왜 파피두는 꼭 내 한쪽 볼에다만 뽀뽀하는 거야?"

그건 사실이었다. 외할아버지는 엄마 무운 쪽 사촌들한테는 양 볼에 뽀뽀해주면서 조제프한테만은 꼭 한쪽 볼에다만 뽀뽀를 했다. 왜였을까? 그때 조제프는 곧바로 대답을 듣지 못했다. 하지만 불 꺼진 엄마 아빠 침실의 열쇠구멍에 귀를 바짝 대고 이런 말

---

* Papidoux. '부드러운'이라는 뜻의 '두doux'와 '할아버지'를 뜻하는 유아어 '파피papi'의 합성어.
** 프랑스에는 '파피두'라는 상표의 화장실용 휴지가 실제로 있다.

을 엿들을 수 있었다.

포프:우리 애 말이 맞아. 장인어른은 꼭 조제프의 한쪽 볼에다만 뽀뽀를 해. 왜 그런지 내가 말해볼까?

무운:말해봐……

포프:장인어른은 우리 애 얼굴에서 유태인이 아닌 쪽 볼에다만 뽀뽀하는 거야.

그 다음에 엄마 아빠가 왜 그렇게 미친 듯이 웃음을 터뜨렸는지 당시 조제프는 알 수 없었다. 하지만 할아버지가 왜 그랬는지 어렴풋이나마 이해할 수 있는 최소한의 정보는 얻은 셈이었다.

다른쪽 볼, 그러니까 포프의 집안 얘기를 해보자. 사촌 라종의 컬러사진을 한번 볼까. 비에유 뒤 탕플 가의 랍비인 그는 야노아뫼 족* 인디언과 한창 얘기중이다. 사진에서 눈에 띄는 것은 홀랑 벗은 채 콧구멍에 갈대를 꽂고 있는 인디언이 아니다. 그건 울창한 아마존 숲 한가운데서 기도용 솔과 가죽띠를 머리에 두르고 검은색 프록코트를 걸친 라종의 모습이었다. 라종이 저녁 먹으러 집에 왔던 어느 날, 포프가 물었다.

"사뮈엘, 난 이해할 수가 없어. 무슨 일이 있어도 내 양복점 손님은 되지 않을 그 벌거숭이들하고 숲속에서 도대체 뭘 하고 있

---

* 베네수엘라 남부와 브라질 북부 오리노코 강 유역 외딴 숲에 사는 남아메리카 인디언.

었던 거냐?"

라종은 그에 어울리는 대답을 했다.

"신에게 인간이 존재하고 있다는 걸 증명해 보일 생각이었어요."

빙고! 바로 그거야, 그게 해결책이야! 조제프가 사촌 라종한테 전화만 하면 작문 숙제는 다 된 거나 다름없어! 사촌 라종은 가족 중에서 가장 뛰어난 해결사다. 그의 입에서 나오는 해답은 언제나 다른 사람들이 내놓는 해답을 깔아뭉개버린다. 가끔 라종이 아무 대답도 하지 않을 때면 질문한 사람이 어리석은 질문을 한 게 아닐까 생각하게 될 정도였다.

물론 조제프는 라종에게 다짜고짜 작문 숙제가 뭐다라고 말할 생각은 조금도 없었다. 하지만 교묘하게 질문을 던지다 보면 혹시……

이런 생각이 떠오름과 동시에 방에서 뛰어나간 조제프는 복도로 미끄러지듯 빠져나와 무선 전화기를 집어들었다. 수화기를 한참 만지작거리던 조제프는 "그냥 숙제 때문인데" 어른과 아이 그리고 그들의 진정한 차이점이 뭔지 듣고 싶다고 에둘러 말했다. 그냥 그게 전부라고만……

라종은 한참 동안 생각했다.

"그건 정말 단순한 문제가 아니구나, 조제프."

그러고는 또다시 침묵이다. 잠시 후 라종은 늘 그러듯 혼잣말하는 것처럼 꿈꾸는 목소리로 이렇게 말했다.

"문제를 복잡하게 만드는 건, 대다수 아이들이 아이처럼 '행동하'고 대부분의 어른들이 어른처럼 '논다'는 사실이야. 뭐라고 평가하기는 참 힘들어, 나이라는 문제는. 이해하겠니?"

라종이 말한 그대로 썼을 경우 크래스탱 선생이 어떤 반응을 보일지 짐작하기는 어렵지 않았다. 작문 숙제 여백에 '불충분함'이라고 씌어진 빨간 글씨가 벌써부터 눈에 선했다. 사촌한테서 얘기를 좀더 얻어듣기 위해 조제프는 다른 졸(卒)을 내밀었다. 조제프 제 생각에, 엄마는 옛날이나 지금이나 별로 달라진 게 없는데, 아빠 포프는 "우리 아빠에 대해 이렇게 얘기해도 될지 모르지만" 꼭 어린애 같다, 자기를 꾸짖을 때는 특히 더 어린애 같다고 설명했다. "아빠는 겁이 나니까 나를 혼내는 거예요, 무슨 말인지 알아요? 아빠는 아주 겁이 날 때만 나한테 화를 내거든요, 꼭 애들처럼요……"

라종은 다시금 침묵에 잠겼다. 이번에는 꽤 길었다.

"조제프, 넌 조금도 바보 같지 않아. 부모를 존경할 줄도 알고, 또 참 영리한 아이야. 너는 인생에서 중요한 사실 한 가지를 이제 막 이해한 거란다."

……살다 보면, 자기가 막 이해한 그 중요한 사실이 진짜로 무

엇인지 알 수 있게만 해준다면 뭐든지 다 주고 싶은 순간이 있는 법이다. 말하자면 지금 조제프는 자기가 무슨 중요한 걸 이해했다는 것인지, 라종의 말이 무슨 뜻인지 통 알 수가 없었다.

"인간이란 불안정한 상수(常數)란다, 조제프. 그게 바로 네가 이해한 거야. 네 나이엔 대단한 일이지."

조제프는 이 문장을 쏜살같이 연습장에 받아적었다.

"너 바비쉬 영감이 오늘 아침에 죽은 거 알지? 미안하지만 난 그 집에 가서 일을 좀 도와야겠다. 스틸망 부인이 흘리는 눈물이 세상 떠나는 사람한테 용기를 줄 거라고 생각한다면 그건 착각이야…… 그런 신경쇠약적인 반응은 먼길을 떠나는 바비쉬 영감한테 좋지 않아. 그러니 우리 얘기는 나중에 다시 하기로 하자."

라종은 전화를 끊었다.

조제프의 연습장에는 단 한 줄만이 씌어 있었다. '인간이란 불안정한 상수다.' 조제프는 그 말이 무슨 뜻인지 도무지 이해할 수 없었다. 하지만 연습장 여백에 씌어진 빨간색 글씨가 벌써 눈앞에 보이는 듯했다.

'이 글의 진짜 주인에게 내 대신 찬사를 보낼 것.'

5

누구는 사랑을 나누고 있고 누구는 자기 선생을 저주하고 있는 이 밤, 또다른 누군가는 밖에서 도시의 신경을 죄다 끊어버릴 듯한 기세로 미친 듯이 스쿠터를 몰며 거리를 활주하고 있었다. 그보다 더 높은 곳, 벨빌 언덕 꼭대기의 몇 채 남지 않은 가옥들 중 한 집에서는 한 젊은 여자가, 자신은 원하는 곳에 절대로 도달하지 못할 거라 생각하며 막 잠자리에 든 참이었다. 도대체 어디에? 무엇에 도달하기를 원하는 걸까? 엘렌(또는 라쉬다)은 그것조차 알지 못했다. '나는 절대로 도달할 수 없을 거야', 이게 그녀가 생각하는 전부였다…… 모든 이민 2세들에게는 성취 그 자체가 처음부터 금지된 것처럼 보이는 소망이 있다…… '절대로 이루지 못할 꿈이야'…… 이민 2세의 어깨를 무겁게 짓누르는 저주

와도 같은 그 소망…… 난 내 아빠의 딸이지만, 내 아들의 아들의 아들도 언제까지고 이민 2세대로 남을 거야. 그 아들의 아들들도, 그들의 딸들이 낳은 딸들도 바다 이편과 저편 어느 세계에도 속하지 못하고 영원히 국제 미아로 떠돌겠지. 천치 같은 미레유 년, "사무실 동료지만 그 이상의 친구가 되고 싶"다고? 어디 한 번만 더 "학교 공부 거부"가 어떻고 "이민 2세대"가 어떻고 떠들어대기만 해봐라, 머리통을 복사기에 짓이겨버릴 테니. 라쉬다가 이런 생각에 잠겨 있는 동안, 그녀가 누워 있는 방바닥 저 아래 지하실에서는 그림 도구를 빼앗긴 화가가 주차장 벽에 자신이 그려넣은 가짜 창문과 그 너머로 색칠된 가짜 바다를 묵묵히 바라보고 있었다. 바로 그 바다가 그들과 고향을 갈라놓고 있었다…… 이스마엘은 환풍기 날개 위에 그려진, 햇빛이 뛰노는 푸른 바다를 지그시 바라보았다…… 인공 바다 위에서 찰랑이는 가짜 햇빛을 바라보던 이스마엘은 허망한 꿈을 파는 장사꾼들이 떠들어대는, 천 개의 분수가 샘솟는 알라 신의 정원보다 그것이 훨씬 더 아름답고 진실된 것이라고 생각했다. 바로 그 장사꾼들이 바다와 태양, 여자들, 도시의 지붕을 그리지 못하게 막는 자들이었다. 이스마엘은 파리의 지붕들을 있는 대로 주차장 안에 그려놓았다. 그는 주차장 양쪽 벽과 닫힌 문 위에, 파리 시를 뒤덮고 있는 지붕들을 모조리 그려놓았다. 페트 광장, 몽파르나스,

팡테옹, 퐁피두 센터, 노트르담 성당, 에펠 탑에 이르기까지 파리 시 전경이 그곳에 펼쳐져 있었다. 파리 시 전체가 바다를 향해 열린 창문을 감싸안듯 에워싸고 있었다…… 지하 주차장 구석에 색칠된, 인위적인 모습이 역력한 그 태양이 이슬람 신자들이 장담하는 영생만큼 가치가 있는 것일까?…… 이스마엘은 바로 그 점에 대해 생각하고 있었다…… 하지만 사실 그것은 의문이라기보다는, 차라리 확신이었다. 새들처럼 찌걱찌걱 소리를 내며 돌아가는 환풍기 날개가 뿜어내는 햇살, 아직 덜 마른 페인트 냄새를 풍기는 그 햇빛 찬연한 푸른 바다로부터 솟아나는 확신이었다……

*

도시에는 우연한 사건이 넘쳐난다. 도시가 크면 클수록 우연한 일도 많게 마련이다…… 푸른 바다를 바라보다 눈꺼풀이 무거워진 이스마엘은 햇빛가루가 흩뿌려진 눈을 스르르 감았다. 같은 시각, 도시의 다른 한쪽 구석에서는 이스마엘이 바라보던 것과 완전히 똑같은 바다, 똑같은 푸른빛, 똑같은 햇살, 환풍기 돌아가는 소리와 똑같은 새들의 지저귐 속에, 반쯤 잠든 초록 바다가 희미하게 물결치고 있었다. (사람도 바다도 아직 한낮의 헐떡이는 태양 아래에서 움직이기 전, 거의 황량하다 싶은 아침 해변을 상상하면 된다.) 고요에 뒤덮인 푸른 해면이 갑자기 찢어지고, 바다의 신 넵튠이 불쑥 솟아올랐다……

아니다, 이것은 동양의 신화가 아니다. 허무맹랑하게 꾸며낸 이야기가 아니라 눈앞에 보이는 현실이다. 지중해에서 난데없이 솟아오른 몸뚱어리, 물론 신과는 별로 닮지 않은 남자의 몸뚱어리였다. 그것은 이제 막 바닷가에 나온 듯 피부가 희멀건 피서객의 몸뚱어리였다. 좁은 어깨에 배가 살짝 나온 그 남자는 사람들을 웃기려고 작정한 듯, 머리 위에 한 다발의 해초를 뒤집어쓰고 두 손에는 커다란 조개를 들고 있었다. 바닷속에서 갑작스럽게 모습을 드러낸 탓에 좀 망가지긴 했어도, 바다의 신 넵튠처럼 보였던 거다…… 느닷없이 출현한 사내는 누군가를 향해 조용히 하라며 쉿! 입 다물어! 입 열면 알아서 해! 하는 사인을 보내고 있었다(모든 일은 침묵 속에 진행되고 있다. 무성영화라서 필름 돌아가는 소리만 들릴 뿐이다)…… 지금 카메라는 무용가의 우아한 하체와는 전혀 딴판인, 마르고 털이 숭숭 난 사내의 볼품없는 다리를 비추고 있다. 바다가 점점 멀어지면서 해변이 눈앞에 펼쳐졌다. 뜨거운 여름이 시작되기도 전에 살갗을 구릿빛으로 까무잡잡하게 태운 한 아름다운 여자가 모래사장에서 책을 읽고 있다. 계속 앞으로 걸어가던 넵튠은 여자 앞에 꼿꼿이 서서 조개껍질 속에 담긴 물을 그녀의 벗은 등 위에 통째로 쏟아부었다.

여자가 소리없는 비명을 지르며 일어섰다.

여자의 예쁜 젖가슴이 분에 겨워 부풀어올랐다.

여자가 두 손으로 책을 휘둘렀다.

어느 정도로 화가 났는지 보여주겠다는 듯 여자는 책을 움켜쥐고 갈기갈기 찢기 시작했다.

화산처럼 폭발하던 여자의 분노가 다음 순간 웃음으로 바뀌었다.

아무 소리도 들리지 않는 웃음이었다……

하지만 분명히 웃고 있었다!

웃고 있었다……

필름이 다 돌아간 소리가 나면서 여자의 웃음도 영상과 함께 사라졌다…… 치익 치익 치지직…… 하얀 스크린 위로 침묵이 흘렀다…… 치익 치익 치지직…… 영사기가 헛돌고 있었다…… 치익 치익 치지직…… 결국 그것은 해가 그려진 이스마엘의 환풍기 날개 돌아가는 소리가 아니었던 거다…… 정확히 말하자면 그게 아니었던 거다……

조금 전 화면을 환히 비추던 웃음이 눈물로 바뀌었다.

조용히 흐르던 눈물이 흐느낌으로 변했다.

방 안에 불이 켜졌다.

"엄마, 그만 해!"

크게 세 발짝을 떼어 영사기 앞으로 간 이고르는 영사기를 끄고 엄마를 돌아다보았다. 타티아나는 침대 매트 위에 앉아 있었다. 삼사 개월 전에 타티아나는 부부 침대를 분해해서 매트 받침대는 남에게 줘버리고 침대 다리는 불살라버린 뒤, 매트만 바닥에 깔아놓으며 이렇게 말했었다. "처녀 때처럼 쓰는 거지 뭐! 과부라는 게 그래도 어디 한 군데 쓸 데는 있네."

"그만 해, 엄마!"

타티아나는 울음을 뚝 그쳤다. 그러고는 자기 것도 아닌 낡은 스웨터로 얼굴을 감싸며 터져나오는 마지막 울음을 가까스로 억눌렀다.

"난 이제 어떻게 해야 하니?"

이고르는 울고 있는 엄마의 손에서 스웨터를 조심스럽게 빼냈다.

"엄마! 아빠 옷가지들도 남들한테 줘버릴까? 이 테이프도 태워버리고?"

타티아나는 화를 못 이겨 우는 사람처럼 주먹을 꽉 쥔 손등으로 눈물을 훔쳤다.

"우리 이사할까, 엄마? 이 도시를 떠나 다른 데로 가는 건 어때? 친구들은 상관없어…… 진짜 친한 친구들한테는 편지를 쓰면 될 테고, 나머지 친구들은 까짓 거 잊어버리지 뭐! 다른 도시로 이사 갈까? 엄마가 시멘트 벽에 대고 아무리 울부짖어도 눈 하나 깜짝하지 않을 도시로 이사 가는 게 어때? 응? 엄마는 독자들한테 쓰는 편지 따위는 안중에도 없잖아. 또 편지야 여기든 다른 데든, 심지어는 미국에 가서도 쓸 수 있는 거잖아! 엄마, 우리 뉴욕으로 갈래? 그래, 뉴욕으로 가는 거야. 떠나버리자구."

타티아나의 젖은 눈이 순간 반짝했다. 그녀의 눈은 웃고 있었다. 그녀가 물었다.

"너, 조개껍질 봤니?"

조개껍질? 이건 또 무슨 얘긴가 싶어 이고르는 갑자기 조심스러워졌다.

"조개껍질?"

"그래, 조개껍질. 네 아빠가 내 등에 물을 끼얹던 그 조개껍질 말야."

"아아! 물론이지. 봤어……"

"네 아빠가 그 조개껍질에 붙어 있는 가격표를 그대로 둔 거 있지."

"뭐?"

"가격표. 32프랑 75상팀이라고 적혀 있던 가격표 말야. 끈에 대롱대롱 매달려 있었잖아."

이고르는 단 한 번도 그것을 보지 못했다.

"그게 뭐 어때서. 떼어내는 걸 잊은 모양이지."

"아냐. 일부러 내버려둔 게 분명해."

이고르는 재미있다는 표정을 짓고 있는 타티아나를 의아한 눈으로 쳐다보며 말했다.

"아빠가 무엇 때문에 그랬겠어?"

"너도 속은 거야, 이고르! 너더러 비디오를 찍으라고 해놓고 너한테는 한 마디도 안 한 거야! 영화에서는 그런 세부 장치가 재미있을 거라고 생각한 거지. 상상해봐. 32프랑 75상팀짜리 조개껍질을 들고 바다의 신 넵튠이 물결을 가르고 나타나는 장면을. 얼마나 웃기니……"

타티아나의 눈에 환한 미소가 어렸다.

"정말 재미있지 않니, 안 그래?"

그러고 나서 덧붙이는 말.

"우리 한 번 더 볼까?"

엄마 입에서 또 무슨 소리가 나올까 걱정하던 이고르가 읊았다.

"엄마, 그만둬……"

언젠가 다시 만나게 될 그날까지, 우리는 죽은 사람들을 미워해야 한다. 그토록 사랑했지만 우리를 기다려주지도 않고 떠나가버린 사람들은 모두 다 나쁜 놈들인 거야…… 그게 바로 그 순간

이고르의 머리를 스치고 지나간 생각이었다…… 그 순간이 아니라면 녀석이 좀더 나이가 들었을 때 떠올릴 생각이었다…… 그도 아니면, 전화벨이 울리고 있다는 것을 깨닫기 전까지 녀석이 하고 있었을 생각이었다.

"그만 해!"

애원하듯 이고르를 바라보는 타티아나 옆에서 전화벨이 울려대고 있었다.

이고르는 엄마한테서 눈을 떼지 않은 채 수화기를 들었다.

*

조제프는 좋지 않은 순간에 전화를 걸었다는 사실을 즉시 알아차렸다. 그렇지만 전화를 걸 때 상대방의 기분을 미리 알 수는 없는 노릇 아닌가. 조제프는 재빨리 할 얘기만 했다. 아빠 포프가 크래스탱을 만나야 한다는 말에 반미치광이가 되어 엄마 무운을 괴롭히고 있으며, 내일까지 작문 숙제를 하지 않으면 엄마 아빠 사이가 더 나빠질 거라고. 하지만 그 멍청하기 짝이 없는 주제에 대해서는 눈곱만큼도 생각이 안 떠오르는걸. 두 시간 동안 단 한 줄도 못 썼다니까. 전혀 못 썼어. 이고르 넌? 얼마나 썼어? 조제프는 '불어 하면 이고르'라는 걸 환기시켰다. 불어는 이고르, 산

수는 조제프, 둘은 언제나 그렇게 상부상조해오지 않았던가. 그래서, 쓰기는 좀 썼어? 응? 어디까지 썼어? 뭐라고 썼는데? 이고르는 아직 한 줄도 안 썼고 그 엿 같은 작문 숙제는 하지 않을 거라고 대답했다. 이 말에 조제프는, 네가 나한테 이럴 수는 없어, 우린 단짝 친구잖아, 이고르 네 숙제는 안 하더라도 내 숙제는 해줘야지, 라고 대답했다. "이제까지 그래왔던 것처럼 산수 숙제는 내가 해줄게. 정말 중요한 일이야. 급하다구. 확실하진 않지만 저쪽 방에서 엄마가 울부짖고 있는 것 같단 말야. 아빠가 폭발하면 엄마도 금방 달아오른다니까. 이고르, 이 나쁜 자식아! 날 배신하면 안 돼. 오늘 밤만큼은 치사하게 굴지 마! 내일까지는 무슨 일이 있어도 작문 숙제를 가져가야 해. 안 그러면 끝장이야."

기분이 이상했다. 한마디 한마디 내뱉으면서도 조제프는 지금 제가 하는 짓이 잘하는 게 아니라는, 해서는 안 될 말만 골라서 하고 있다는 느낌이 들었다. 하지만 조제프는 계속했다. 그때 이고르가 입을 열었다.

"조제프……"

순간 조제프는 입을 다물었다.

"그만 칭얼거려. 네 작문 숙제 같은 건 안 해줄 거야."

뭐라고? 얘가 지금 나한테 장난하는 거야 뭐야? 이고르는 계속해서 말했다.

"그리고 나도 다른 사람한테 수혈 같은 건 받지 않을 거야."

난데없이 엉뚱하게 끼어든 수혈 얘기에 조제프는 할말을 잃었다.

"크래스탱이라면 이제 진절머리가 나. 그놈의 학교도 파리도 프랑스도, 그리고 조제프 너도 지긋지긋해. 알겠어? 너한테도 질렸다구! 신물이 난단 말야!"

나한테도 질렸어? 조제프는 차마 "뭐? 나한테도 질렸다구? 내가 너한테 어쨌는데?"라고 물어볼 기운조차 없었다.

"난 떠날 거야, 조제프. 뉴욕으로 떠날 거라구! 우리 2인승 자전거는 네가 가져. 난 엄마랑 뉴욕으로 가버릴 테니까. 그게 인생이야."

언제? 조제프는 언제 떠날 건지도 묻지 못했다.

식어버린 우정의 차디찬 침묵만이 흐르고 있었다……

"조제프!"

"……"

"조제프, 내 말 듣고 있는 거야?"

"……"

"조제프, 엄마가 비명을 지른다고 걱정할 것 없어. 엄마는 지금 네 아빠랑 사랑을 나누고 있는 것뿐이니까."

"……"

"그건 감미로운 거래, 남들이 다 그러더라."

통화는 그렇게 끝이 났다. 조제프는 자기 손에 여전히 무선 전화기가 들려 있음을 깨달았다. 이고르의 말이 믿어지지 않았다. 조제프는 영화에서처럼 전화기만 멍하니 바라보았다. 그리고 손에 들고 있는 게 전화기가 아닌 다른 물건인 것처럼 벽에 걸었다. 우정의 끝. 모든 게 끝장이었다. 복도를 따라 엄마 아빠의 침실 앞까지 간 조제프는 가만히 문에 귀를 대보았다. 방 안엔 죽음과도 같은 침묵만이 흐르고 있었다. 죽음이 문제였다. 조제프는 제 방으로 돌아와 창문을 활짝 열고 7층 창턱에 걸터앉았다. 그러고는 시몬 볼리바르 대로 위의 허공에 두 다리를 걸쳐놓고, 저 아래에서 자신을 기다리는 죽음이란 도대체 어떤 걸까 이리저리 머리를 굴려보기 시작했다. 죽음이란 그저 말장난에 불과하다고 생각하는 그 또래 아이들은 종종 그런 짓을 하는 법이다. 죽음이 진짜로 실감나는 순간까지는 말이다. 왜 죽어야 하는 걸까 하고 사람들은 고민한다. 그 아이들이 죽음에 대해 심각하게 생각하게 된다면, 그건 바로 그들도 그러한 의문이 절실하게 느껴질 만큼 나이가 들었기 때문이고, 죽음이 그들 코앞에 성큼 다가와 있기 때문이다. 자살만이 크래스탱 같은 선생들을 막을 수 있는 유일한 방법이라고 조제프는 마음속으로 판정을 내렸다. 아무것도 쓰지 않은 연습장에 '나를 죽인 건 크래스탱이다'라고 써놓고 창가에서 뛰어내리기만 하면, 크래스탱 같은 세상의 모든 선생들로부터 학생들을 해방시킬 수 있고, 포프 같은 모든 아빠들을 '학부형 면담'이라는 고뇌로부터 자유롭게 할 수 있으리란 생각이 들었다. 저 아래 시커먼 바닥으로 한 번만 몸을 날리면, 시몬 볼리바르* 못지않게 조제프 프리츠키라는 이름도 만인의 구세주로 남는 거다!

하지만 그날따라 시몬 볼리바르 대로는 올빼미처럼 울어대는 사이렌 소리로 시끌시끌해서 조제프의 귀까지 윙윙거릴 지경이었다. 경찰들이 살아 있는 자들의 안락한 수면을 밤새워 지키고 있었다. '저승길이 멀지 않은 산 자들이여, 우리의 사이렌 소리를 자장가 삼아 편히 잠들라'는 듯이…… 경찰차가 요란한 사이렌 소리를 울리며 조제프가 사는 건물 쪽으로 맹렬하게 달려오고 있었다. 마치 조제프의 투신 자살을 미리 신고받기라도 한 것처럼, 구급차의 번쩍거리는 파란색 경보등 불빛에 놀라 잠을 깬 엄마 무운이 피로 범벅이 된 아들의 시체를 확인하기 위해 휘청거리는 발걸음으로 집을 나서기라도 한 것처럼……

창틀을 꽉 움켜쥔 조제프의 손가락에 경련이 일었다.

경찰차가 질풍처럼 지나갔다.

---

* 19세기 남아메리카를 스페인 지배에서 해방시킨 장군.

조제프는 방으로 돌아와 다시 책상 앞에 앉았다. 당연히 그래야지, 조제프. 퇴직할 순간까지, 아니면 어디선가 날아온 총알 한 방이 목숨을 앗아가는 날까지, 그것도 아니면 절망을 견디지 못해 자살을 선택하게 될 바로 그날까지. 경찰 아저씨들이 사이렌이란 사이렌은 모조리 틀어놓고 그들의 임무를 다하고 있는 것처럼.

*

누르딘을 경찰차에서 끌어낸 경찰은 퇴직하려면 아직 멀어 보였다. 옆의 동료가 오발탄 받이로 끝장날 상판이라면 그는 자살이나 하기에 딱 어울리는 인상이었다.

"거기서 내려. 야, 빨리빨리 못 움직여!"

조제프 집에서 그리 멀지 않은 랑포노 거리의 벨빌 경찰서에서 벌어지고 있는 일이다. 경찰차에서 끌려나온 누르딘은 경찰서 의자 위에 구겨지듯 털썩 주저앉혀졌다.

"자, 에릭, 얘는 네가 맡아. 이 녀석이 파르망티에 거리에서 유리창을 깨고 이걸 훔쳤어."

책상에 앉아 있던 숙직 경관 에릭은 정복을 입은 갈색 머리의 사내였다. 다른 경찰관이 던진 그림 도구 상자를 날쌔게 붙잡은 에릭이 몸을 일으키며 누르딘에게 물었다.

"이름이 뭐야?"

"이름 같은 거 없어요."

누르딘의 대답에 에릭은 무반응이었다. 에릭은 유치장 열쇠를 쥐고 책상 앞으로 나왔다.

"어디 살아?"

"아무 데도 안 살아요."

문을 나서면서 다른 경찰관이 말했다.

"골치 썩일 것 없어, 에릭. 고물 스쿠터로 도망치려고 한 녀석이야. 신호등도 어기고 일방통행도 무시하고, 하여간 교통법규란 법규는 다 어긴 놈이야. 막다른 골목에 몰아넣고 간신히 잡았지. 일단 집어넣어둬. 난 다시 가봐야 해. 오늘 밤은 꽤 시끄러운데."

그러고는 누르딘을 향해 엄지손가락을 치켜올리며 한마디 덧붙였다.

"이 꼬맹이 새끼야, 결산은 내일 아침에 하자. 네 계산서는 꽤나 길 거다, 새끼야. 어디 두고 봐."

그는 문 밖으로 사라졌다. 부웅 하고 모터 돌아가는 소리, 타이어 긁히는 소리, 사이렌 소리가 들렸다. 살아 있는 자들이여! 편히 잠들라.

유치장 문이 열렸다.

그리고 다시 닫혔다.

열쇠가 두 번 덜그럭 소리를 냈다.

양 옆의 유치장은 비어 있었다. 창살로 된 유치장이었다.

갈색 머리 경찰은 자기 책상으로 돌아가 앉았다.

"그림 도구 상자는 왜 훔쳤어?"

누르딘은 조금 전에 누나 라쉬다에게 그랬던 것처럼 천진하게
웃으며 대답했다.

"음악 하려구요."

6

"아빠, 엄마가 그 비디오 또 봤어."

"감춰버려."

"그걸 지금 말이라고 하는 거야?"

"이론적으로 말해서, 달리 뭐라고 할말이 없는데."

"아무리 숨겨도 소용없어. 엄마는 언제나 찾아낸단 말이야."

"숨겨진 술병이라면 귀신같이 찾아내는 알콜 중독자처럼."

"엄마는 자기가 영화광이라도 되는 것처럼 군다니까. 아빠도 봤지? 남들은 신경도 안 쓰는 시시콜콜한 것까지 보고, 잘 만든 영화는 천 번이라도 다시 봐야 한다는 식이야…… 맨날 그 비디오를 다시 볼 핑계를 찾아낸다니까. 그래도 내다버릴 수는 없잖아!"

"왜 못 버려?"

"아빠의 추억인걸!"

"좋은 추억은 모두 함정과 같은 거야. 조금 일찍이든 늦게든, 언젠가는 결국 덫이 되는 거라구……"

"그건 엄마를 죽이는 거나 다름없어."

"안 그러면 엄마가 너를 죽일 텐데."

"농담 그만 해, 아빠. 엄마 상태가 갈수록 심각해지고 있단 말야. 하루가 다르게 나빠지고 있다니까, 정말이야!"

"그래서 학교에서 돌아와서 엄마한테 용기를 준답시고 한 소리가 고작 그거였어?"

"내가 뭘? 내가 뭐라고 했는데?"

"너무 애처로워서 위로조차 할 수 없는 고아 녀석들이나 늘어놓는 소리를 했잖아. '우리 아빠는 죽었다구, 죽었단 말야, 아빠가 파자마 속에 손을 넣어 엉덩이를 긁적거리는 모습을 다시는 볼 수 없다구' 어쩌고 저쩌고…… 그딴 소리로 엄마한테 용기를 주겠다고……"

"……"

"바보 같은 자식."

"아빠……"

"그렇게 불평만 하고 살아라! 계속 칭얼거려봐! 아빠를 잃었다

는 이유로 세상에서 제일 불행한 사람이라도 된 것처럼 말야! 열
두 살이 될 때까지는 그래도 꽤 똑똑한 녀석이었는데!"

"바로 그거야. 아빠는 내가 태어나기 전에 죽을 수도 있었어.
그랬더라면 내가 현실을 받아들이기가 좀더 쉬웠을 거야."

"그건 나도 다 알고 있는 얘기다. 뱃속에 든 모든 아기들의 은
밀한 꿈이 그것 아니냐. 세상에 태어나기 전에 아빠들이 사라져
주었으면 하는 거."

"난 그렇게 말한 적 없어."

"살다 보면 부모를 잃는 것보다 더 힘든 게 있단다, 이고르. 훨
씬 더 괴로운 게 있어!"

"정말?"

"물론이지! 그런 게 없다면 사는 게 얼마나 쉽겠니. 부모가 죽
으면 인생에서 괴로운 일은 다 끝난 거니까 더이상 슬픔에 젖는
일은 없을 것 같지? 눈물을 한바탕 쏟고 나면 더는 잃을 게 없을
것 같지? 그렇기만 하다면 얼마나 좋겠니! 하지만 이고르, 사는
건 그렇게 만만치가 않단다."

"사는 건 정말 쉬운 일이 아니야."

"어! 너 지금 무슨 말을 하려는 거냐? 설마 사춘기 애들이 잘
써먹는 자살극을 생각하는 건 아니겠지? 너도 조제프처럼 청소
년 자살 통계 수치를 증가시켜보겠다는 거냐?"

"조제프가 자살했어?"

"아니. 잠깐 생각만 했을 뿐이야. 조금 전에 네가 무안할 정도로 전화를 툭 끊어버렸을 때 말야. 걱정 마라. 심각한 건 아니니까."

"……"

"삶이란 질문을 던지기 위해 있는 게 아냐, 이고르. 그리고 자살이 그 해답도 아니란다."

"……"

"……"

"아빠…… 조제프 전화 끊은 다음에 엄마랑 얘기를 좀 했거든."

"무슨 얘기?"

"뭐에 대해서 얘기했을 것 같아? 당연히 아빠에 대해서지."

"그래서?"

"그만둬. 우리가 무슨 얘기 했는지 아빠도 잘 알고 있잖아."

"내가 모른다고 치고 어디 한번 말해보렴."

"아빠를 만나기 전에 흘려보낸 그 많은 시간들을 엄마는 아쉬워하고 있어."

"타티아나다운 생각이야, 그건……"

"엄마가 그러는데, 엄마는 태어날 때부터 화를 잘 내는 아이였대. 만약 엄마가 어렸을 때 아빠를 만났더라면 엄마는 아마도 순한 아이가 되었을 거래."

"이고르, 지금 중요한 건 말이다, 네가 엄마한테 용기를 주기 위해 엄마 곁에 남아 있다는 사실이야. 예를 들면 네가 저녁마다 시장을 봐서 요리를 하는 일이 그렇지. 그러니까 고아처럼 구는 건 이제 그만 해. 그럴 수 있지?"

"빌어먹을, 난 지금 고아처럼 굴고 있는 게 아니야. 내가 바로 고아잖아!"

"그래서?"

"뭐가 그래서야?"

"어쩔 수 없는 일이잖아, 안 그래?"

"……"

"어쩔 수 없는 일이야, 이고르!"

"아빠, 아빠는 아들을 잘도 위로해줘."

"내 아들은 살아간다는 게 얼마나 소중한 일인지 아니까 혼자 서도 마음을 잘 다스릴 수 있을 거야. 가끔 정신 차리라고 꾸짖어 주는 일이 필요할 뿐이지. 게다가 나도 인정하는 바지만, 그런 일 은 아주 드물지."

"……"

"……"

"아빠……"

"응?"

"엄마가 다른 인생을 살 수 있도록 내가 도와줘야 해. 생활을 완전히 바꿀 수 있도록 말야. 떠나야겠어. 아주 먼 곳으로. 뉴욕으로 갈까 생각중이야."

"하필이면 왜 뉴욕이지?"

"먼 곳이니까. 엄마와 아빠 사이에 바다가 가로막혀 있는 아주 먼 곳인데다가 거기서는 온갖 언어가 다 쓰이잖아. 요새 거기서는 남자랑 여자들이 서로 얼굴도 쳐다보지 않는대. 사랑하는 기술조차 잊어버려서 다시 가르쳐야 한대. 엄마도 마음에 들어할 거야. 그게 바로 엄마 분야잖아."

"러시아 출신에다 볼셰비키 혁명가의 증손녀이고, 아직도 자기를 좌파라고 믿고 있고, 네가 맥도날드에 가서 햄버거 사먹는 것도 못 하게 하고, 헐리우드 영화라면 구역질을 해대는 네 엄마랑 뉴욕에 가겠다고! 네 엄마가 완전히 망가지는 꼴을 보고 싶다는 거야 뭐야?"

"뉴욕이 안 되면 프랑스 북부의 투르쿠앵에 가지. 어디든 무슨 상관이야! 아빠, 엄마는 떠나야 해! 사는 방식을 바꿔야 한다구!"

"다른 방법도 있어. 예를 들면, 좋은 남자를 만날 수도 있잖아."

"아빠는 그만하면 엄마가 남자들을 사귈 만큼 사귀었다고 생각하지 않아?"

"중요한 건 숫자가 아니야, 이고르. 좋은 사람을 만나는 거지."

"그렇다고 세상 모든 남자들을 다 사귀어볼 수는 없잖아?"

"아니, 이고르. 엄마한테는 말이지, 사람을 그냥 한번 만나보는 것보다 먼저 사람을 선택하는 방법을 알려줘야 해."

"……"

"……"

"……"

"이고르, 말해봐. 내가 정말로 파자마 속에 손을 넣고 엉덩이를 긁던?"

"밤늦도록 일하고 다음날 정오가 되어서야 집에 들이닥칠 때면 특히 그랬어."

"난 평생 동안 매일같이 밤늦도록 일했다. 언제나 시간에 쫓기며 살아왔지. 어떻게 보면 꼭 너처럼 말이다. 너 지금 시계 봤어? 어서 돌아가. 내일까지 해야 할 작문 숙제가 있잖아."

"숙제는 안 할 거야."

"더이상 충고해줄 말이 없구나, 이고르. 하지만 내가 너라면 숙제를 할 거다."

"아빠가 그랬잖아, 나한테는 더이상 충고할 게 없다고."

이고르는 벌써 뒤돌아 서 있었다. 저러는 걸 보면 이고르가 아직 어린아이에 불과하다는 걸 알 수 있다. 상대방의 눈을 쏘아보다가 제 할말만 얌체같이 하고 싹 돌아설 때 느끼는 하찮은 승리감에 도취하다니, 어린애다운 자존심이 아닌가. 하지만 이번에는 이고르의 호기심이 자존심을 눌러버렸다. 이고르는 열 걸음도 채 떼지 못하고 다시 돌아섰다.

"그런데 아빠, 조개껍질에 붙은 가격표, 아빠가 일부러 내버려 둔 거야?"

"네 생각에는 어떤 것 같은데?"

*

유령이 귀찮은 존재라는 건 나도 잘 안다. 유령의 존재를 믿는 사람들은 훨씬 더 골치 아픈 사람들이다. 그런 믿음을 퍼뜨리는 사람들은 마법서 책갈피에 끼워둔 마른 꽃이파리처럼 곰삭은 인생이나 보낼 위인들이다…… 내 얘기를 하자면, 나는 유령 따위는 전혀 믿지 않는 사람이었다. 누구 못지않은 합리주의자요, 영수증같이 정확한 것만 따지는 현실주의자였다. 온갖 종류의 미신, 성체(聖體)로 영양을 흡수하고 성수(聖水)로 오줌을 싸고 문명의 토대가 되었네 어쨌네 떠들어대는, 공식적으로 인정받은 종교까지 싹쓸어서 영적인 것이라고 하면 나는 아예 알레르기를 일으키는 사람이었다. 나는 '믿습니다' 하는 성향과는 영 거리가 먼 사람이어서, 정신분석학조차도 내겐 심령술의 일종으로 비쳤다. 영혼이라는 게 있다고 믿어본 적도 없고 내 영혼이 따로 존재한다고 생각해본 적도 없었다. 무의식 따위는 없다, 그게 바로 내 신념이었다. 현실에 충실할 것, 그게 전부였다. 내 행동이 가져온 결과만큼만 가지고 살자는 게 내 신조였다. 나는 미신이라면 아예 코방귀도 뀌지 않는 사람이었다. 사다리 밑으로 지나가면 재수가 없다는 말에 반발해서, 길을 막고 선 사다리들을 몸으로 직접 들이받고 다닌 일도 부지기수였다. 나는 언제나 현실과 맞부딪치며 사는 쪽을 택했다. 내 육신이 서서히 질병의 기록부가 되어가고, 내 육체가 내게 고통을 호소할 때에도, 난 단 한 순간도 내 몸뚱이가 귀신들로 들끓는 소굴이 되었다고는 생각하지 않았다. 단지 수혈 담당 의사가 면역체를 잡아먹는 작은 병균들을 내 몸 속 가득 채워넣었다고만 생각하며 사태에 냉철하게 대처했던 것이다. 그 때문에 결국 나는 죽게 되었지만, 왕복 티켓을 사용하듯 다시 부활하겠다는 생각은 눈곱만큼도 없었다. 내가 죽는구나, 그렇게 생각했을 뿐이다. 생명이 내 손가락 사이로 빠져나가는구나. 이고르와 타티아나와 함께 살고 싶던 날들이 몇 시간 몇 분 몇 초 동안에 녹아 없어져버렸다. 이고르와 타티아나가 내 병실에서 나가는 걸 보면서 내 생명이 이 세상을 뜨는 것도 보았다. 오! 타티아나…… 타티아나가 무릎으로 그 외과의사의 불알을 세게 걷어찼지만 그것은 내게 아무런 위안도 되지 못했다. 이고르와 타티아나가 바로 내 인생이었는데 나는 죽어가고 있었다. 다시는 그들을 볼 수 없겠지. 나는 죽어가고 있었다. 그리고…… 나는 죽었다. 죽음에 대해 내가 장담할 수 있는 단 한 가지 진실은, 여태껏 사람들이 죽음에 대해 떠들어댄 것에 새삼 덧붙일 말이 없다는 사실이다. 영생이 어떻네 저떻네 하는 거짓으로 점철된 삶을 살 수도 있겠지만, 사람이 죽는다는 사실은 인정해야 한다. 그리고 그 죽음이 내게도 찾아왔을 뿐이다.

누구나 다 아는 진부한 얘기다.

그렇기 때문에, 내 아들 이고르가 나한테 말을 건네고 있다는 걸 '깨닫는'(나는 지금 이 동사에 모든 의미를 담아 얘기하고 있는 거다) 데는 확실히 시간이 좀 필요했다. 이고르는 쉽사리 물러서는 녀석이 아니어서, 녀석이 내게 하는 말을 내가 기어이 '듣고야' 말았던 거다. 너무 놀란 나머지 나는 녀석에게 대꾸하지 않을 수 없었다.(현재 내 처지를 놓고 볼 때, 내가 실제로 존재하는 것처럼 매번 '나'라는 말을 쓰는 건 정말 살아 생전 내 신조에 어긋나는 일이다.)

"너 지금 나한테 말하는 거니?"

뭔가 냄새를 맡은 이고르가 곧장 대답했다.

"응. 그렇다고 내가 유령을 믿는다는 건 아냐."

"네가 유령을 안 믿는다, 네가 유령을 안 믿는다 이거지. 그래도 어쨌든 난 죽었고, 넌 지금 나한테 말하고 있잖아!"

"내 맘이야. 난 이제 내가 하고 싶은 대로 할 거야."

순간 나는, 정신분석학계에서 말하기 좋아하듯 '가까운 이의 죽음을 현실로 인정'하도록 이고르를 정신과 의사한테 보내야 하는 게 아닐까 생각했다. 하지만 나는 내가 유령만큼이나 무의식이라는 것도 별반 신뢰하지 않는다는 사실을 떠올렸다. 따라서 이 사태를 처리하는 데는 객관적인 자료가 또 한번 필요했다. 신중하게 대처해야 했다.

"좋아, 이고르. 네가 나한테 말하고 있고 네 말이 내 귀에 들린다고 치자. 그럼 내가 눈에도 보이니?"

"물론이지! 나 미친 거 아냐. 혼잣말 하는 것도 아니고."

"내가 무슨 옷을 입고 있지?"

"줄무늬 파자마. 엄마는 아빠를 제대로 옷을 입혀 매장하고 싶어 하지 않았어. 아빠의 유품들을 전부 집에 간직하고 싶어했거든."

"여기가 어디지?"

"묘지. 페르 라 셰즈 묘지. 아빠는 지금 아빠 묘석 위에 앉아 있는 거야."

일어서서 뒤돌아다보니, 정말 나는 묘석 위에 앉아 있었다. 탄생일과 사망일 옆에 다음과 같은 묘비명이 새겨져 있었다.

피에르 라포르그

수혈로 인한 사망

고맙습니다, 의사 선생님들

장관님들, 고맙습니다

"누가 이렇게 쓴 거야?"

"엄마가. 비문 새기는 사람은 반대했지만, 그렇게 하지 않으면 가게에다 불을 질러버리겠다고 엄마가 협박했거든."

"취향 문제지……"

"엄마는 그 작자들이 얼마나 가증스러운지 표현하고 싶었던 거야."

나는 뉘앙스를 따져가며 말할 기분이 아니었다. 그보다 더 급한 일이 있었다. 내가 정말로 이고르와 대화를 나누고 있다는 확신을 얻기 위해 나는 녀석에게 질문 공세를 펼쳤다. 결국 이고르는 끊이지 않는 내 질문에 싫증을 내며 말했다.

"잠깐만, 아빠. 아빠는 중요하지도 않은 걸 가지고 언제까지 날 귀찮게 할 참이야? 아빠는 죽었지만 난 지금 아빠하고 얘기하고 있어. 당연하지…… 아빠도 내가 태어나기 전에 나한테 말했었잖아!"

"네가 태어나기 전에?"

"그래! 엄마는 아기를 원했지만 아빠는 아니었어. 그때부터 아빠는 아직 태어나지도 않은 나한테, 인생이란 끔찍하고 골치 아픈 거다, 홍역으로 시작해서 걸핏하면 걸리는 인두염에, 학교 쉬는 시간에 받는 벌이며, 사랑의 아픔, 사회의 치열한 경쟁에 시달릴 대로 시달리다가 결국 죽음으로 끝나버리는 게 인생이다, 이러면서 나를 귀찮게 했잖아…… 난 다 기억해. 그때 아빠는 나를 볼 수 없었을 테니까 혼잣말을 한 거겠지. 하지만 난 아빠가 하는 말 다 들었어. 아빠가 그렇게 혼잣말 한다고 아빠를 미쳤다고 생각해본 적은 없어. 오히려 아빠 말이 옳다고 생각했는걸. 좀 유치하긴 하지만 맞는 말이었어."

하마터면 나는 여기서 결정적인 한 골을 먹을 뻔했다. 하지만 마지막 순간에 가까스로 정신을 차리고 이렇게 대꾸했다.

"그건 아무 상관 없는 일이야, 이고르. 애를 하나 가질까 말까 망설였다는 얘기는, 네가 벌써 이 세상에 태어난 다음에 했던 말이야. 넌 지금 착각하고 있는 거야."

이 정도의 설명으로는 이고르를 완전히 제압할 수 없었다.

"아빠, 아빠는 그런 생각을 내가 태어나기 전에도 했지? 그래, 안 그래?"

"그래."

"실제로 그렇게 생각한 거 맞지?"

"응."

"진짜로 일어난 일만큼이나 진짜로 그렇게 생각한 거지? 그렇다고 말할 수 있지?"

"그렇다고 말할 수 있어."

이고르는 자신만만한 얼굴로 미소를 씨익 지어 보이고는 말을 또박또박 끊으며 말했다.

"그러니까 아빠 말은, 아직 태어나지 않은 나한테 실제로 그런 말을 한 게 아니니까 내가 아무것도 기억 못 해야 하는 게 당연하다? 이게 도대체 무슨 논리야?"

"넌 그때 아직 존재하지 않았으니까. 아주 단순한 얘기야!"

"그럼 아빠는, 아빠는 존재해? 지금 아빠가 존재하는 거냐구."

내가 죽은 후, 녀석은 믿을 수 없을 만큼 성숙해버렸다. 살아 있을 때 내가 그랬던 것처럼 주변 사람들을 골치 아프게 하는 궤변가가 되어버린 것이다. 우리의 대화는 이렇게, 탄생 이전의 삶이 존재하느냐 아니냐, 죽은 후에 또다른 인생이 있느냐 없느냐 하면서 계속 진행될 수도 있었겠지만, 아니다…… 그런 얘기는 내 능력과 에너지를 초월하는 일이었다. 내 신념에 위반되는 것임은 말할 것도 없고. 사실 죽음이란, 죽은 자의 개인적인 생각도 버리는 일이다. 죽는다는 건, 개인의 뜻을 포기하고 보편적인 관점을 취하는 일이다(난공불락의 관점을!).

　나는 문제의 핵심에 대해 말하고 싶었다.

　"좋다, 이고르. 여기엔 왜 왔니?"

　"엄마 때문에. 엄마가 완전히 의기소침해져 있어."

　이고르는 이렇게 타티아나의 기분이 가라앉을 때마다 나를 찾아왔다. 저녁때가 되기를 기다렸다가 묘지 담을 넘어 무덤 사이로 요리조리 숨어 찾아오기 때문에 묘지 관리인에게 한 번도 들킨 적이 없다. 여기까지 오면 녀석은 이렇게 묻는다.

　"아빠 여기 있어?"

　인정하기는 죽어도(?) 싫지만 내가 거기 있는 걸 어떡하냔 말이다.

7

"너 내일까지 해야 되는 숙제 있어?"

누르딘은 소스라치게 놀랐다. 저 갈색 머리 경찰이 지금 나한테 얘기하는 건가? 의심의 여지가 없었다. 양쪽 옆의 유치장은 텅 비어 있고, 책상 건너편에 앉아 있는 경찰관은 누르딘을 쳐다보고 있었다. 바로 누르딘을 향해 그가 말을 걸어온 거였다.

"야! 대답해봐. 널 평생 여기다 가둬두지는 않을 거니까. 너 내일 학교 가지, 그렇지? 그럼 차라리 여기서 숙제하는 게 나을걸. 여기가 네 집보다 더 조용하잖아. 숙제할 거 있지?"

아무 감정도 섞이지 않은 무덤덤한 목소리였다. 숙직하는 밤이 슬슬 지루해져서 이렇게 말을 걸어오는 걸 보면 그래도 어느 한 구석은 쓸 만한 데가 있는 경찰이 틀림없다. 그래도 조심하자. 선한 경찰과 악한 경찰 사이의 핑퐁 놀이라면 누르딘도 훤히 꿰고 있었다. 물루, 베르트랑, 그리고 다른 애들이 말해주었다. 경찰들이 잘 쓰는 수법이야. 영화에서 많이 봤지. 순진한 놈들이 잘 걸리는 함정이잖아. 한 놈이 어서 불라고 개 패듯이 패고 나면 다른 놈이 담배를 권하는, 당근과 채찍 작전 말야. 누르딘은 눈을 들어 갈색 머리 경찰을 바라보았다. 자신은 세상 물정 모르는 바보가 아니라는 걸 알려주고 싶었다.

"아저씨 동료들이 내일 와서 나를 데리고 잔치 한댔잖아요. 아저씨도 같이 들어놓고선. 아니에요?"

"그럼 도구 가게 주인이 고소하지 않으면 싱거운 잔치로 끝날 거다. 넌 지금 네가 메스린*이라도 되는 줄 아냐?"

메스린? 누르딘이 모르는 이름이다.

"좋아. 어쨌든 내일까지 해야 할 숙제가 있는 거야?"

갈색 머리가 입가에 보일락 말락 하는 미소를 지으며 되물었다.

"작문 숙제가 있기는 한데요, 안 할 거예요."

"뭐라고, 안 한다고?"

"벌로 받은 숙제거든요. 내가 잘못한 것도 아닌데 내준 벌이란 말이에요."

---

* 1980년대 프랑스 사회를 떠들썩하게 했던 악명 높은 범죄자.

잘 알겠다는 듯 갈색 머리가 고개를 끄덕였다.

"부당한 일이구나. 잘못은 친구가 했는데 네가 대신 벌을 받아야 한다니. 어쩌면 네가 슬쩍한 게 아닐지도 모르는 그림 도구 상자처럼 말야……"

한편으로 생각하면 그건 내가 훔치려고 해서 훔친 게 아니지. 라쉬다 누나 때문이야. 그렇다고 경찰 정복을 입은 저 사내에게 그것을 말해봤자 무슨 소용이람. 경찰들이 이해하지 못하는 것을 종이 위에 전부 적는다면 세상에서 가장 긴 리스트가 될 텐데 말야. 누르딘은 웃음을 참았다. 어떻게 이렇게 하나도 겁이 안 나지, 참 이상하네. 유치장에 갇혀서도 태연한 제 모습에, 누르딘은 순간 불안해지면서 슬슬 걱정이 되기 시작했다.

"작문 숙제가 뭔데?"

"진짜 말도 안 되는 거예요."

"어디 보자."

누르딘은 꿈을 꾸는 게 아닐까 생각했다. 갈색 머리 경찰관이 자리에서 일어나 유치장 열쇠를 손에 쥐고 유치장 문 쪽으로 다가왔던 것이다. 문을 열고 들어온 갈색 머리는 누르딘 옆에 앉으며 노트를 꺼내보라고 손짓했다.

"어서, 보여줘."

누르딘은 가방에 손을 쑥 집어넣고 체육복 아래쪽을 뒤적거리다가 불어 노트를 꺼냈다. 그리고 숙제가 적힌 페이지를 찾아 경찰에게 건네주었다.

경찰관은 크래스탱이 내준 작문 주제를 아무 말 없이 읽고는 머리를 끄덕이며 말했다.

"이런, 이거 정말 만만한 주제가 아닌데……"

"내가 뭐랬어요!"

"네가 뭐라고 했건 그건 중요하지 않아."

갈색 머리는 작문 주제에서 눈을 떼지 않고 대꾸하고는 다시 메마른 목소리로 덧붙였다.

"아무리 말이 안 되는 소리라 해도 숙제는 해야지…… 그러지 않으면 골치 아픈 일들이 줄줄이 일어나는 법이야. 그 다음엔 결국 어떻게 되는지 너도 잘 알잖아."

저런, 또 시작이군. 저 소리 나올 줄 알았어! 누르딘은 언제쯤 저 입에서 도덕 교과서 같은 소리가 튀어나올까, 기다리고 있었다. 경찰차 안에서 신나게 따귀를 얻어맞고 "야 이 개새끼, 내가 너 오늘 정신 바짝 차리게 해주마" 어쩌고 하는 욕지거리를 실컷 얻어먹고 난 다음, 그 다음 순서는, 그러니까 설교를 듣는 일은, 물루와 베르트랑, 그리고 다른 애들이 하는 말에 따르면 다음날 아침 들이닥친 상급 형사나 경찰서장이 떠맡는다. 그런데 이 갈색 머리가 그 역할을 한번 해보겠다 이거지. 언젠가 저도 경찰서장이 되었을 때를 대비해서 연습 삼아 폼 한번 잡아보겠다는 거다.

"어렸을 때 내가 꼭 너 같았거든."

경찰들은 하나같이 옛날에는 나도 너랑 똑같았다고 하면서 설교를 시작하지. 뭐 피부색이야 똑같겠지! 그 다음엔 개도 하품할 만큼 지루한 소리를 늘어놓는다니까. 우리가 무슨 지들 장난감인 줄 아나…… 물루가 예전에 누르딘에게 말해주었다.

갈색 머리는 진지하게 말을 이어갔다.

"그때 난 바보 같은 짓만 골라 하며 살았단다."

관심도 좀 가고 호기심도 좀 발동하고 속으로는 좀 비웃어줄 셈으로, 누르딘은 이렇게 물어보았다.

"어떤 바보짓을 했는데요?"

"너처럼 도둑질을 했지. 그리고 벼룩시장에 되팔아먹었어. 옷가지, 특히 부엌 살림살이를 말야. 부엌 살림이 내 전문이었단다."

이 점에 대해서는 나중에 물루나 베르트랑한테 물어봐야 할 것 같다. 경찰들이 평소에도 이렇게 시시콜콜한 것까지 자세히 말하는지 말이다.

"적어도 한 달에 한 번꼴로 걸려들었을 거야."

갈색 머리는 눈을 위로 치켜떴다. 그의 푸른 눈동자에는 정말 슬픈 빛이 어려 있었다.

"그렇게 살아온 결과가 뭔지 알아?"

누르딘은 그 말이 무슨 뜻인지 금방 알아차리지 못했다. 갈색 머리가 자리에서 일어나 누르딘 앞에 똑바로 섰다. 파란색 경찰복을 위아래로 가리키며 그가 물었다.

"너도 이렇게 끝나고 싶어?"

*

타티아나는 잠들어 있었다. 이고르는 남아 있는 수면제 봉지를 세어보았다. 밤마다 빼먹지 않고 하는 일이다. 타티아나는 정해진 분량 이상을 섭취한 적이 한 번도 없었지만, 이고르는 불안한 마음에 매일같이 수면제 봉지를 세었다. 수면제란 잠에서 깨어나는 순간 열리는 추억 서랍이다. 찰카닥! 하고 열리는 자동 금고다. 아침이 되면 추억은, 밤새 우리가 잠에 빠져 있지 않았던 것처럼, 잠들지 못해 뒤척이던 전날 밤과 조금도 다름없는 모습으로 우리 머릿속으로 뛰어든다. 슬픈 옛 기억을 있는 대로 잡아늘이는 하루를 견디다 못해, 아픈 추억을 꽁꽁 싸서 잠가버릴 수 있는 서랍을 내려달라고 간절히 애원하고픈 심정일 때 찾는 게 바로 수면제다.

자, 이제 잠자리에 들 시간이다.

그래도 안심이 되지 않는지 이고르는 타티아나의 방문을 반쯤 열어놓고 자기 방문도 살짝 열어두었다. 방문을 열어놓는 건 녀석이 아주 어렸을 때부터 원하던 것이기도 하다. 다만 서로의 역할이 뒤바뀌었을 뿐…… 거꾸로 된 인생이라…… 어, 이건 크래스탱이 들으면 좋아할 소리잖아…… 뒤바뀐 인생…… 그래도 숙제는 안 할 거야…… "라포르그 군, 좀더 그럴싸한 말을 할 수 없겠어요? 학생은 다른 과목에도 재능이 없지만 이런 그림을 그릴 만큼 미술에 재능이 없잖아요"…… 바보 같은 놈! 내가 저를 얼마나 무시하는지도 모르면서…… 크래스탱, 내가 너를 물먹이는 속도만큼 네가 빨리 달음박질하면 네 똥구멍에 붙은 사면발이*들은 너를 따라잡지도 못할 거다…… 사면발이…… 보초 서기…… 모래시계에서 모래 가루가 우수수 떨어져내린다…… 눈꺼풀 위로 납덩이가 떨어져내린다…… "좀더 현실적으로 사고할 수 없겠어요, 라포르그 군"…… 천만에, 지금 나한테 현실주의는 더이상 필요하지 않아. 난 내 또래의 어떤 아이보다 현실적인 걸…… 누르딘은 나를 대신해서 제가 그림을 그렸다고 했지…… 그랬더니 그 유충 같은 크래스탱이 한다는 소리가, "우리는 지금 불어로 말하고 있다고요"…… 조제프는 자살 예행극을 하고…… 내 잘못이야…… 어쩌면 내가 좀 치사했던 거야…… 하

---

* 사람의 겨드랑이나 음부 또는 기타 털이 있는 부위에서 볼 수 있는 흡혈성 이 [虱] 가운데 하나.

지만 솔직히 그 자식도 얼간이같이 굴었잖아…… 크래스탱 같은
놈 때문에 자살을 하겠다고…… 하느님 맙소사!…… 크래스탱
병(病)에 걸려 죽는다고…… 7층에서 떨어져서…… 조제프가 만
약 뛰어내렸더라면 7층을 지나 땅바닥까지 떨어지면서 얼마나
후회했을까…… 몸을 던진다고…… 조개껍질 가격표…… 32프
랑 하고 얼마였더라?…… 75상팀…… 끈에 대롱대롱 매달려 있
었지…… 아빠, 그게 재미있을 거라고 생각해?…… 아빠는 웃기
려고 그랬던 거야…… 32프랑……

*

"그래, 네 누나는 자료 관리원이고 아빠는 택시를 몬다, 이 말
이지?"

갈색 머리 경찰관이 물었다.

"예전에 그랬다니까요. 지금 아빠는 그림 그린다고 택시를 그
만뒀어요."

"그림 그리는 게 더 쉽지. 택시기사면 작문 숙제 하기 훨씬 어
려워."

"어째서 더 어렵다는 거죠?"

"아이구, 잠깐이라도 생각을 좀 해봐. 네 이름이 뭐지?"

"누르딘. 누르딘 카데요."

"생각해보렴, 누르딘. 네 아빠가 아직도 택시를 몬다고 치자. 어느 날 아침 깨어나보니 너는 밤새 자라서 어른이 되어 있고 네 아빠는 대여섯 살 먹은 어린애가 되어버렸어. 꼬마가 된 아빠가 택시를 몰 수 있겠어! 자동차 페달에 발도 닿지 않을 텐데. 게다가 너는 아직 면허증도 없으니, 일이 아주 귀찮게 되는 거지!"

부지런히 받아적던 누르딘이 손을 멈추고 경찰관을 올려다보았다. 그는 작문 숙제에, 이야기를 지어내는 일에 온통 정신이 팔려 있었다. 겉으로는 침착해 보였지만 속으로는 있는 대로 달아올라 있었다. 고요한 흥분이었다. 그의 그러한 태도는 아빠 이스마엘이 주차장 벽에 그림을 그릴 때의 모습과도 비슷했다.

"네 누나는 면허증 있어?"

"누나요? 누나는 바보 머저리 같은 계집애예요."

경찰관이 누르딘의 말허리를 잘랐다.

"내 말 잘 들어, 누르딘. 이건 네 작문 숙제니까 네 마음대로 써도 돼. 하지만 누나를 또다시 그렇게 부르면, 나한테 따귀 한 대 맞을 줄 알아. 여자들한테 그런 식으로 말하면 못쓰는 거야."

"진짜 바보 같은데도요? 바보 같은 여자들이 있는 건 사실이잖아요?"

"그러지 말고 문제를 다른 방향에서 해결해보자."

갈색 머리는 어느새 작문 숙제로 되돌아가 있었다. 굳이 택시 문제를 해결해야 직성이 풀릴 기세였다.

"물론, 네가 아빠 면허증을 갖고 운전할 수도 있겠지. 어른이 되면 너는 아빠랑 꼭 닮았을 테니까…… 안 그렇겠어? 사진을 보면 같은 사람이라고 생각할 수 있을걸……"

이렇게 펼쳐지던 그의 상상이 잠시 중단되었다. 갈색 머리가 눈썹을 찡그리며 물었다.

"너 운전할 줄은 아니?"

"아뇨."

"차도 한 대 슬쩍해본 적 없어?"

"아뇨."

"이것 참……"

얼간이 같은 놈, 아! 빌어먹을 개새끼, 하고 누르딘은 생각했다. 난 정말로 갈색 머리가 내 숙제를 도와주는 줄 알았는데, 그게 아니라 나를 취조하고 있잖아! 여자들을 바보 계집애라고 부르지 말라느니 하면서 내 경계심을 풀어놓고는 내가 물루와 베르트랑과 함께 차를 슬쩍한 적이 있는지 슬슬 캐고 있는 거야! 나는 숙제랍시고 그걸 받아적고 있고. 진짜 교활한 경찰이네! 게다가 내 이름까지 불어버렸잖아! 이런 병신! 난 물먹은 거야, 물먹었다구! 세상에 저런 빌어먹을 종자가 다 있어!

"너 지금 몇시인지 봤어?"

갈색 머리가 느닷없이 물었다.

그의 손가락이 사무실 벽에 걸린 시계를 가리켰다. 초침이 바쁘게 움직이고 있었다.

"몇시인지 말해봐."

경찰의 목소리는 굳어 있었다. 의심할 여지가 없었다. 경찰들이 잘 쓰는 협박 어린 목소리였다.

"너 시계 볼 줄 알지?"

그의 눈에 위협적인 빛이 어렸다.

"지금 몇시인지 말해보라니까!"

난 내 골통을 부숴버릴지도 모를 경찰과 단둘이 유치장 안에 앉아 있다. 내 골통이 깨지면 사람들은 사고 때문이라고 하겠지. 나는 유치장 안에 있는데 누나는 내가 지금 어디에 있는지 몰라. 여기 이렇게 둘밖에 없으니 감쪽같이 나를 제거해버릴 수도 있어. 아빠도 라쉬다도, 그 누구도 내가 어디서 어떻게 죽었는지 모를 거야.

"새벽 두시 십 분 전이요."

"좋아."

경찰관이 자리에서 일어섰다. 그는 건너편 창살에 등을 기대고 가라앉은 목소리로 말했다.

"내 말 잘 들어라, 누르딘 카데. 내 이름은 에릭이다. 나는 스물여덟 살이고 경찰이다. 난 시간에 쫓기는 너를 위해 작문 숙제를 도와주고 있던 참이다. 너도 시계를 봤겠지만, 얼마 있으면 곧 날이 밝는다. 그런데 내가 쓸 만한 아이디어를 찾아내려고 머리를 쥐어짜는 동안, 너란 놈은 내가 너를 구슬러서 친구들 이름을 불게 만들려고 한다며 짱구를 굴리고 있다! 그렇다면 좋다. 그만두겠어. 난 내 책상으로 돌아가고 넌 여기서 죽이 되든 밥이 되든 네 힘으로 숙제를 하는 거다. 넌 절대로 제 시간에 끝낼 수 없을 거야. 제 시간에 끝내고 싶으면 방법은 있다. 나를 믿고 둘이서 함께 작문을 하는 거다. 삼십 분 정도면 해치울 수 있을 테고 다섯 시간쯤 잠을 잘 수도 있다. 어떠냐, 십 초 동안 잘 생각해서 결정해라."

"둘이서 쓰는 게 좋겠어요, 경찰관 아저씨."

"십 초 동안 생각해보라고 했다."

작은 초침이 열 번 튀어올랐다.

"같이 해요. 제가 잘못했어요."

"좋아. 그럼 어디까지 했나 보자. 너 운전할 줄 알아 몰라?"

"조금 알아요. 하지만 누나한테 말하면 안 돼요."

*

같은 시각, 조제프도 작문 숙제를 하고 있었다. '문제는…… 내 몸이 갑자기 어른으로 변해버리는 바람에 내가 입고 있던 파자마가 갈기갈기 찢어져버렸다는 거다.' 내 몸 때문에 찢어졌다고 써도 되는 걸까? '문제는 갑자기 어른이 되어버린 내 몸 때문에 내 파자마가 괴상망측한 헐크의 셔츠처럼 갈기갈기 찢어져버렸다는 사실이다……' 괴상망측한 헐크…… 조제프는 능구렁이 크래스탱이 놀란 척하며, "괴상망측한 헐크? 그게 누구죠, 프리츠키 군? 우리에게 소개시켜주지 않겠어요?"라고 말하는 소리가 벌써부터 귓가에 들리는 듯했다. 거기서 만약 내가 텔레비전 드라마 어쩌고 이야기하면 크래스탱이 나를 진짜로 갈기갈기 찢어버릴 거야! '문제는……' 문제는 바로, 크래스탱은 머저리이고 포프는 빽빽 소리만 질러대는 사람이고 이고르는 비열하기 짝이 없는 개새끼라는 거다. 그리고 누르딘은…… 누르딘은 도대체 어떤 놈이지? 녀석은 어째서 우리 대신 자수한 걸까?…… '문제는 내가 잠에서 깨어났을 때 내 몸이 파자마보다 네 배나 커져 있었다는 사실이다.' 커지고 있었다? 커져 있었다? 커졌다? 어느 걸로 써야 하지? '문제는 내 몸이 네 배나 커졌다……' 아니야…… "왜 하필이면 네 배가 커졌다고 썼지요, 프리츠키 군? 재어봤나요?" 선생님, 그건 이미지를 그려본 거예요······ "내가 여러분에게 상상은 거짓말이 아니라고 한 건 말이지요, 프리츠키 군, 하나의 이미지는 무언가를 구체적으로 재현하거나 의미해야 한다는 뜻이에요."

'문제는······'

하지만 이 모든 문제에 마침표를 찍어버린 진짜 문제는, 조제프의 머리통을 으깨어버릴 듯한 기세로 찾아든 갑작스럽고도 격렬한 고통이었다. 조제프는 심장이 입으로 튀어나올 것 같은 격심한 구역질을 느끼며 점차 의식을 잃어갔다. 방이 흔들리는 것 같아 책상을 움켜잡으려는 순간, 책상이 뒤집히면서 종이, 연필, 앨범, 사진들이 산산이 흩어져버렸다. 아직 완전히 의식을 잃지 않은 상태에서 조제프가 마지막으로 떠올린 건 엄마 무운이었다······ "미안해, 엄마······ 날 용서해줘······" 엄마에 대한 사랑을 대충 표현하는······ 뭐 이런 유의 생각이었던 것 같다······ 일이 이렇게 된 건 제 잘못이 아니라고, 작문 숙제를 하려던 거였다고, 맹세코 머리를 있는 대로 쥐어짜내면서 숙제를 하던 중이었다고······ 그러다가 조제프는 그만 기절해버렸고 끄적거리다 만 연습지로 가득 찬 쓰레기통 위로 무너져내렸다······ "미안해, 엄마, 아빠, 미안해······" 자신이 지금 기절한 건지 죽어가는 건지, 조제프는 도무지 알 수가 없었다. 하지만 붙잡을 게 아무것도 없었다······ 모든 게 무너져내렸다······.

2부

그 다음을 이야기하시오

손쉽게 해결하려 하지 말 것

8

　그 다음 얘기는, 조제프가 잠에서 깨어났다는 거다(그러니까 내 아들 이고르가 아니라 무운과 포프 프리츠키의 아들 조제프 프리츠키 말이다). 눈을 떴을 때, 조제프의 입에서는 오래 묵은 쌉쌀한 담즙 냄새가 나는 것 같았다. 전에 느껴보지 못한 냄새였다. 제대로 비워내지 않은 새의 창자에 고인 쓸개즙처럼 고약한 냄새가 내장 깊은 곳에서 올라오는 것 같아 조제프는 "윽, 구역질 나" 하고 중얼거렸다. 머리통도 비정상적일 만큼 무거워져 있었다. 순간 녀석의 머릿속에 '사전 같은 무게'라는 표현이 스치고 지나갔다. 왜 그런지는 두고 보면 알겠지만, 녀석의 머릿속에서는 영어 표현들이 몇 가지 굴러다니고 있었다. 예를 들면, 'a grinding in the bones(뼈를 갈아부수는 것 같은 통증)'이라든가…… 'bones', 별로 신통치 않은 녀석의 기억에 따르면 이건 '뼈'라는 뜻이다. 그럼 'grinding'은? 그런데 내가 왜 영어로 생각하고 있지? 이건 내 전문이 아니야! 내가 잘하는 건 산수인데…… 'deadly nausea(죽을 것처럼 극심한 구역질)'…… 맞아, 바로 이거야…… 'deadly nausea'…… 토하고 싶어 미치겠어…… 왜 느닷없이 영어가 튀어나오지?…… 조제프는 바닥에 엎어진 의자의 등받이를 잡으려고 손을 들어올렸다. 하지만 들어올린 손은 머리보다 더 무겁게 느껴졌다. 팔이 마치 돌덩어리라도 되는 것 같았다…… "내가 꼭 움직이는 동상 같네"…… 조제프가 침대에서 바닥으로 떨어질 때—손, 팔, 머리 할 것 없이—정말로 동상이 무너지는 것처럼 둔중한 소리가 났다…… 그 소리에 조제프는 덜컥 겁이 났다…… 'a horror of the spirit(영혼이 얼어붙을 듯 소름 끼치는 전율)'…… 도무지 정체를 알 수 없는 공포감이었다. "내 평생 이렇게 겁나기는 처음이야." 'at the hour of birth or death(세상에 태어날 때 혹은 죽을 때)' 맛보는 공황 상태였다……

"정확히 말하면 '공황' 상태가 아니지요, 프리츠키 군." 별안간 크래스텡의 목소리가 조제프의 머릿속에서 울려나왔다. 하지만 평소와는 아주 딴판인, 명랑하고 우호적인 목소리였다. "정확한 말을 찾아보세요, 학생. 탄생을 눈앞에 둔 아기와 죽음의 문턱을 막 넘어가고 있는 사람이 느끼는 두려움은 공황이 아니에요. 학생은 '공황'이라는 말을 썼지만 그 순간에는 그 이상의 무언가가 있어요. 탄생과 죽음 둘 다 '상상할 수 없는 것', 좀더 정확히 말하면 '도저히 이해할 수 없는 것'과 마주하는 것이기 때문이지요, 이해하겠어요? 그들이 공황 상태에 가까운 공포를 느낀다, 그렇다고 칩시다. 하지만 거기에는 그 이상의 무언가가 있어요……" "그 이상의 뭐요, 선생님?" "……뭐랄까, 더 근본적인……" "저기…… 저기, 존재의 불안 같은 거라고 말할 수 있을까요, 선생님?" "맞아요, 존재의 불안, 키에르케고르가 동의할 만한 것이군요." 뭐? 누구라고? 뭐가 겔겔하다고? 크래스탱이 지금 무슨 소릴 하는 거야……?

크래스탱이야 어쨌건 간에 지금 몇시지? 몇시나 된 거야?

지금이 몇시냐 하는 문제는 아주 중요했다.

만약 지각한다면, 안 그래도 지각할 판이지만, 방금 전에 상상한 것과는 완전히 다른 크래스탱을 만나게 될 터였다. 크래스탱 선생은 지각생을 절대로 봐주는 법이 없었다. 크래스탱 선생에 대한 공포가, 갓난애나 다 죽어가는 사람이 느끼는 형이상학적인 존재의 불안 어쩌고 하는 생각을 싹 휩쓸어가버렸다……

"빌어먹을, 도대체 몇시나 된 거야?"

조제프의 손목시계가 8시 10분을 가리키고 있었다. 검정색 바탕에 형광빛 나는 초록색 숫자가 반짝거리며 8:10을 나타내고 있었다.

"여덟시 십분!"

조제프는 필름을 되감는 속도로 자리에서 벌떡 일어났다.

"세상에, 여덟시 십분이야!"

필름의 리와인드 속도가 더욱 빨라졌다.

"빌어먹을, 빌어먹을, 빌어먹을, 여덟시 십분…… 그새 여덟시 십일분이야!"

조제프는 몸을 일으키다가, 옷장 거울 속에서 아빠 포프가 눈을 휘둥그레 뜨고 홀딱 벗은 몸으로 휘청거리며 서 있는 걸 발견했다.

"아빠, 거기서 뭐 해?"

거울 속의 포프가 똑같은 말을 하고 있었다.

"아빠, 지금 거기서 뭐 하냐구!"

조제프는 졸음에 겨운 눈을 더 크게 뜨면서 거울을 들여다보았다.

그 순간, 조제프는 거울 속에 있는 게 바로 자기 자신이라는 사실을 깨달았다.

알몸이었다.

아빠 포프가 아니었다. 조제프 프리츠키, 어른이 되어버린 조제프 프리츠키 바로 자신이었다.

조제프 프리츠키가 몸을 비틀거리며 서 있는 거였다.

예상치 못한 일이지만, 하룻밤 사이에 어른이 되었다는 사실을 깨닫는 순간, 조제프는 차라리 안심이 되는 듯했다.

"좋아……"

'어느 날 아침 잠에서 깨어나보니 하룻밤 사이에 내가 어른으로 변해 있었다……'

"좋다고, 크래스탱……"

작문 주제 속으로 들어가버린 것이다…… "브라보, 프리츠키. 이번에야말로 주제를 제대로 파악했군요!"……

조제프는 자신을 둘러싼 그 어떤 것도 현실이 아니라고 생각했다. 뒤집힌 책상과 의자와 쓰레기통, 방 안 여기저기 널려 있는 가족 사진들, 머릿속에 떠오른 영어, 크래스탱의 형이상학, 방바닥에 떨어져 있는 찢어진 파자마, 그리고 엄밀히 말해서 자신이 잠에서 깨어났다는 사실마저도 현실일 수 없다고 생각했다. 악몽의 낡은 시나리오가 언제나 그렇듯, 잠들기 전날 밤의 상황이 완벽하게 재현된 것뿐이야.

그래, 이건 악몽이야!

"마음을 가라앉히고 다시 자는 거야. 눈을 뜨면 모든 게 제자리로 돌아와 있겠지."

조제프는 침대 위에 몸을 던졌다.

어린이용 침대가 그의 몸무게를 이기지 못하고 무너져내렸다. 넓적다리가 침대 다리에 걸려 하마터면 뼈가 부러질 뻔했다. 조제프의 다리가 침대보다 삼십 센티미터는 더 길었던 것이다.

극심한 고통은 오히려 고통스럽지 않고, 극도로 놀라운 사실을 접하면 쉽게 놀라지도 않는 법이다. 조제프를 그 자리에 얼어붙을 만큼 공포에 떨게 한 것은, 크래스탱이 교실문을 나서면서 했던 말, 지금도 생생하게 떠오르는 바로 이 말이었다.

"손쉽게 해결하려고 하지 마세요. 이건 꿈도 아니고 외계인 시리즈도 아니고 요정 이야기도 아니에요. 여러분이 어른이 되고 여러분의 부모가 아이가 되는 '현실'이에요."

크래스탱은 '현실'이라는 단어에 현실감을 주려는 듯 그 단어를 똑똑한 목소리로 발음했었다.

"여러분이 어른이 되고 여러분의 부모가 아이가 되는 '현실'이에요. 이해하겠어요?"

*

조제프가 침대에서 튀어오르듯 일어난다.

복도를 향해 달린다.

그의 커다란 두 발이 바닥을 둔중하게 쿵쿵 울린다.

조제프는 엄마 아빠의 침실문 앞에 멈춰 선다.

가슴이 쿵쾅거린다.

문손잡이를 살그머니 쥔다.

조제프와 사기 손잡이…… 구리 테를 두른 사기 손잡이가 천천히 돌아간다…… 아무 소리도 나지 않는다, 아무 소리도…… 이 조심스런 손놀림의 극치를 무엇에 비할 수 있을까? 외과의사의 수술 솜씨에 비유할 수 있을까?

무엇보다도 미친 듯이 박동하는 심장을 진정시켜야 한다.

제 임무에 온통 정신을 쏟고 있는 폭탄 제거반이라고 하는 게 더 낫겠다…… 이고르가 우리집 자물쇠에 열쇠를 꽂는 앞 대목에서 나는 꼭 한 번 같은 표현을 썼다(내가 '우리집 자물쇠'라고 말하는 건……). 앞에서 이고르가 용의주도함을 그저 흉내낸 것에 불과하다면 지금의 조제프는 용의주도함의 화신이라고 할 수 있다…… 그렇다, 이건 비유다. 두 개의 전선을 놓고 망설이는 폭탄 제거반의 펜치…… 이걸까? 저걸까? 빨간색? 아니면 노란색? 실수하는 순간 그의 몸도 날아가는 거다. 스크린 앞에서 숨죽여 바라보는 관객도 영화관도 날아가버리는 거다…… 이게 바로 침실문 앞에 흐르는 침묵을 그대로 보여줄 수 있는 비유다.

그렇지만 폭탄 제거반이 제거할 전선을 선택해야 하는 순간은 오게 마련이고 조제프도 그 문을 열어야만 한다. 결국 일은 저질러야 하는 것이다……

단호한 손놀림으로.

눈을 질끈 감고서.

방 안은 고요했다. 격렬한 사랑이 끝났음을 알리는 야릇한 향기만이 감돌고 있었다. 조제프로서야 알 턱이 없는 냄새였다. 방안이 숨막힐 듯 답답하게 여겨졌다. 조제프는 마침내 용기를 내서 눈을 번쩍 떴다. 그리고 안도의 한숨을 내쉬었다. 침대는 비어 있었다. 무운이 아직 침대를 정리하지 않은 모양이다. 시트와 담요 뭉치들이 생크림처럼 침대 위에 쌓여 있었다. 역설적이게도, 그러한 무질서는 모든 현실이 제자리에 있음을 말해주고 있었다. 엄마 아빠는 잠자리에서 일어났다…… 아빠 포프는 가게문을 열고…… 엄마는 시장에 가고…… 열시쯤 되면 청소기를 들고 다시 올라와 침대를 정리하겠지…… 제대로 되어가고 있는 거야 (실제로 조제프는 "만사 오케이"라는 영어식 표현을 썼다).

단 한 가지 잘못된 점은 손목에 찬 시계가 손목을 조여온다고 생각하며 부모의 텅 빈 침대 앞에 서 있는, 털이 숭숭 난 다 큰 사내, 바로 자신의 존재였다…… 이건 악몽 시리즈야. 조제프는 알고 있었다. 악몽을 꿀 때 제일 끔찍한 사태는, '당황하지 말자, 이건 악몽일 뿐이야' 하며 의식을 되찾았다고 생각하지만 사실은 그 생각조차도 악몽의 일부일 때다.

악몽에서 어서 깨어나야겠다며 조제프가 자기 방으로 가려고 막 문을 나서려는 순간, 처음 듣는 목소리가 그를 그 자리에 못박아 세웠다.

"그래, 오늘은 옷을 안 입을 참이야?"

어린아이의 목소리, 꼬마 계집애의 목소리였다.

조제프는 뒤를 돌아다보았다. 그는 다시금 작문 주제의 한가운데 들어와 있었다. 담요들이 난장판으로 어질러져 있는 침대 한복판에서 꼬마 무운이 고개를 쏙 내밀고서 그를 빤히 쳐다보고 있었다. 욕조에서 나오기 싫어하던 사진 속 꼬마 무운과 똑같은 생김새였다.

또다른 목소리가 뒤를 이었다.

"홀딱 벗었네?"

이번에는 어린아이가 된 포프가 모습을 드러냈다. 귀가 발딱 서 있는, 성년식을 치르기 직전의 모습이었다.

아주 *쪼끄*마한 어린애—크래스탱은 "아주 어린 애"라고 말했었다—둘이서 털이 숭숭 난 커다란 사내의 알몸을 아무런 거리낌 없이 물끄러미 쳐다보고 있었다. 하지만 수치심이 무엇인지를 조금 깨닫기 시작한 그 또래 꼬마들이 그렇듯 키득거리며 웃음을 참지 못하고 있었다. 사춘기가 되면 그 아이들은 누군가의 알몸을 보면 냉소적으로 비웃을 것이고, 성인이 된 후엔 차가운 침묵으로 비난하는 법을 배우게 되겠지.

"오늘은 학교 안 가?"

이 질문과 함께, 조제프는 두 가지 일을 한꺼번에 해치웠다. 침대 왼쪽 다리에 걸린 아빠 포프의 셔츠를 잡아당겨 서둘러 허리(치수가 42에서 44로 넘어가기 시작한)에 두르는 것과 동시에 입으로는 머리에 떠오르는 대로 대답을 한 것이다.

"응, 오늘은 안 가!"

"왜?"

왜? 왜 그렇다고 하지? 이번에도 조제프는 아무렇게나 대답했다.

"전염병이 퍼졌거든! 크래스탱 병이야! 아주 심각해!"

"왜?"

조제프는 소스라치게 놀랐다. 내가 방금 대답했잖아, 아닌가? 계집애는 호기심 어린 눈길로 여전히 그를 쳐다보고 있었다. 내가 지금 저 꼬마한테 대답하지 않았나? 바로 그때 포프로 추정되는 꼬마가 던진 좀더 구체적인 질문 덕분에, 조제프는 위기에서 벗어날 수 있었다.

"랑베스크 양이 그랬어?"

꼬마 무운은 자신의 또랑또랑한 목소리로, 벌써부터 포프의 날

카로운 고음을 누그러뜨려서 조금은 늘어지는 듯한 꿈꾸는 톤으로 만들어놓고 있었다. 조제프는 빠진 이빨 사이로 가래가 드글드글 끓는 것 같은 포프의 목소리를 겨우 알아차리고 '진짜 똑같네' 하고 생각하는 한편, 랑베스크 양이 도대체 누굴까 궁금해하다가 되는 대로 대답해버렸다.

"그래, 맞아. 랑베스크 양이⋯⋯"

"그 아줌마는 지랄 같은 헛소리만 지껄이고 다닌다니까!"

포프는 말하다 말고 손으로 입을 잽싸게 틀어막았다.

"어, 그게 아닌데!"

충동적으로 말을 뱉어놓고 금세 후회하는 아빠를 잘 알고 있던 조제프는 인정하지 않을 수 없었다. 그래, 아빠 포프가 틀림없어. 조제프는 그 자리에 서서 무슨 일이 일어난 것인지 머릿속으로 빠르게 정리해보았다. 좋아, 당황할 것도 없고 불안해할 필요도 없어. 난 지금 아이가 된 엄마 아빠 앞에서 어른 모습으로 서 있는 거야. 지금은⋯⋯ 8시 22분⋯⋯ 난 불어 수업을 놓쳐버렸고 우리 셋은 지금 알몸으로 여기 있는 거야⋯⋯ 이게 꿈인지 생시인지 정말 모르겠네⋯⋯

꼬마 무운이 끼어들었다.

"지랄 같은 헛소리, 그건 나쁜 말이잖아. 왜 포프는 꼭 어른들처럼 말하는 거야?"

무운의 두 눈은 정말로 큼직했다. 궁금해 죽겠다는 눈빛이었다.

"응? 왜 그러냐고?"

무운의 눈에는 저 유명한 '부드럽지만 단호한' 빛이 서려 있었다. 대답을 못 들으면 가만있지 않으리라는 걸 조제프는 느낄 수 있었다.

"왜냐하면 말이지……"

"왜냐하면 뭐?"

자그마한 몸집의 아이가 생각할 시간을 줄 거라고는 기대하지 않는 게 좋다.

"왜냐하면 뭐냐구?"

'빌어먹을, 도대체 무슨 일이 일어나고 있는 거야?'

조제프는 생각했다.

'왜?'라는 질문에 '왜냐하면'으로 시작하는 대답이 가장 불만족스러운 바로 그 나이까지 무운의 정신연령이 퇴보했다는 사실을 조제프는 아직 모르고 있었다.

*

나로 말하자면, 이고르가 '왜?'라는 질문으로 내 숨통을 조이도록 절대로 내버려두지 않았다. 타티아나가 "왜냐고, 왜냐하면,

그러니까 왜냐하면 말이지……"라는 표현을 줄줄 늘어놓으며 믿을 수 없을 만큼 끈기 있게 설명해줄 때면, 난 애들에게 인과관계를 얘기해봐야 아무 소용 없다고 말했다.

"타티아나, 애들은 무엇이 원인인지 관심 없어! 애들이 알고 싶은 건 그게 어디에 쓰이냐는 거야!"

그게 바로 진실이다. 코흘리개가 "왜 비가 와?" 하고 물어올 때 가장 최악의 대답은 "구름이 말이지……"로 시작하는 것이다. 그런 대답은 당장 "왜 구름이 생기는데?" 하는 질문으로 이어지고 그러다 보면 "대기의 침강" 어쩌고 하는 복잡한 분석에 이르게 되고, "왜 칭강(침강)이 생기는데?"라는 아이의 연이은 물음에 고기압이 어떻고 하다 보면, "고기압은 왜 아조레스 제도에서 오는데?"라는 질문이 다시 이어지는 것이다…… 이렇게 질문의 소용돌이에 휘말리다보면, 실수를 저지르게 되고 더 심한 경우 거짓말까지 하게 된다.

아니다, 그 나이에 필요한 대답은 그게 궁극적으로 무엇에 쓰이냐는 거다.

궁극적인 대답의 예를 하나 들어보자고요.

"비는 왜 오는 거야?"

매주 일요일 우리가 들판을 산책할 때 이고르가 어김없이 던지던 질문이다.

"응? 왜 비가 오는데?"

"꽃들이 자라기 위해서야, 이고르."

이고르가 유난히 꽃을 좋아해서가 아니었다(이고르는 내 묘지를 장식하고 있는 꽃다발에 아무런 관심도 보이지 않았다). 하지만 우리 가족이 어슬렁거리고 있는 들판 길가에 핀 꽃들을 이고르가 눈으로 똑똑히 보고 있는 만큼, 꽃들이 자라나야 하는 필연성을 녀석에게 말해주어야 하는 것이다.

"꽃들이 자라나기 위해서란다."

이 정도 대답이면 적어도 오 분 동안은 이고르의 입을 다물게 할 수 있다. 한번 해보시죠. 내 방법을 곧 받아들이게 될 걸요.

물론 타티아나는 이러한 내 방식에 동의하지 않았다. 모든 것을 "궁극적인 목적"(이건 그녀의 표현이었다)으로만 얘기하다가는 이고르를 노스탤지어라고는 전혀 모르는 냉소적인 아이로 키우게 될 수 있고 그러다 보면 그 아이는 정치가가 될 위험도 있다고 항의했다. 하지만 나는 "인과론적인"(이건 내 표현이었다) 설명을 좋아하는 엄마들은 애들을 미래에 대한 비전이 없는 궤변가나 시를 한마디씩 똑똑 끊어 해부하는 사람, 아니면 꿈의 검시관(檢屍官)으로 만들 뿐이라고 항변했다.

"엄마 아빠는 지금 왜 싸우는 건데?"

이고르가 물으면, 나는 이렇게 대답했다.

"네가 올바로 자라게 하기 위해서란다."

9

잠에서 깨어난 누르딘 카데가 현실로 돌아오기까지는 조제프가 겪었던 경악, 의혹, 공포, 불안이라는 모든 절차를 똑같이 밟아야 했다. 누르딘 카데는 자신이 유치장 안에서 집채만 한 알몸을 드러낸 채 갈색 머리 소년과 마주 서 있는 것을 깨달았다. 소년은 유치장 안 의자 위에서 헐렁한 경찰 유니폼에 푹 파묻혀 자고 있었다. 지난밤 에릭이라는 덩치 큰 갈색 머리 경찰관과 함께 시작한 작문 숙제를 새벽 세시쯤 끝내고 홀가분하고 흡족한 기분으로 잠이 든 것까지는 누르딘도 기억하고 있었다. 분명 작문 주제와 현재 상황 사이에 뭔가 혼동이 있었지만, 실제로 무슨 일이 일어난 것인지 누르딘으로서는 확인할 방법이 없었다.

누르딘은 마음을 가다듬고 큰 소리로 "어디 두고 보자……"라고 말한 뒤, 일이 어떻게 진행되는지 호기심을 안고 지켜보기 시작했다.

그것은 옳은 결정이었다. 차분히 앉아 있는 동안 눈앞에 보이는 게 진짜 현실이라는 사실을 깨닫게 된 것이다. 악몽이 끝나지 않고 현실이 되면 거기에 타협할 줄 알아야 한다. 반대로 인생이 끝장나 한낱 꿈에 불과한 것처럼 생각된다면 그때는 더이상 어떻게 해볼 도리가 없는 것이다.

누르딘은 경찰서 벽 위에서 째깍거리는 시계를 흘낏 쳐다보았다.

6시 17분.

아침 6시…… 경찰 교대 시간이 언제일까 생각하다가 누르딘은 아찔해졌다. 교대팀이 오면 엉뚱하게도 경찰 유니폼을 입고 잠들어 있는 갈색 머리 사내아이와 벌거벗은 거구의 아랍인 젊은이를 발견할 터였다. 거기서 그러고 있는 건 위험천만한 일이라는 생각이 들었다.

누르딘은 갈색 머리 소년을 깨웠다. 눈을 뜬 소년은 유치장에 들어와 있다는 사실에 별로 놀라지 않았다(맞아, 에릭이야, 하고 누르딘은 생각했다). 소년을 놀라게 한 건 제 몸에 걸쳐진 경찰 유니폼이었다.

"아저씨, 왜 아저씨 옷을 나한테 줬어요?"

(아냐, 에릭이 아니야.) 누르딘은 머리에 떠오르는 대로 대답했다.

"네가 춥다고 해서 빌려준 거야."

소년은 '경찰치고는 꽤 쓸 만하네'라고 생각하며, 유니폼을 목 위로 벗어올렸다. 누르딘은 일이 그렇게 돌아가는 걸 굳이 막을 필요는 없다고 판단했다.

'꿈이든 아니든, 여기서 빨리 빠져나가는 게 상책이야.'

누르딘은 경찰복을 대충 껴입었다. 그런 대로 어울렸다. 그리고 어젯밤부터 책가방에 넣어 가지고 다니던 체육복을 소년에게 건넸다.

"자, 이거 입고 빨리 나가자. 네 이름이 뭐지?"

"에릭이요. 나를 어디로 데려갈 건데요?"

갈색 머리 소년은 두려움과 체념이 적당히 뒤섞인 표정으로 물었다.

(에릭이었어, 누르딘은 이번에야말로 심증을 굳혔다.)

"널 어디로 데려가려는 게 아냐. 풀어주는 거야."

이 말에 소년은 소스라치게 놀랐다.

"네? 아저씨 경찰 맞아요? 신종 경찰은 다 그래요?"

"헛소리하지 마. 안 그러면 가둬놓고 갈 거야."

이건 '왜?—왜냐하면'이라는 문제를 처리하는 또다른 방식이

144

다. 토론의 여지가 없지는 않지만, 에릭이 누르딘의 체육복을 잽싸게 껴입는 속도로 판단할 때 효과적인 방법인 것은 틀림없다.

십 초 후, 두 사람은 랑포노 경찰서 문 앞에 서 있었다. 누르딘은 그림 도구 상자를 챙기고, 에릭은 누르딘한테서 책가방을 넘겨받은 다음의 일이었다.

막 헤어지려는 순간, 누르딘은 왠지 발걸음이 떨어지지 않았다. 누르딘이 손가락을 에릭 코앞에 대고 안 된다는 표시로 까딱거리며 다음과 같이 말했을 때, 누구보다도 놀란 사람은 누르딘 자신이었다.

"바보 같은 짓 이젠 그만둬라, 알아듣겠니, 에릭? 도둑질, 부엌 살림살이, 벼룩시장 그런 것 모두 말이다…… 그렇게 살다가는 어디서 인생이 끝나는지 아니……"

"난 안 그랬어요, 아저씨……"

(지금 내가 뭐 하는 거지? 애한테 이런 말을 하다니 내가 지금 어떻게 된 거 아냐? 그리고 저 녀석, 한다는 소리가 "난 안 그랬어요, 아저씨?" 가증스럽기도 해라…… 저렇게 거짓말을 밥 먹듯이 하는 녀석이 경찰이 된 거야? 하긴 그리 놀랄 일도 아니지……) 이런 모순된 생각이 누르딘의 머릿속을 엎치락뒤치락 스치고 지나갔다. 하지만 지금은 그런 것을 따질 때가 아니었다. 누르딘은 교통 위반 딱지에다 빠르게 몇 자 끄적여 소년에게 건

네주었다.

"받아둬라. 이건 내 주소다. 도움이 필요할 때 찾아가면 내 누나를 만날 수 있을 거야. 이름은 라쉬다야."

*

집에 있는 문제의 누나는 있는 대로 열이 뻗쳐 있었다. 십오 분 전부터 아침식사를 차려놓고 기다리는데 아빠도 누르딘도 코빼기도 비치지 않고 있었다.

"어디, 내가 지각하게만 돼봐!"

라쉬다는 지각이라면 끔찍이도 싫어했다. 세상에 겁날 게 없는 라쉬다였지만 여자에다 '이민 2세대'이며 직원 대표라는 세 가지 사실이, 그녀가 절대로 지각을 할 수 없는 이유였다.

'사무실 사람들이 나를 못살게 굴 빌미를 줄 필요는 없어!'

"아빠! 누르딘!"

집 안에는 침묵만 흐를 뿐이다.

"누르딘 이 녀석은 도대체 집에 들어오기는 한 거야?"

아빠가 말을 잃어버리고 누르딘이 누나를 슬슬 피해다니면서부터 라쉬다는 혼잣말하는 버릇이 생겼다.

"그래도 밖에서 자지는 않았겠지?"

라쉬다는 그것만큼은 상상하고 싶지 않았다. 누르딘이 절대로 그랬을 리 없다고 확신하는 터라 동생 방에 가서 확인하려고도 하지 않았다. 게다가 동생 방에 마음대로 드나들던 시절은 지나가지 않았는가. 작년까지만 해도 라쉬다는 누르딘의 방에서 동화책을 읽어주곤 했다. 하지만 의식하지 못하는 사이에…… 동생 방에 거침없이 드나들 수 있는 시간은 그렇게 끝나버렸던 거다.

그녀는 손목시계를 흘끔 쳐다보았다.

"나를 해고하면 누가 내 대신 다른 직원들을 '보호' 해주겠어?"

라쉬다의 생각엔 꼭 수동적인 의미만은 아닌 '보호'라는 말이 가장 적절한 표현인 것 같았다. 그녀의 직장 상사들도 그것을 잘 알고 있었다.

"내가 있는 한 아무한테도 손댈 수 없어."

회사 문제에 가족 걱정까지 겹치자 그녀는 짜증이 났다. 자료 관리원인 라쉬다의 머릿속이 실타래가 얽히듯 복잡해졌다.

"그렇다고 내 머릿속이 누르딘 방처럼 난잡해지게 놔둘 수는 없잖아!"

결정을 내리면 곧장 행동에 옮기는 라쉬다답게 그녀는 주차장 쪽 층계를 뛰어내려갔다. 이제부터는 남자들이 살림을 도맡아야 한다고 아빠 이스마엘에게 통고할 작정이었다.

"지금 이 시간까지 자리에서 뭉그적거리면……"

어슴푸레한 어둠이 내려앉은 지하 주차장 안, 아빠의 매트리스
는 비어 있었다.

그림 냄새만이 감돌고 있었다.

사람은 없고, 매트리스뿐이었다.

난로는 꺼져 있었다.

바다가 그려진 벽 맞은편 의자 위에 두건 달린 외투가 구겨진
채 놓여 있었다.

"아빠는 어디 갔지?"

라쉬다는 불을 켰다.

"아빠?"

아빠는 없었다.

하지만 무덤처럼 고요한 주차장에 뭔가 이상한 기운이 감돌고
있었다…… 정적에 싸인 분위기는 절대 침묵과 부동 자세를 명
령하고 있었다. 곧이어 라쉬다의 귀에 숨소리가 들려왔다. 아주
희미한 숨소리였다…… 마치 새의 가슴이 뛰는 듯한…… 뭉쳐
진 옷가지 속에서 거의 알아차리지 못할 만큼 어렴풋이 뭔가가
부풀어올랐다가 가라앉곤 했다.

"이건 또 뭐야?"

의자 쪽으로 다가간 라쉬다는 외투 두건을 들어올리고 허리를
숙여 안을 들여다보았다. 옷 속에 누군가가 있었다. 아주 쬐그만

꼬마아이였다. 토실토실하게 살진 꼬마아이가 깊이 잠들어 있었다. 달덩이 같은 얼굴은 뭐라 표현할 수 없을 만큼 평온해 보였다. 아이는 속눈썹이 긴 두 눈을 평화로운 세상 위로 살포시 내려 감고서 새근새근 자고 있었다. 라쉬다의 가슴속에서 뭔가가 울컥했다. 라쉬다는 아이를 감히 깨우지 못하고 이렇게 중얼거렸다.

"너, 넌 누구니?"

그 말에 대답이라도 하듯, 주차장 문이 난데없이 열리고 어깨에 그림 도구 상자를 둘러멘 커다란 아랍인 경찰관이 모습을 드러냈다. 경찰은 이스마엘의 판박이였다. 라쉬다는 믿을 수 없다는 얼굴로 더듬거렸다.

"아빠?"

경찰관은 딱 두 가지만 얘기했다. 하나는 라쉬다에게 하는 말이었다.

"누나, 시계 봤어? 그러다 회사에 지각하겠다! 프랑스 사회에 제대로 동화하려면 그러면 안 돼."

나머지 하나는 잠들어 있는 아이한테 하는 말이었다.

"자, 아빠, 가자."

라쉬다는, 덩치 큰 경찰관이 들어올 때처럼 순식간에 아이를 품에 안고 사라져버리는 것을 가만히 지켜보고만 있었다. 삼십 분쯤 후, 사무실에 도착한 라쉬다에게 상관이 카데 양, 십 분 늦었어요, 하고 주의를 주자, 라쉬다가 가까스로 입을 열어 할 수 있었던 말은 이것이었다.

"내가 그 동안 공짜로 일해준 서른 시간에서 빼면 되잖아요."

*

조제프와 누르딘이 각자 잠에서 깨어나 머릿속으로 던진 질문이 얼마나 되는지 대차대조표를 만들기는 어려울 것 같다. 대부분의 질문은 물론 갑작스레 맞닥뜨린 현실을 어떻게 받아들일까 하는 것이었다. 둘은 눈앞에 벌어진 사태를 혼자의 힘으로 판단하기엔 좀 외롭다고 느꼈다. 두 사람은 하룻밤 사이 그들에게 일어난 변신에 온통 신경이 쏠려 있는 터라, 어떻게 해야 자연스럽게 행동할 수 있는지 잊어버린 것이다. 아이들이었을 때는 아이로 산다는 것에 질문조차 하지 않을 만큼 삶이 단순했는데 말이다.

에릭이란 놈을 좀더 족쳤어야 했어, 하고 누르딘은 후회했다. 녀석한테 어제 뭘 했는지 물어봤어야 했는데. 이런 바보가 있나.

누르딘이 간신히 입을 열어 "괜찮아, 아빠?" 하고 물었을 때, 이스마엘은 그림을 그리기 시작한 후 줄곧 그래온 것처럼 먼 곳을 바라보는 듯한 명한 시선으로 누르딘을 바라보았다(의심의 여지가 없어. 아빠야).

"아빠, 내가 아빠 주려고 파스텔 사왔어. 난 물감인 줄 알고 샀는데 파스텔이더라구."

'아빠'는 아무 말 없이 환한 미소를 지으며 고마워했다.

그랬다. 이스마엘은 그렇게 어린 시절로 돌아가 있었다. 이스마엘이 밤새 자기가 줄어든 것을 알고 있을까 하는 것에 대해서라면, 얘기해봐야 아무 소용이 없다. 이스마엘은 그런 것에는 신경도 쓰지 않을 게 뻔했다.

"너희들, 어제 뭐 했어?"

조제프는 얼굴이 잼과 초콜릿으로 뒤범벅된 포프와 무운에게 물었다.

두 꼬마아이는 식탁에 앉아 조제프가 대충 만들어낸 아침을 먹고 있었다.

"그링 그려서(그림 그렸어)."

음식을 입 안에 가득 물고 포프가 대답했다.

뭘 했다는 거야? 조제프는 잘 알아듣지 못했다.

"그링 그려서. 색칠도 하고."

무운이 다시 말했다.

"학교에서?"

조제프가 물었다.

아이들은 다 큰 어른이 멍청하게 당연한 걸 묻는다는 눈길로 조제프를 쳐다보았다.

"당연하지. 바보같이 그것도 몰라!"

조제프는 엄마 아빠가 부아 거리에 있는 유치원에서 처음 만났다는 사실을 떠올렸다(그 이야기는 명절 때만 되면 가족들 입에 빠지지 않고 오르는 단골 메뉴였다). 거기서 만난 포프와 무운은 사비 거리에 있는 초등학교에서 다시 만나게 되는데, 외할아버지 종슈빌 영감이 무운, 그러니까 당시 이름으로는 자네트를, '품위를 떨어뜨리는 불건전한 환경' 운운하며 학교에서 빼냈다는 것, 그리고 그때부터 종슈빌 할아버지는 무운이 포프와 어울리는 것을 금지하고(그것이 바로 몰래 만나는 재미를 돋우며 두 사람의 사랑을 달아오르게 했는데), 심지어는 멀리 떨어져 있는 스위스 학교로 무운을 유배시켜버렸다는 것, 그러나 정확히 열일곱 살 나던 해 무운은 그 스위스 학교에서 도망쳐나와 포프의 침대에서 평생을 보내기로 결심했다는 이야기였다.

"뭘 그렸는데?"

조제프가 물었다.

"고옴."

"뭐?"

"곰! 말도 못 알아들어?"

곰. 어제 이 꼬마 녀석들은 곰을 그렸단다…… 무운과 포프에
게는 랑베스크라는 여선생이 있었는데 바로 그 선생이 이 아이들
한테 곰을 그리게 했다는 거다…… 그러니까 어제, 이 아이들은
스틸망 부인의 옷을 가봉한 게 아니라, 랑베스크 양이랑 곰을 그
린 것이다. 좋다.

"그건 왜 묻는 건데?"

"왜냐하면……"

"왜냐하면 뭐?"

아이고, 이게 아닌데, 제발……

문득, 조제프는 일의 자초지종을 아이들에게 단도직입적으로
말해주고 싶다는 생각이 들었다. 그러니까, 나 조제프는 어제 저
녁까지만 해도 12년 하고 7개월 된 소년이었고 너희는 내 부모였
는데, 내 작문 숙제 때문에 하룻밤 사이에 나는 어른이 되고 너희
는…… 하지만 잠에서 깨어난 후 조제프가 두 아이와 함께 보낸
얼마 안 되는 시간 동안 얻은 경험으로 판단하건대, 그건 쓸데없
는 짓이었다. 이런 말도 안 되는 얘기는 아이가 되어버린 포프와
무운의 정신연령이 소화하기에 딱 맞는 이야기가 아닌가. '그 나
이에 맞는'이라는 닳고 닳은 표현처럼, 그것은 정말 그 아이들을
위해 특수 제작된 동화나 다름없는 이야기였다. 조제프가 사실대
로 다 털어놓을 경우, 두 아이는 눈을 반짝이면서 줄기차게 반복

되는 "왜?" "그래서?"의 폭격으로 조제프에게 질문 공세를 해올 것이고, 아니면 조제프의 걱정 따위는 전혀 아랑곳하지 않고 식탁만 어지럽히면서 탈옥수처럼 음식만 아귀아귀 먹어치울 터였다.

10

아니다, 유일한 해결책은 당면한 현실을 객관적으로 직시하는 것이었다. 그러자면 무엇보다도 집안의 질서를 제대로 잡아야 했다. 조제프는 머릿속에서 앞으로 해야 할 일의 목록을 세웠다.

1) 나는 아빠의 옷을 입는다.

2) 엄마 아빠에게 옷을 입힌다. 아무리 그래도 '아이들'이라고 말할 순 없잖아(가게 진열창에 난쟁이 커플 마네킹이 입고 있는 결혼 예복이 있지. 그 옷이면 딱 맞겠는걸.)!

3) 가게문은 닫는다.

4) 왜 가게를 닫는지 이유를 생각해낸다. 메모 한 장을 남겨둔다. 그걸 뭐라고 하더라? 플래카드라고 하나? 게시판! 그래, 게시판이야. 가게문을 닫는 이유를 게시판에 쓴다.

5) ……

5번은 없었다. 아니, 없는 게 아니라 번호를 매겨 금방 실행에 옮길 수 있을 만큼 단순하지가 않았다. 그것은 하루 동안 일어날 수 있는, 예상 불가능한 모든 사태에 어떻게 대처하는가 하는 포괄적인 문제였다. 길 가다 아는 사람들을 만나면 뭐라고 설명하고, 포프를 찾는 전화에는 뭐라고 대답하며, 시장은 어떻게 보고—절대로 동네 가게에서 물건을 사서는 안 된다—, 그렇지 않아도 사춘기를 앞둔 조제프로서는 점점 더 유치해 보이는 동네 꼬마 녀석들이 "넌 왜 우리랑 같이 놀지 않는 거야?"라고 물을 때는 어떻게 대답해야 할까?

조제프는 다섯번째로 할 일이 뭘까 고민하다가, 이고르가 자신을 내팽개친 어젯밤부터 얼마나 서러웠던가 하는 기억이 떠올라 그만 울고 싶어졌다…… 아니, 서럽기로 말하면 이고르와 전화하기 훨씬 전부터였다…… 세상에 태어난 이후 줄곧 어린 시절을 우롱당했다는 생각에 조제프는 화가 치밀기 시작했다. 돌이킬 수 없을 만큼 부당한 취급을 받은 느낌, 완전히 버림받았다는 생각, 어떻게 해볼 수 없는 고독감, 그런 존재론적 번민이 갑자기 조제프에게 인간 조건의 가혹한 숙명으로 다가온 것이다.

조제프는 복받치는 설움을 꾹 누르며 부엌을 나와 아빠의 옷가지를 찾으러 엄마 아빠의 침실로 달음박질쳐 올라갔다. 옷을 주섬주섬 챙겨입던 조제프의 머리를 번개같이 스치는 생각이 있었다. 사촌 라종에게 전화를 걸자는 거였다. 라종! 그것은 갑작스레 찾아온 희망이었다! 하지만 조제프의 부푼 희망은 집안의 랍비인 라종에게 이 일을 어떻게 설명해야 하나 하는 생각 앞에서 그만 쭈그러져버렸다. 어떻게 그걸 말로 '설명'하냐 말이다. 그것도 전화로! 아무리 현명한 라종이라지만. 조제프는 사촌 라종, 그러니까 사뮈엘을 잘 알고 있었다. 사뮈엘은 하느님을 섬기는 사람이었다. 그는 조제프의 이야기를 조용히 듣고 골똘히 생각하다가, 들릴락 말락 한 목소리로 정신적으로 위안이 될 설명을 해줄 게 분명했다. 단지 정신적으로만 유익한, "인간이란 불안정한 상수란다" 같은 소리나 할 게 뻔했다. 적어도 라종이 하느님과 개인적으로 나누는, 언제 끝날지 모를 길고 지루한 담판에 들어가지만 않는다면 말이다. 그러나 대부분 라종은 그렇게 하게 마련이어서 하느님에게 화를 내기는 해도 결국에는, 미안하게 됐구나 조제프, 그러나 그건 바로 신의 뜻이란다, 하는 동정 어린 말로 조제프와의 대화를 끝내버릴 것이다.

신의 뜻이라고! 라종이 이 일이 신의 뜻이라고 나에게 말한다면 나는 정말 똥 같은 처지에 놓이는 거라구.

아냐, 아냐, 사뮈엘이 정직한 사람이긴 하지만 자기라고 뭐 뾰족한 수가 있겠어. 그래, 다른 데서 해결책을 찾아야 해…… 문제의 근원으로 거슬러올라가서……

근원이라……

그래, 크래스탱!

크래스탱이야!

조제프는 부엌으로 미친 듯이 달려내려갔다.

"포프, 무운, 나랑 가게로 내려가자. 옷 입혀줄 테니까!"

*

아침 9시 40분, 중학교 2학년 2반 교실에 웬 덩치 좋은 사내가 발목까지도 내려오지 않는 짧은 바지를 입고 얼빠진 얼굴로 난데 없이 뛰어들었다. 활짝 열린 문으로, 결혼 예복을 입은 두 난쟁이가 복도 의자에 나란히 앉아 꼼지락대는 모습도 학생들 눈에 포착되었다. 언뜻 보기엔 박장대소를 터뜨릴 만한 장면이었다. 하지만 그 시간, 2학년 2반 학생들 앞엔 크래스탱 선생이 버티고 서 있었다.

사내는 희멀건 손으로 문손잡이를 움켜쥔 채 잠시 돌처럼 꼼짝도 않고 있었다. 그러다가 머뭇거리며 입을 열었다.

"제 아들…… 조제프…… 프리츠키가…… 아파서……"

크래스탱은 묘한 웃음을 지었다. 어휘력이 부족한 탓에 반 학생 어느 누구도 '회심의 미소'라는 표현을 찾아내지 못했지만, 그것은 정말 '회심의 미소'였다.

크래스탱 : ('회심의 미소'를 지으며) 보나마나 크래스탱 병이겠지요? 카데 학생처럼요……

그러고는 이고르 라포르그 쪽으로 몸을 돌리며 덧붙여 말했다.

"네 공범들은 너만 한 용기는 없었나 보다, 이고르."

크래스탱의 말에, '문가의 사내'는 예기치 못한 급작스런 반응을 보였다. 얼굴이 벌겋게 달아오르더니, 버럭 화를 내며 고래고래 소리를 지르기 시작한 것이다.

"뭐 용기가 어쩌고 어째요? 당신이 내준 그 멍청한 숙제를 하는 데 용기가 필요하다고 생각하는 거요? '여러분 가족에 대해서 이렇게 써보세요, 저렇게 써보세요!'…… 세상에 당신 작문 숙제보다 더 거지 같은 게 있는 줄 알아? 그럼 당신은 한 번이라도 그런 작문 해봤소? 단 한 번이라도 해봤냐고, 응? 그게 당신이 말하는 용기요? 당신은 하지도 못하는 걸 애들한테 시키는 게?"

고개를 떨구고 침묵을 지키는 데 도통한 크래스탱의 학생들은 사내한테…… 뭐랄까…… 꽤 쓸 만한 구석이 있다고 생각했다.

"프리츠키 씨, 우리의 면담 날짜는 목요일입니다."

크래스탱이 침착한 목소리로 말했다.

"그 따위 면담엔 안 올 거요! 당신하고 머리를 맞대고 이야기하는 그 똥 같은 면담이라면 지긋지긋하오! 끝났소, 끝났단 말이오! 다시는 '학부형 면담' 나부랭이엔 참석하지 않을 거요! 알아듣겠소? 절대로 못 하겠다 이 말이오!"

7부 바지 사내는 줄기차게 소리를 질렀다.

침묵이 다른 교실들로 번지고, 학교 밖으로 퍼져, 도시 전체를 마비시키고, 지나가는 차들까지 얼어붙게 만드는 것 같았다.

"끝났소! 그런 일이라면 진작에 졸업했소이다!"

사내가 어찌나 문을 세게 닫고 나가는지 그 일대 유리창들이 쨍그랑 소리를 내며 모조리 부서져내리는 건 아닐까 걱정스러울 정도였다.

하지만 그 다음에 들려온 건 쨍그랑 소리가 아니라, 자리에서 벌떡 일어난 이고르의 목소리였다.

"아저씨!"

이고르는 교실 문 쪽으로 뛰어갔다.

"라포르그 군, 자리에 앉아요!"

하지만 이고르는 이미 복도로 뛰쳐나간 후였고, 교실 문이 또 한 차례 요란한 소리를 냈다.

이고르의 입장에서 보면, 조제프가 때맞춰 등장한 거였다. 어른이 된 조제프가 교실에 나타나기 직전, 크래스탱 선생이 이고르에게 작문 숙제를 가져왔는지 묻고 있던 참이었다.

이고르:안 가져왔는데요, 선생님.

크래스탱:숙제를 안 했단 말이에요?

이고르:네, 선생님. 그렇게 이해하시면 되겠네요.

크래스탱:(약간 빈정거리는 투로) 숙제할 시간이 없었다고 말하려는 거겠지요, 라포르그 군?

이고르:그보다 더 심각한 이유가 있었어요, 선생님. 숙제를 하지 않기로 제가 '결심' 했거든요.

크래스탱:일부러 그랬다는 건가요?

이고르:네, 선생님. 죄송하다는 말씀은 안 드릴게요. 그리고 저희 아빠하고의 면담을 원하신다면 그건 좀 어려울 것 같아요.

둘 사이의 대화는 곧 무거운 침묵으로 이어졌다. 크래스탱은 이고르의 마지막 말에 잠시 뜸을 들였다.

"라포르그 군, 학생의 가정 환경이라면 나도 잘 알고 있어요. 하지만 아무리 힘든 상황이라고 해도 그렇지, 그런 개인적인 어려움을 이런 자리에서 들먹거려서야 되겠어요. 조금은 절제할 줄도 알아야지요."

(이런 말을 하면 아빠로서 의리를 지키지 않는다고 불만스러워하는 사람도 있을 거다. 그렇다고 내 아들 이고르가 잘못했다는 건 아니다. 하지만 난 크래스탱의 이러한 훈계에 어딘가 고상한 구석이 있다는 걸 인정하지 않을 수 없다. '고상하다'는 건 어쩌면 정확한 표현이 아닐지도 모른다…… 탄탄한 도덕적 토대가 있다고 해야 할까. 이고르와 크래스탱의 눈싸움이 점차 뜨거워졌다. 한쪽에는 질서와 규율을 박차고 일어나 시험에 들기를 거부하는 기사가 버티고 있고, 다른 한쪽에는 모든 법령이 진정한 도덕적 열매를 거두려면 위반자는 마땅한 대가를 치러야 한다고 생각하는 교육이라는 예식의 주관자가 한치도 물러서지 않고 있었다.)

어렵사리 아빠 옷을 껴입은 봉두난발의 조제프가 교실문을 박차고 들어온 건 바로 그 순간이었다.

이고르는 머리끝까지 달아오른 조제프를 따라가며 큰 소리로 불렀다.

"프리츠키 씨!"

예의 그 '프리츠키 씨'는 이날 입때껏 양복점 진열창 한가운데를 차지하고 있던 괴상한 두 난쟁이를 데리고 휘청휘청 걸어가고 있었다.

완전히 술에 취한 거야, 하고 이고르는 생각했다. 조제프가 자

살을 시도한 걸 보고 미쳐버린 게 틀림없어. 크래스탱하고 한바
탕 하려고 코가 비뚤어지게 퍼마신 거야. 그런데 저 난쟁이들은
어쩌려는 거지?

"프리츠키 씨! 조제프가 아프다는 거 진짜예요? 만나고 싶어
요!"

'프리츠키 씨'가 돌연 멈춰 섰다. 그는 난쟁이들의 손을 양손
에 나눠 쥔 채 뒤를 돌아보았다.

난쟁이가 아니라 애들이잖아, 이고르는 생각했다.

'프리츠키 씨'가 조금은 위협적인 목소리로 내뱉었다.

"조제프가 네 친구냐?"

"네, 잘 아시잖아요……"

"어젯밤 전화에다 그딴 소리를 늘어놓고도 네가 아직도 조제
프의 친구라고 생각하는 거냐?"

그 말에, 이고르는 고개를 떨구며 제 운동화만 내려다보았다.

"저도 잘 알아요. 제가 어리석었어요. 완전히 녹초가 돼서 제정
신이 아니었어요. 용서해주세요."

이고르의 고분고분한 사과에 '프리츠키 씨'의 화가 좀 누그러
진 것 같았다.

"좋다, 조제프가 네 친구라고 치자. 그럼 네 일생에 딱 한 번 쓸
모 있는 친구가 되어볼 테냐? 조제프를 정말로 도와줄 거냐고."

"조제프가 원하는 일이라면 뭐든지요. 조제프한테 무슨 일이 있어요?"

"네 뜻이 정 그렇다면 크래스탱이 내준 숙제를 대신 해줘라!"

'프리츠키 씨'의 말은 도무지 납득이 안 되었다.

이고르는 너무도 어처구니가 없어 말문이 막혔다.

"작문 숙제를 대신 해주는 게 어째서 조제프한테 도움이 되는데요?"

"시키는 대로 해, 빌어먹을! 애녀석들한테는 일일이 다 말해줘야 한다니까!"

'프리츠키 씨'는 목청이 터져라 외치며 도망치듯 학교 계단을 내려갔고, 그의 양팔 끝에 매달린 꼬마 신랑 신부는 그와 보조를 맞추기 위해 계단을 구르다시피 뛰어내려갔다.

계단까지 허겁지겁 쫓아온 이고르는 계단 난간에 몸을 반쯤 걸친 채 고래고래 소리쳤다.

"좋아요, 하겠어요. 지금 아저씨 앞에서 줄줄 읊어드릴 수도 있어요! 봐요, 제가 어른이 됐다구요! 온몸이 털북숭이겠죠! 발은 침대 밖으로 빠져나올 테구요! 잇몸에서는 피가 나고 술냄새가 풍기겠죠! 내일 당장 이혼해버릴 거예요! 죽을 정도로 술이나 퍼마시면서요! 투표 용지는 밑 닦아버릴 거고, 말(馬)만큼이나 팽팽한 x를 뻣뻣하게 쳐들고 살 거라구요!"

계단 아래쪽에서 '프리츠키 씨'의 대답이 올라왔다.

"그래, 아주 잘하고 있다. 그걸 글로 써라. 다 쓰거든 조제프를 보러 와!"

"좋아요, 집에 가자마자 하겠어요."

교장 랑발과 교감 푸아리에("복도에서 뛰는 것 아니야")가 교무실에서 뛰쳐나왔다. 그들은 조심스럽게 계단 난간 쪽으로 다가갔다. 교장 랑발은 학교 교육에서 '동기 유발'이 갖는 중요성에 대해 늘 생각하는 바가 있었다.

"보세요, 푸아리에 선생…… 우정이란…… 학구열을 유발시키는 것이지요…… 그 점에 대해 생각해봐야 되지 않겠어요…… 그러니까…… 다음번 교사회의 때 말이에요……"

그러고는 가까이 다가온 크래스탱에게 말을 건넸다.

"새로운 교육법인가요……? 정말…… 생동감 넘치는군요!"

*

"아빠, 저기 '바다' 보이지?"

데 자르 다리 위에서 외투로 몸을 감싼 어린아이에게 지평선을 손으로 가리키고 있는 덩치 큰 아랍인 경찰의 모습은 가슴 뭉클했다. 시시각각 색을 바꾸는 미묘한 하늘빛을 완벽하게 포착해낸 아이의 파스텔화처럼. 예를 들어, 납빛 구름 덩어리 아래로 가느다랗게 떨며 감침질해나간 청색이라든지…… 센 강에 어슴푸레 비친 반영(反映)이라든지, 아주 감동적인 그림이었다. 아이는 보기 드문 귀재였다! 상상을 초월하는 천재적인 솜씨였다……

"일 드 프랑스 지역의 하늘은 그리기 어렵기로 소문났다던데!"

"어머나, 저 아이가 그려내는 색들을 좀 봐요!"

"저 빛깔 속에는 어딘가 순수한 데가 있어요. 어쩜 저렇게 투명할 수가 있죠……"

"특히 여름 끝무렵이나 초가을녘의 하늘은……"

"참 이상하지 않아요. 뿌옇게 오염된 하늘에서 저렇게 맑은 빛을 뽑아내다니……"

"쟤는 신동이에요. 채색 전문 화가라구요…… 정말 놀라워!"

"신동이라는 말이 딱 맞네요……"

"경찰 아저씨, 이 아이가 댁의 아들이에요?"

주위를 온통 후광처럼 에워싸고 이스마엘의 그림에 감탄 어린 눈길을 보내는 구경꾼들 틈바구니에서 누르딘은 '그래, 그게 바로 내가 기다리던 질문이야' 하고 생각했다. 만약 옆에 있는 아줌마가 내게 "댁이 이 아이 아빠예요?" 하고 묻는다면 그건 내가 꿈을 꾸고 있다는 얘기다. 하지만 좀전처럼 "이 아이가 댁의 아들이에요?"라고 묻는다면 그건 말이 된다. 내게 일어난 일이 현실이라는 얘기니까.

"네, 이름은 이스마엘이라고 해요."

그리고 덤으로 설명을 늘어놓았다.

"오늘 제가 휴가거든요. 쉬는 날이면 녀석한테 파스텔을 들려서 밖으로 데리고 나오지요. 녀석이 아주 어릴 때부터 그랬어요! 타고난 재주를 계발시켜야 하잖아요."

"아주 잘 생각하셨어요. 진짜 신동이네요. 그런데 혹시…… 벙어린가요?"

"말수가 적어서 그래요. 앞으로는 루브르 박물관에 데려갈 참이에요."

"아이에게 많은 도움이 되겠군요."

"이런 재주를 잘 길러주지 않는 건 큰 손실 아니겠어요."

……그러는 동안 이스마엘의 파스텔은 까칠한 종이를 순간순간 변화하는 색들로 가득 메워가고 있었다……

……그리고 데 자르 다리를 건너는 사람들은 이민 온 외국인들이 프랑스 사회에 동화하는 일이 가능하지 않겠느냐는 생각에 마음이 가벼워졌다. 사회 문제 운운하며 이러쿵저러쿵 말들이 많지만, 그래도 동화의 성공 케이스가 있지 않을까 하는, 전부가 아니라면 몇몇이라도, 아직 그렇지 않다면 그래도 언젠가는, 어쨌든 결국에는……

......

("빈정거리는 자기 말투, 정말 짜증나."

타티아나와 내가 만난 지 얼마 안 되었을 무렵, 타티아나가 내비꼬는 태도를 비난했다. 아무것도 믿지 않으면서 세상 사람들을 조롱하는 건 쉬운 일이라고.

나는 이렇게 대답했다.

"자기야, 난 행동만 믿어. 아주 작은 행동. 귀찮지만 직접 몸으로 실천하는 행동 말야. 그런 행동이 우리가 사는 일상과 세계를 행복하게 만드는 거야. 말로만 떠드는 건…… 우리 세대는 수많은 것들을 얘기했어, 정말 엄청나게 떠들어댔지…… 하지만 그 결과가 뭐였는지 알아?"

"그럼 감정에 대해서는 어떻게 생각해?"

"감각이 말을 하는 것뿐이야."

"듣기 좋은 소리로군. 사랑 만세……"

"자기야, 사랑이란 말이지, 덧없는 감정의 이야기를 침묵으로 말하는 작은 행위들을 합산해놓은 거야."

"그 작은 행위, 여기서 당장 한번 저지르는 건 어때? 합산서에 한 줄 더 추가하게."

그 작은 행위, 바로 거기서 이고르가 만들어졌다.)

11

"자, 여기 신문하고 흰 종이, 연필, 풀, 가위가 있어…… 무운, 넌 옷을 그리고 포프는 그걸 오려 붙이는 거다. 그러면서 노는 거야, 알았지? 싸우지 말고. 그 동안 난 한숨 잘 테니까. 생각할 일이 좀 있거든. 알겠지?"

혹 아이들이 싫다고 할까봐 조제프는 확실하게 못을 박았다.

"나 깨우면 죽을 줄 알아!"

학교에서 돌아온 조제프는 이렇게 단단히 다질러놓고, 거실 소파에서 커다란 몸집을 있는 대로 웅크린 채 잠이 들었다. 아이 몸으로 아이 침대에서 눈을 뜨게 되리라 확신하면서. 아빠 포프가 화내는 모습에 간이 콩알만 해지고 엄마 무운을 절대로 실망시키지 않겠다고 다짐하는 아이다운 고민에 빠진 아이, 유년의 끝을

알리는 첫번째 여드름이 뾰족이 솟은 아이로 깨어나리라 의심치
않으면서 말이다. 물론 엄격하게 말하자면 이제 조제프를 아이라
고 할 수는 없다. 육 개월이나 일 년 후면(그전에는 절대 안 돼!)
완전히 애티를 벗어버리겠지만 그래도 그때까지 조제프는 자신
을 어린아이라고 생각하고 싶었다…… 조제프는 이런 생각에 빙
긋이 미소를 지으며 잠들었다. 꿈이란 바뀔 수 있지 않느냔 말이
다! 하룻밤 사이에 여러 차례 꿈을 꾸기도 하니까! 그렇지만 학교
까지 왔다갔다하면서 크래스탱하고 한바탕 하기까지 했는데 같
은 악몽이 계속된다면, 아! 그건 정말 말도 안 된다. 너무나 부당
하다 이거다……

정말 부당한 일이었다.

조제프는 거실 소파에서 잠이 깼다. 입 안은 씁쓸하고, 등은 뻐
근하고, 사지는 뒤틀리는 것 같았다.

포프와 무운은 조제프 발치에 꼼짝도 않고 앉아 그가 잠에서
깨어나기만을 참을성 있게 기다리고 있었다. 결혼 예복을 입은
두 명의 난쟁이와 거실 바닥에 어질러진 잡지 조각들, 의심의 여
지가 없었다.

조제프는 눈앞에 펼쳐진 현실을 믿을 기운조차 없었다.

"어, 그대로잖아……"

당황하며 보낸 오전 시간이 막바지에 이르고 있었다. 조제프는

눈을 지그시 감고 먼 기억 속의 대화를 떠올렸다. 아마도 오늘 이런 일이 벌어지리라는 걸 암시하는 전조였던 것 같다. 조제프의 열번째 생일을 축하하는 점심식사 자리였다. 사람들은 지옥에 대한 얘기를 나누고 있었다. 그 자리에는 포프, 무운, 조제프가 있었고 물론 사촌 라종도 끼어 있었다. 당연히 이고르도 있었고, 이고르의 엄마 아빠인 타티아나와 나, 피에르 라포르그도 있었다…… 그때까지만 해도 이고르의 아빠는 살아 있었다……
……

그건 사실이다. 그때 난 아직 죽지 않았으니까. 이미 저주받은 피를 수혈받은 후였는데도 그 사실을 모르고 있었다. 당시 내 건강은 겉보기에는 의학이라는 요녀(妖女)가 위풍당당한 유람선처럼 치장해놓았지만 실제로는 진혼곡을 따라 걸어갈 장례 행렬이나 마찬가지였다. 사실은 죽음이라는 먼길을 떠나기 위한 작업이 내 몸에서 서서히 진행되고 있었지만 모두 얼마 있지 않아 내 건강이 회복될 거라고 생각하고 있었다. 나도 그랬고, 다른 사람들도 그렇게 믿으면서 모두 만족해하고 있었다. 그날 나와 타티아나는 프리츠키 씨 댁에 초대받았다. 아이들과 엄마들이 부아 거리의 유치원에서 처음 만난 후로 우리 가족은 매년 조제프의 생일잔치에 참석했다. 이고르와 조제프는 떼려야 뗄 수 없는 불알친구였다! 진짜 쌍둥이보다 더 친한 벨빌의 일란성 쌍둥이였다.

그런 두 아이에게 같이 타라고 2인승 자전거를 사주면서 두 집안의 부모들도 가까워졌다.

그러니까 지옥에 대한 대화로 말하자면……

"어렸을 때 내가 포프와 놀러 가려고 몰래 도망쳐나올 때면 우리 아빠는 내가 지옥에 떨어질 거라고 하셨어."

무운 프리츠키가 말했다.

"지옥이라고, 고작 그것뿐이야!"

타티아나가 탄성을 올렸다.

"지옥, 그게 뭐예요?"

가톨릭 신자 무운과 유태인 포프 부부가 어느 누구 쪽의 종교도 고집하지 않고 키워온 조제프가 물었다.

모든 사람들의 얼굴이 거의 자동적으로 라종에게 쏠렸다. 라종은 입에 우겨넣은 음식물을 삼키고 나서 골똘히 생각하더니 이렇게 대답했다.

"지옥이란 말이지, 조제프, 유태인 아닌 사람들이 생각하는 건데, 나쁜 짓을 한 사람들이 죽은 후에 영원히 적응하지 못하는 세부사항이란다."

"세부사항이 뭔데요?"

"중요한 건 세부사항이란 말이 아니야. '영원히'라는 거지. 재채기를 예로 들어볼까. (나는 이렇게 지옥에 관한 토론에 끼어들었다.) 한번 상상해봐라, 조제프. 네가 아주 고약한 사람이어서 평생 동안 손으로 입도 안 가리고 사람들 얼굴에 침을 튀겨대며 재채기를 했다고 치자. 사람들이 불쾌해하는 얼굴을 보는 게 재미있었던 거지. 그리고 넌 재채기하고 싶은 간질간질한 욕망을 가슴속에 품고 죽었어. 네 앞에는 영원이라는 시간이 놓여 있고, 재채기를 하고 싶은 멋진 소망이 있고, 주위에는 얼굴에 대고 재채기를 해도 좋을 사람들이 떼거지로 널려 있어…… 하지만 넌 그럴 수 없어…… 무슨 말인지 알겠니? 처음에야 만족스럽겠지. 넌 이런 생각을 할 거야. '드디어 내가 원하는 만큼, 내가 찍은 사람 얼굴에 대고 재채기를 할 수 있게 됐어. 몇백 년 동안 두고두고 말야'…… 하지만 정말 그럴까…… 넌 재채기를 하고 싶어, 하고 싶어 죽겠어. 하지만 할 수 없어…… 그게 바로 지옥인 거야!"

"내가 유태인이 아니라고 치고 하는 얘긴데, 나한테 지옥은 시간이 멈추는 순간까지 매일 매순간 파피두 종슈빌 영감의 생신을 축하해드려야 하는 일일 거야."

테이블 위로 술병이 도는 동안, 포프 프리츠키가 한술 더 뜨며 말했다.

그러자 무운이 그를 안심시켜주었다.

"그럴 염려 없어. 파피두 영감은 당신이 사시는 지옥에 유태인이 입장하는 꼴을 못 보실 양반이니까. 자기가 샴페인만 보내드리면 그걸로 만족하실걸."

"그럼 천국은 뭐예요?"

타티아나와 내가 역시 종교의 불모지에서 키운 우리 아들 이고르가 물었다.

"천국이란 지옥의 정반대란다."

타티아나가 이렇게 대답하며, 그 '정반대'의 예로 이고르와 나를 턱짓으로 가리켰다.

"천국이란 삶을 지옥으로 만들어버리는 너와 네 아빠 같은 두 바보를 영원히 사랑하면서 사는 거란다."

"한번은 내 인생이 절대로 끝나지 않는 꿈을 꾼 적이 있어요."

조제프가 불쑥 이렇게 말했다.

식탁에 앉은 사람들이 일제히 입을 다물었다.

"내 인생이 도무지 끝나질 않는 거예요. 다시 시작하고 또 시작하고……"

아무도 말하는 사람이 없었다.

"늘 똑같은 인생이 다시 시작되고, 놀랄 일이라곤 아무것도 일어나지 않았어요."

무슨 말을 하려고 저러나 불안해하는 사람들의 눈길이 일제히 조제프에게 못박혀 있었다.

"그래서?"

이고르가 물었다.

"그래서? 그게 바로 지옥이었단 얘기지."

그게 제 열번째 생일을 축하해주러 모인 우리한테 조제프 녀석이 한 말이었다. 그날의 얼어붙은 분위기를 녹인 건 라종이었다.

"네가 어떤 책들을 읽는지 내가 감독을 좀 해야겠다. 조제프, 너 그러다가 랍비 되려는 거냐?"

집으로 돌아오는 길에(이고르는 프리츠키 씨 집에서 잠들어버렸다), 타티아나는 조제프 얘기에 다 큰 어른들이 불안해하는 게 오히려 이상하다고 했다. 그녀가 보기엔 조제프의 꿈이 전혀 놀랄 게 없다는 거였다.

"그래? 열 살짜리 코흘리개가 자기가 절대로 안 죽을까 봐 겁내는 게 당신은 하나도 이상하지 않다……?"

"그게 뭐가 이상해. 지극히 정상적인 반응이지. 애들은 다 형이상학부터 시작하는 거야. 사춘기 때는 도덕을 생각하고, 우리처럼 어른이 되면 그땐 논리나 따지고 회계장부만 생각하게 되는 거야."

"그럼 난 거꾸로 살았네. 내가 어렸을 때 맨 처음 한 생각은 계산이었는데."

"당신이? 당신이 회계사 같은 어린애였다고? 당신은 의료보험

용지도 제대로 작성할 줄 모르잖아!"

"열 살 되던 날 아침부터 계산하는 걸 그만뒀으니까 그렇지."

"말해, 피에르! 말하란 말이야! 세상에! 아직까지 내게 말하지 않은 게 있었단 말야! 이 못된 인간 같으니라구!"

조바심을 낼 때면 언제나 그러듯 타티아나는 내 어깨를 주먹으로 때리기 시작했다. 그녀의 그런 행동을 내가 얼마나 좋아했는지……

나는 그녀를 꼭 붙잡고 말했다.

"열 살 되던 날 아침에, 계산을 좀 해봤지. 전날은 아홉 살이었는데 그날 아침부터 열 살이 된 거야. 한 자리에서 두 자리로 넘어간 거지. 내가 그때 무슨 생각을 했는지 알아? 내 나이가 세 자리 수가 될 확률은 제로라는 거였어! 그날 아침부터 그 생각이 내 머릿속을 떠나지 않고 날 우울하게 했지."

잠시 조용히 있던 타티아나가 내 품으로 파고들었다.

"나의 불쌍한 피에르는 처음부터 우울증 환자였다 이거네. 두고 봐, 여기 호− 해줘 저기 호− 해줘 하면서도 결국 당신은 이고르랑 내가 죽어서 땅에 묻히는 날까지 살아 있을 거야."

타티아나는 평소에 "우리가 땅에 묻히는 날까지 당신은 살아 있을 거야" 같은 표현은 잘 쓰지 않았다. 하지만 이제는 그녀의 말에 진실이 담겨 있었다는 걸 인정해야 할 것 같다. 죽는다는 건, 사랑하는 모든 이들을 단 한순간에 매장하는 일이 아니던가.

*

그날 점심때, 조제프 프리츠키는 바로 그 지옥 같은 기분을 톡톡히 맛보며 부엌에 있었다.

"너희들은 식탁 차려! 접시랑 포크, 나이프 갖다놓는 것 잊지 말고!"

조제프가 점점 '시멘트 반죽'으로 변해가는(이건 조제프가 한 말이다) 오트밀을 휘젓고 있는 동안, 포프와 무운은 어린애다운 본능을 되찾은 듯 군말 없이 움직였다.

"빌어먹을, 물이 부족하잖아."

옆에 있는 프라이팬에서는 소시지 두 개가 매운 김을 풍기며 노릇노릇 지글지글 기름에 튀겨지고 있었다.

"소시지 오트밀, 이거 너희가 잘 먹는 거면 좋겠는데. 딴 건 없어."

자리에 앉아 식탁 위로 손을 가지런히 올려놓은 포프와 무운은 소시지를 아주 좋아하기로 마음먹었다.

아무도 말이 없던 터라, 갑자기 울린 초인종 소리가 유난히 더 요란했다.

"내가 열 거야!"

포프가 의자에서 뛰어내리며 소리쳤다.

"앉아, 포프!"

포프가 제자리에 앉자 다시 초인종이 울렸다. 아무 소리도 들리지 않는 듯, 조제프는 시멘트를 처바르는 동작으로 오트밀을 접시에 담았다.

문 밖에 선 사람은 아예 초인종에 손가락을 붙여놓고 있는 것 같았다.

"웬 놈이야?"

조제프는 현관 쪽으로 다가가며 웅얼거렸다.

"누구야?"

현관 문구멍을 빠끔히 들여다보며 조제프가 소리질렀다.

아무 대답이 없었다. 초인종은 쉬지 않고 울려대고, 문구멍은 가려져 있었다.

조제프는 조심스럽게 안전 사슬을 걸고 문을 슬며시 열었다. 그 순간 현관문이 부서질 듯 거칠게 열리면서 사슬이 끊어졌다. 그와 동시에 근육으로 단단히 무장한 사내가 집 안으로 뛰어들었다. 위보다는 옆으로 더 퍼진 듯한 다부진 체구의 그 사내는 다짜고짜 조제프의 목덜미를 움켜쥐고는 벽에다 패대기를 쳤다. 그러고는 눈에 잔뜩 힘을 주며 낮은 목소리로 물었다.

"왜 나한테 그 숙제를 시켰어, 이 씨팔놈아!"

하느님 맙소사……

조제프는 생각했다. 그리고 본능적으로 대답했다.

"이고르, 안 그랬으면 넌 절대로 이해하지 못했을 거야."

이고르였다. (어린 시절 읽은 책에서 흔히 나오던 표현 그대로 그렇다, 그가 '바로 그 사람'이었다! 하지만 저 불독 같은 턱과 단단한 근육, 저 어마어마한 괴력은 어디서 나온 걸까? 저 걸어다니는 쇳덩이 같은 녀석을 누가 내 아들이라고 하겠어!)

어른이 된 이고르는 불알친구 조제프를 산 채로 뜯어먹을 듯한 미소를 지으며 말했다(번뜩이는 이빨까지도 탱글탱글한 근육처럼 보였다).

"치사한 자식. 그래, 일이 어떻게 돌아가고 있는지 제대로 이해하게 해주지. 평생 잊지 못하게 톡톡히 맛을 보여주겠어."

하지만 몹시 화가 난 듯한 작고 째지는 목소리가 난데없이 끼어드는 바람에, 이고르는 곧장 행동에 들어갈 수 없었다.

"저 사람 죽이고 나면, 내 나이에 맞는 옷 구해다 줄 수 있는 거지!"

"저건 또 뭐야?"

조제프가 물었다.

'저거'의 정체는 현관 문턱에 꼼짝 않고 서 있는 계집아이였다. 차라리 낙하산이라고 부르는 게 어울릴 만큼 엄청나게 큰 진홍색 원피스를 걸치고 있었다.

"우리 엄마."

이고르가 먹잇감을 여전히 손에서 놓지 않은 채 대답했다.

"쟤가 아저씨 엄마라고, 쟤가?"

부엌문 앞에서 새로운 목소리가 끼어들었다.

포프와 무운이 애들 특유의 못 믿겠다는 표정으로 서 있었다 (의심이 똘똘 뭉친 표정을 지을 때 애들 눈은 언제나 휘둥그레진다). 이고르는 다시 고쳐 말했다.

"타티아나. 얘 이름은 타티아나야."

잠시 주의가 산만해진 틈을 타서 조제프가 변론을 늘어놓았다.

"이고르, 설마 날 죽이지는 않겠지! 둘이나 되는 내 부모를 한순간에 고아로 만들 생각은 아닐 거야!"

"그래, 그거야. 어디 나를 한번 웃겨 봐."

이고르는 움켜쥔 조제프의 멱살을 놓지 않았다. 조제프의 얼굴이 점차 시퍼런 보랏빛으로 변해갔다. (세상에, 도대체 뉘 집 자식이기에 저렇게 천하장사일까! 우리 집안에는 열두 세대 위까지는 저런 우람한 체격을 가진 사람이 없었다. 그건 나하고 타티아나가 서명했던 혼인 증명서에 씌어 있는 거나 마찬가지다. 혹시 타티아나 집안에 카자흐인이라도 있었던 걸까? 조상 중에 타라스 불바*라도 있었던 걸까?)

"타티아나? 그게 뭐야? 무슨 이름이 그래?"

아무 걱정 없이 지뢰밭을 태연스레 깡총깡총 뛰어다니는 아이처럼 포프가 물었다.

"러시아 이름이다! 어쩔래?"

낙하산을 뒤집어쓴 여자 난쟁이가 소리쳤다.

"러시아 이름이든 중국 이름이든 나하곤 상관없어."

"그러는 넌? 네 이름은 뭔데?"

포프와 무운을 따라 부엌으로 들어가며 낙하산을 둘러쓴 여자아이가 물었다.

"포프."

"포프? 그것도 이름이냐?"

"포프, 예쁜 이름이잖아."

무운이 대답했다.

"그래, 퍽이나 이쁘다!"

타티아나는 약올리듯 입 안에 손가락 하나를 쏙 집어넣었다가 빼며 술병 딸 때 나는 '퐁!' 소리를 냈다. 포프는 마치 죽이기라

---

* 19세기의 러시아 소설가 니콜라이 바실리예비치 고골리의 「타라스 불바Taras Bulba」의 주인공. 카자흐 족 족장으로, 폴란드 여인과 사랑에 빠져 가족과 민족을 배신한 아들 안드레이를 죽인다.

도 할 듯한 눈길로 타티아나를 째려보았다. 전쟁 발발 일보 직전이었다. 그때, 이고르가 자기 엄마를 고갯짓으로 가리키며 조제프에게 말했다.

"넌 우리 엄마가 어른이었을 때도 나를 충분히 귀찮게 했다고 생각하지 않니?"

이고르의 말에, 조제프는 언뜻 살 길이 보이는 듯했다.

"우리랑 같이 살자. 그게 모두 편할 거야."

숨이 막힌 조제프가 가르릉거리며 말했다. 그러고는 부엌 쪽으로 눈짓을 해 보였다.

"지금 밥 먹고 있던 참이야."

이고르는 망설였다. 그리고 결심했다. 그랬다가 다시 고민하며 머뭇거렸다. 그렇게 몇 번을 망설인 끝에, 이고르는 조제프의 멱살을 스르르 놓아주었다.

"넌 진짜 개새끼야."

'개새끼'는 심호흡을 하면서 목덜미를 주물렀다.

"날 따라와."

부엌으로 들어간 조제프는 이제야 살았다는 듯, 재빨리 소개에 들어갔다.

"무운, 포프, 여기는 이고르랑 타티아나야. 이제부터 우리랑 함께 살 거야. 타티아나, 너 소시지 좋아하니? 이고르 넌? 소시지 오트밀 괜찮아?"

타티아나는 소시지 따위는 거들떠보지도 않았다. 조그만 손에 끔찍할 정도로 어울리지 않는 뾰족구두를 휘둘러댈 뿐이었다. 마치 황새가 하품이라도 하듯 길다랗고 뾰족한 뒷굽이 대롱거리고 있었다.

"뭐 이래, 계단을 오르다가 굽이 나갔잖아. 이거 네가 고쳐줄래?"

타티아나가 포프에게 던진 질문이었다.

"밥 먹은 다음에 해줄게."

오트밀 한 숟갈을 입으로 가져가며 포프가 대답했다.

"지금 해줘! 지금 안 해주면 전쟁이야!"

타티아나가 응수했다.

"그래? 그럼 나도 전쟁이야!"

휘파람 소리를 내며 부엌을 가로지르던 오트밀이 타티아나의 머리통을 지나 이고르의 넓디넓은 가슴팍에 짓이겨져 흘러내렸다. 오트밀에는 오트밀로! 타티아나가 국자로 반격에 나섰다. 무운이 둘을 말리려고 빽빽 소리를 지르며 바둥거렸지만 헛일이었다.

"그만둬! 바보같이 굴지 마! 바보같이 왜들 이래!"

그 순간, 조제프가 깜박 잊어버린 튀김 프라이팬에서 소시지가

불길에 휩싸였고, 빨간 낙하산을 둘러쓴 러시아 계집애한테 한
대 얻어맞은 포프가 의자에서 뒤로 휘청하더니 넘어지지 않으려
고 식탁보를 잡고늘어지는 바람에 오트밀, 컵, 접시, 나이프, 포
크 그리고 물병이 하나씩 차례로 바닥에 쏟아져내렸다……

12

아이들의 전쟁은 사소한 일로 시작된 것만큼이나 어이없게 끝 나게 마련이다. 부엌 전투가 끝난 후, 전투병들은 거실이 의무실 로 쓰기에 안성맞춤이라는 데 합의를 보았다. 포프가 영화 속의 진짜 부상병처럼 얼음 수건을 이마 위에 얹은 채 소파에 누워 있 고, 무운이 온갖 정성을 다해 포프를 보살피는 동안, 타티아나는 자기가 궁리한 그대로 이야기하고 있었다.

타티아나 : 우리 이렇게 하자. 내가 나쁜 사람 역을 맡을 테니까, 포프 네가 주인공 해. 무운은 전쟁터에서 제일 유능한 의무관이 야. 무운은 포프랑 사랑에 빠지고 전쟁이 끝나자마자 결혼하는 거야. 그런데 지금 무운 넌 주인공 포프가 나처럼 나쁜 놈들 손에 죽을까봐 걱정하고 있는 거야.

무운:(입술을 떨며) 포프가 죽어?

타티아나:아니, 안 죽어. 사랑하는 너랑 나중에 결혼해야 하잖아!

무운:사랑하는 게 뭔데?

타티아나:아드레날린의 격렬한 방출. 심장의 리듬이 빨라지면서 (가슴을 두드리며) 여기가 쿵쿵 뛰는 거야! 그건 감미로운 거래. 남들이 다 그러더라!

의미론적으로 보나 단어 수준으로 보나, 이고르와 조제프로서는 도저히 납득할 수 없는 대화였다. 둘은 거실에 딱 두 개뿐인 안락의자에 털썩 주저앉았다.

이고르:(기분 나쁜 표정을 지으며) 쟤네들이 지금 우리를 약올리자는 거야 뭐야?

조제프:……

　　　……

나는 다른 사람의 불행을 보며 즐거워하고 싶지는 않다. 하지만 이고르와 조제프의 의혹 어린 눈빛을 읽었을 때, 나는 이고르가 제 나이에 어울리는 고민을 하는 진짜 어린애인지 아니면 우리 부부가 얼마나 성숙했는지 알아보려고 아이로 변신해서 몰래 침투한 어른인지 몰라서 타티아나와 줄기차게 입씨름을 하던 게 떠올라, 내심 고소한 마음을 금할 수가 없었다.

"애는 당신이 생각하는 것보다도 훨씬 더 많은 걸 이해할 수 있어."

타티아나는 단언했었다.

"언제부터 애가 그런 것들을 이해했다는 거지?"

요람 안에서 나팔을 가지고 놀며 신이 나서 어쩔 줄 몰라하는 이고르를 가만히 들여다보며 내가 물었다.

"쟤 눈빛을 보면 알 수 있어. 어떨 땐 저 눈빛 속에……"

타티아나는 그렇게 우겼다.

아이는 어느 정도까지 아이다워야 하는 걸까? 이고르와 조제프가 지금 궁금해하는 것도 정확히 그것이었다.

……

이고르 : 쟤네들은 자기네가 진짜 어린애가 아니라는 거 알고 있어. 어제까지만 해도 어른이었다는 걸 다 알고 있다구!

조제프 : 난 모르겠어.

이고르 : 뭐? 몰라? 쟤네들한테 안 물어봤어? 오늘 아침부터였는데도!

조제프 : (타티아나를 가리키며) 그럼 너는? 넌 물어봤어? 네 엄마한테 물어봤냐고. 그래도 네 엄마는 방금 전까지 어른이었잖아!

이고르 : 말도 꺼내지 마. 기절하는 순간 난 내가 죽는구나 싶었어. 정신이 들어 저 꼴을 하고 있는 엄마를 봤을 때 난 내가 정말

죽은 거라고 생각했지. 넌 우리 엄마가 나한테 질문할 틈을 줬을 거라고 생각해?…… 나를 깨운 게 바로 엄마란 말야!

무운은 부상자에게 감아줄 붕대를 만들려고 침대 시트를 정성 껏 잘게 찢고 있었고, 타티아나는 포프의 머리를 쳐들고 보이지도 않는 컵을 들어 뭔가를 마시게 하고 있었다.

타티아나:애는 팔이 부러진 거야. 포프 팔이 부러진 것 같지, 그치?

포프:그럼 피가 필요하잖아. 그것도 많이!

여자아이들이 하얀 시트 위에 빨간색 잉크를 묻히고 부목을 만들어 있는 정성 없는 정성 다해 간호를 하는 동안, 부상자는 영웅답게 입을 꾹 다물고 가만히 누워 있었다……

이고르:(침울하게) 재들이 팔을 절단하겠다는 생각을 안 하는 게 다행이다.

조제프:우린 진짜 엿 같은 처지에 놓인 거야……

이고르가 의심이 잔뜩 담긴 목소리로 말했다.

"재들이 정말 모르는 척하는 거라면 진짜 연기 잘하는 거다……"

그러고는 느릿하게 다시 덧붙였다.

"그런데 조제프, 오래된 위스키나 향 좋은 담배 없어? 우리도 어른놀이 한번 해보자."

어떤 생각이 처음에는 희미하게 그러나 점차 구체적으로 이고르 머릿속에 형체를 갖추며 떠올랐다. 이고르는 빙긋이 미소까지 지었다. 바로 그거야. 조제프 집에 와서 처음으로 짓는 미소였다.

"조제프, 네가 잘못 생각한 거야. 지금 우리는 엿 같은 처지에 놓인 게 아니라고. 전혀 아니지."

"그래? 그렇게 생각해?"

"이 난장판은 현실이 아니야, 조제프. 우리 헛소리 그만 하자. 우린 정말 꿈을 꾸고 있는 거야! 엿 같은 꿈, 그래, 징글징글하게 질긴 꿈, 단체로 꾸는 꿈, 그래 맞아, 이건 꿈이야!"

"크래스탱이 그랬잖아⋯⋯"

"나도 알아. '손쉽게 해결하려고 하지 마세요', 이거 말이지. 내가 이 똥 같은 처지에서 벗어나기 위해 손쉬운 해결책을 찾는지 못 찾는지 어디 두고 봐. 그런데 위스키는 가지고 오는 거야 마는 거야?"

거실에 놓인 앉은뱅이 탁자에는 특별한 일이 있을 때만 내놓는 위스키 병이, 각자의 손에는 술잔이, 그리고 이고르의 머릿속에는 악몽 탈출 작전이 완벽하게 준비되었다.

"텔레비전, 텔레비전은 어디다 모셔놨어?"

"지난번 성적표 받고 난 후 엄마 아빠가 침실로 가져갔어. 그런데 텔레비전은 왜?"

"저 난쟁이들을 텔레비전 앞에다 딱 붙여놓고 우리는 코가 비뚤어지도록 술을 마시는 거야. 어른으로 잠들었다가 아이가 되어 깨어나는 거지. 이해하겠어!"

"이고르, 잠들었다가 깨어나는 건 내가 진작 해봤어. 그걸로는 안 돼."

"코가 삐뚤어지도록 취하면 될 거야."

*

파리 20구, 피아트 거리와 앙비에르주 거리, 트랑스발 거리가 만나는 지점에 벨빌 동네 높이 정도 되는 언덕이 하나 있다. 그곳에서는 파리 시가지 전체가 한눈에 들어온다. 철거되어 잊혀진 건물터에 자리잡은 공원이 제일 먼저 눈에 들어오고─분수대, 잔디, 시멘트 덩어리들, 봄꽃들, 사계절 내내 일하는 공원지기 등등─, 그 다음에 펼쳐지는 것이 파리 전경이다. 누르딘이 속속들이 알고 있는 모습이었다. 이스마엘이 주차장 벽에 펼쳐 그려놓은, 북에서 남에 이르는 거대한 파리 시의 풍경이었다. 똑같았다.

"아빠가 손님 없을 때 오던 데가 여기야? 택시를 세워놓고 파리 전경을 본 거야?"

이스마엘은 다리를 꼬고 앉아 지는 저녁 해를 마주 보며 아무 대답도 하지 않았다. 파리를 석양빛으로 물들이는 마지막 햇살을 파스텔로 그림 안에 거두어들일 뿐이었다. 눈앞의 풍경을 흘깃 쳐다보고는 시원시원하면서도 또렷한 터치로 정확히 그려나갔다. 덧칠하는 색깔이 점차 황혼녘의 빛깔로 바뀌어가고 있었다. 이스마엘과 누르딘을 동그랗게 둘러싸고 있는 구경꾼들은 벨빌 언덕의 일몰을 처음 보기라도 하는 것처럼 벌어진 입을 다물 줄 몰랐다.

"이 꼬마, 그림 그리는 것 좀 봐!"

"이 아이가 댁의 아들이에요?"

"이스마엘이라고 불러요."

"그런데 벙어린가 봐요?"

"벙어리가 아니라 말이 없는 거예요. 그건 얘기가 다른 거죠."

오늘 아침 데 자르 다리 위에서 있었던 것과 똑같은 장면이었다. 지금은 이스마엘이 센 강변의 모래톱 위에 석양을 누이고 있다는 것, 그리고 감탄사를 늘어놓는 사람들과 장소가 달라졌다는 점을 제외하면 말이다.

"저 꼬맹이 자식, 그림 잘 그리는데!"

"너 쟤가 물감으로 색칠하는 거 봤냐?"

"웃기지 마, 저건 물감이 아냐! 분필이라구!"

"분필?"

"젖은 분필. 안 보여? 내 말이 맞아!"

"아저씨, 저게 분필이에요?"

"파스텔이에요."

"너 저 색깔 봤지! 쟤가 색깔 섞을 때마다 계속해서 셋째, 넷째, 다섯째 색깔이 생기는 거!"

"쟤는 바다 저 너머까지 보이나 봐!"

"내가 저렇게 그림 그릴 수 있으면 무지 좋겠다!"

"아저씨, 쟤 그림 그리기 시작한 지 오래됐어요?"

"아주 어렸을 때부터요."

"꼬맹이 때부터 저렇게 그림을 끝내주게 그렸단 말예요! 대단하다!"

"네, 아주 어렸을 때부터요."

"아저씨가 가르쳤어요?"

"아뇨, 타고난 거예요."

"그렇다면 쟤는 태어날 때부터 머리에 색깔들이 가득 차 있었나보네!"

"그래! 컬러 머리통인가봐!"

"그렇게 말할 수도 있죠? 그렇지 않은가요? 그렇게 말하면 안 되나요? 컬러 머리통이라고?"

저 아래, 앵발리드 병원의 금박 칠을 한 둥근 지붕 위로 태양이

사금파리 같은 빛을 흩뿌리다가 어느새 시야에서 모습을 감추었다.

"시간 됐어, 아빠. 그만 가자."

누르딘과 이스마엘은 그곳을 떠났다.

흩어지던 구경꾼들은 경찰 정복 속에 감춰진 아랍 사내의 따뜻한 부성애를 보고는 이렇게 한마디씩 했다.

"쓸 만한 경찰이지, 안 그래?"

*

"네 방법도 통하지 않았어, 이고르."

"그래."

두 사내는 거실 거울에 비친 자신들의 얼굴과 이야기를 나누고 있었다.

"어른 그대로인데다가 술까지 먹어서. 브라보……"

단어와 단어가 서로 엉겨붙었다. 무겁게 가라앉는 두꺼운 의식을 헤치고 말들이 어렵사리 의식의 수면 위로 떠올랐다.

"나 토하고 싶어……"

"입 다물어……"

"토할 것 같……"

"입 다물어……"

거울 저편의 두 사내는 어린 시절로 되돌아가기는커녕 적어도 열 살은 더 나이들어 보였다.

"지금 몇 시야?"

"……한밤중이야."

벽난로 구석에 놓인 작은 전등에 비춰보아도 마찬가지였다. 무거운 눈꺼풀…… 눈가에 진 거슴푸레한 그늘…… 쉬지 않고 마셔댄 술에 찌들 대로 찌든, 마흔 살은 되어 보이는 얼굴이었다.

"그런데 엄마 아빠는?"

"뭐?"

"그러니까…… 애들 말야."

"애들?"

애들…… 애들…… 빌어먹을, 애들!…… 조제프가 먼저 엄마아빠…… 아이들의 침실로 가는 복도에 발을 들였다…… 복도가 몹시 비틀거리고 있었다. 이고르는 조제프 뒤를 조심조심 따라갔다. 이건 뱃멀미야…… 이 폭풍을 뚫고 포프와 무운이 있는 선실까지 무사히 가려면 통로 벽에 매달려야 한다.

"잘했어, 이고르. 네가 위스키 마시자고 그랬지……"

"그만 해……"

"벽을 잡고 기어가다니…… 벽 잡고 기어가기는 내 평생 처음이다……"

"그만 좀 하라니까……"

술 깨는 데는 삼십육계의 방법이 있다. 마침내 도착한 침실문 앞에서 이고르와 조제프는 서른일곱번째 방법이 있다는 것을 막 발견했다. 그것은 바로 문 너머에서 들려오는, 뭔가를 더 요구하는 여자의 목소리였다. "좀더, 좀더어……" 하며 여자는 애걸하고 있고, 남자는 여자한테 '그게' 좋으냐고 묻고 있었다. 사실대로 말하자면, 남자가 하는 말은 질문이라기보다는 일을 잘 치렀다는 자기 긍정이요 확신이며, 잘했다고 칭찬해달라는 요구였다. "좋지, 그렇지, 좋다고 말해봐!" 여자가 현기증 날 만큼 아찔한 목소리로 "그래, 좋아!"라고 소리를 높이다가 마침내 비명을 터뜨렸다. 그 순간, 이고르와 조제프는 여자를 구출하기 위해 허겁지겁 방으로 뛰어들었다.

어제 아침과 마찬가지로 온통 어질러져 있는 침대 위에서 무운과 포프 그리고 타티아나는 세상만사 다 잊고 새근새근 잠들어 있었다. 텔레비전 불빛이 아이들의 잠든 얼굴 위에서 춤을 추는 동안, 화면에서는 여자와 남자가 한 번 더 일을 치를 기세였다.

"으응, 그래, 좋아 좋아……"

이고르는 텔레비전 화면에 얼굴을 들이대고 "좋아" 소리밖에 할 줄 모르는 여자의 얼굴을 물끄러미 들여다보았다…… 때마침 조제프가 물었다.

"너, 저 여자 알아?"

"아니. 왜?"

"그러면 텔레비전 끄고 이리 와서 애들 제대로 누이는 거나 도
와줘."

침대를 정돈한 뒤 애들 옷을 벗기고 다시 뉘었다…… 조제프
는 잠이 든 타티아나를 조심스럽게 안아올렸다.

"안 돼, 엄마는 여기다 재울 수 없어. 이리 줘."

타티아나가 조제프의 팔에서 이고르의 팔로 옮겨졌다.

"엄마는 거실에서 재울 거야. 안 그러면 아침에 난리가 나거든.
우리 엄마가 아침에 일어나서 어떤 일을 벌일지 넌 짐작도 못 할
거야."

……

사실이다. 타티아나는 자기가 눈을 떴을 때 다른 사람들이 계
속 잠자고 있는 꼴을 보지 못했다. 모든 사람들이 그녀와 같은 시
간에 잠들고 같은 시간에 깨어나야 했다. 매일 아침 기상할 때마
다, 마치 인생이란 것이 매일 밤 눈꺼풀 속에 묻혀 있다가 불시에
모습을 드러내는 천지개벽할 사건이라도 되는 양 야단법석을 떨
어대는 것이다. 천지개벽이란 말이 좀 우습게 들리기는 해도 나
로서는 달리 표현할 말이 없다. 내가 새벽까지 자지 않고 일할 때

면 타티아나도 나와 함께 밤을 새웠다. 바로 그런 이유로, 그녀는 내가 자기보다 먼저 죽은 걸 원망했다.

"피에르, 피에르! 왜 아직까지 자는 거야. 왜 이렇게 일찍 가버리는 거야! 나쁜 새끼! 나쁜 새끼! 오, 내 불쌍한 개새끼……"

그녀가 나한테 힘없이 주먹질을 해대며 한 마지막 말이었다……

……

아이들은 어디서 잠을 청해오는 걸까? 그것이 타티아나를 거실로 옮기며 이고르가 한 생각이었다. 창백한 얼굴이네, 라고 이고르는 속으로 말하며 그녀를 소파 위에 뉘었다. 숨을 고르며 그는 타티아나의 잠든 얼굴을 가만히 바라보았다. 태어나서 처음으로 아이가 된 엄마를 보고 있었다. 아침부터 내내 축소판이기는 해도 엄마는 엄마였는데, 이렇게 잠든 모습을 보니 진짜 아이처럼 천진해 보였다. 그녀의 얼굴은…… 두 눈을 꼭 감은 채 평온하게 잠든 그녀는 입가에 미소를 머금고 있었다. 엄마는 지금 어디 있을까? 무슨 꿈을 꾸는 걸까? 어른이었을 때의 꿈일까? 이 모습에서 꼭 서른 살 더 많은 꿈? 아빠랑 함께 있는 꿈일까? 그래 맞아. 이고르는 타티아나의 이런 표정을 잘 알고 있었다.

아빠랑 함께……

문득 어떤 생각이 그의 머리를 스쳤다……

그만둬, 이고르……

타티아나에게 담요를 덮어주고 이불을 토닥거리다가, 터무니없는 생각이 떠오른 것이다.

그만둬, 이고르……

그것은 생각이 아니라…… 매우 막연한 직감이었다……

이고르 머릿속에 흐릿하게 떠오른 그 생각은 점차 뚜렷한 확신으로 굳어져갔다. 이고르의 심장이 무섭게 뛰기 시작했다. 이고르는 자기를 따라 거실로 나온 조제프에게 느닷없이 소리쳤다.

"입 다물어!"

아무 말 않던 조제프가 숨소리도 내지 못하고 입을 다물었다.

"아무 말도 하지 마!"

조제프는 제가 분명히 입을 다물고 있다고 생각했다.

영문을 몰라 당황스러웠지만, 어슴푸레한 거실에서 형형한 눈빛을 빛내고 있는 우람한 사내의 뜻을 거슬러선 안 된다는 것쯤은 재빨리 알아차렸다.

"조제프, 지금 이게 꿈이 아닌 거 맞지?"

조제프로서야 꿈이었으면 싶었다.

마침내 이고르가 조제프 쪽으로 몸을 돌렸다. 집채만 한 사내가 어떻게 열두 살 먹은 아이처럼 저렇게 천진한 미소를 지을 수 있을까?

"이건 현실이야, 그렇지?"

그래, 크래스탱이 원했던 거지……

이고르는 두 주먹으로 조제프의 어깨를 움켜쥐며 말했다.

"조제프, 이게 현실이라면 우리 아빠도 아이가 된 거야. 감 잡았어?"

조제프는 '감을 잡지' 못했다. 무슨 말을 하는 건지 도무지 이해할 수 없었다……

"아빠가 아이라면 지금 살아 있는 거라고!"

이고르는 타티아나를 가리켰다.

"엄마랑 동갑이니까…… 내 말 알아듣겠어?"

됐다. 조제프는 감을 잡았다.

"알아듣고말고!"

13

이고르가 그 생각만큼은 하지 않기를 내가 얼마나 원했는지는 하느님도 아는 일이다…… 죽음조차 역행할 수 있을 거라고 믿다니…… 이고르…… 이고르…… 삶과 죽음 사이를 왕복 티켓으로 왔다갔다할 수 있는 줄 아느냐…… 그런 어리석은 생각을 하는 사람들이 있으니까 신흥 종교를 세우네, 말도 안 되는 소설을 쓰네 하는 거다……

이고르가 실현 가능성 없는 유치한 희망에 들떠 있다고 치자. 친구 조제프 녀석도 우정이란 이름 아래 덩달아 흥분하고 있지 않은가!…… 두 녀석은 아파트 문을 쾅 닫고 서둘러 계단을 내려가 2인승 자전거에 몸을 실었다. 자전거를 타고 페르 라 셰즈 묘지까지 미친 듯이 페달을 밟는 녀석들을 나로서는 도저히 막을 방도가 없었다……

나한테 오다가 바보짓이라도 해서 경찰한테 잡혀갔으면 하는 게 솔직한 내 심정이었다……

하지만 녀석들은 평소에는 잘하던 바보짓까지 나중으로 미룬 것 같았다…… 한밤중에 저렇게 고래고래 소리지르는 것만 들어도 알 만하다.

"그러니까 아빠가 아이가 됐다면 아직 수혈을 받지 않았을 거란 얘기야!"

"아직 수혈을 받지 않았다면 앞으로도 그럴 일 없지!"

"그 점은 나만 믿어!"

……

이고르…… 이고르……

세상에, 내가 이고르를 도대체 어떻게 키웠기에 저렇게 순진한 걸까? 어떻게 했어야, 무엇을 어떻게 했어야 했던 걸까? 처음부터 인생의 진짜 진리를 털어놨어야 했던 걸까? 모든 것에 대해서? 생의 처음부터 감정이란 건 일체 거세된 아이로 키워야 했던 걸까? 철저하게 이성(理性)의 지배만 받는 아이로? 그래서 차마 말로 표현할 수 없는 것이라면 비유적으로라도 상상할 수 없는 아이로 키우기? 아니다. 그건 내 교육 신념에 위반되는 일이다…… 솔직히, '편도선 제거 수술'(그렇다, 그게 내가 받았던 수술이다. 누군가 죽은 것을 가리켜 꼭 '서거했다'고 말하기 좋아하는 사람들이 나에게 일어난 일을 얘기할 때 쓰는 표현이다)이 실패했기 때문에, 그리고 죽음의 씨앗을 품고 있는 더러운 피를 수혈받았기 때문에 내가 죽게 될 거라고 나는 녀석에게 말할 수 없었다. 아무리 그래도 내가 제 또래 아이나 걸리는 편도선염에 걸려 얼굴을 영영 못 보게 될 수도 있다고 말할 수는 없었다……

"선생 나이에 편도선은요, 라포르그 씨, 수술해도 그만, 안 해도 그만입니다. 어떨 땐 둘 다 할 수도 있지요……"(이게 바로 그 의사놈이 말한 그대로다. 내 말이 믿어지지 않는다면 인술을 행한다고 자처하던 그 의사의 주소를 알려줄 수도 있다)라며 내게 결정을 내리라고 닦달하던 그 의사놈 말 그대로, 소위 남성적 현실주의를 흉내내가며 내 아들에게 사실을 털어놓을 수는 없었다. 아니다, 이렇게 설명하는 것보다는 차라리 내가 수술대에 오르기 전에 이고르와 나눈 대화가 훨씬 더 낫겠다.

이고르: 아미달(편도선)이 뭐야, 아빠?

나: 아미달이라는 말, 한 번도 들어본 적 없어?

이고르:?

나: 바른생활 시간에도 못 들어봤어?

이고르: 바른생활 시간에 아미달(편도선)?

나:그래. 참전용사 아미칼(연맹)은 들어봤어?

이고르:아아! 7월 14일!

나:7월 14일, 5월 8일, 디앙 비앙 퓌, 알제리, 그런 거 말야*……

이고르:그럼 지금 아빠 목구멍에서 참전용사들을 수술하는 거야?

나:그래. 내 몸 속에 든 참전용사들을 제거하는 수술이야. 이제 알아듣는구나……!

나도 안다. 내가 잘못했다는 건 나도 잘 안다. 상식적으로 볼 때 마땅히 존중해야 할 것을 무시했고, 역사와 민족이 소중히 간직해야 할 것을 가지고 말장난이나 하면서 이성에 어긋난 짓을 했다. 내 이런 설명을 들은 이고르가 자기 아빠 목구멍에서 백병전을 치르다 학살당한 참전용사들 이야기를 수업중에 늘어놓은 탓에, 그 아이가 자기를 약올리고 있다고 믿은 바른생활 선생한테도 죽을 죄를 졌다는 것을 난 잘 알고 있다. 그리고 이고르한테 그렇게 설명함으로써 나는 타티아나한테도 잘못을 했다. 매사를 가볍게 다루는 나의 이런 태도 때문에 여간해서 잘 다투지 않던

* 1789년 7월 14일은 프랑스 혁명일, 1945년 5월 8일은 2차 대전 승전일. 디앙 비앙 퓌는 베트남의 지방 이름으로, 이곳에서 프랑스의 베트남 식민지배의 종언을 알리는 유명한 전투가 있었다.

우리가 진짜로 심각하게 싸웠던 것이다. 타티아나는 당신 아들을 얼간이로 키우고 싶은 거야, 라며 나에게 반박했었다. 그렇지만 당시 난 그런 반응에는 아무런 신경도 쓰지 않았다. 오히려 만약 수술이 실패하는 경우에는 참전용사 편도선 어쩌고 하는 설명이 훗날 이고르로 하여금 참을 수 없는 커다란 웃음을 터뜨리게 할 수 있을 거라고, 그 아이에게 일종의 폭소의 시한폭탄을 설치해 놓은 것이나 마찬가지라고 혼자서 속으로 좋아했던 것이다. 사실 대로 다 말하자면, 먼 훗날 이고르가 자기 아이들에게, 반지 하나를 집안에서 대대로 물려주듯 그 일을 이야기한다고 해도 나는 화내지 않을 것이다. 참전용사들의 편도선, 멋지지 않은가!……
말장난이 다 나쁜 건 아니다. 가장 고약한 말장난은 제일 친한 친구한테 하는 법이다. 이것이 바로 친밀한 사이에서 치러야 하는 별난 대가라는 거다.

……

아니다, 지금 달빛 아래 묘지들을 가로질러 전속력으로 내게 뛰어오는 근육질의 이고르를 보고 있자니 마음이 아프다……

기대에 어긋나는 결과를 보러 저렇게 뛰어오다니……

묘석들을 건너뛰며……

그리고 사실은……

……내 앞에 와서 마주한 사실은……

거기,

지금,

이고르는 이렇게 울부짖으며 털썩 무너져내렸다.

"오, 아니야아!"

녀석의 거대한 무릎이 툭 꺾였다.

"아니야! 이럴 수는 없어!"

커다란 몸집을 하고 있으면서도, 슬픔에 겨워 똑같은 소리만 되풀이하는 어린아이였다.

"이럴 수는 없어, 이럴 수는 없어……"

"……"

"이럴 수는 없어……"

나는 마음을 가다듬고 이고르에게 말을 걸었다.

"이고르, 도대체 뭘 기대했니?"

"이건 아니야! 이건 아니야! 이럴 수는 없어!"

"이고르…… 받아들이기 힘들다는 건 나도 인정한다. 하지만 어쩌겠어, 내가 엊그제 죽은 것도 아닌데!"

"그래, 아빠가 어제 죽은 건 아니지. 그렇다고 저렇게 죽은 것도 아니잖아!"

"저렇게 죽다니? 그건 또 무슨 소리냐? 저렇게 죽다니?"

잠시 울음을 멈춘 이고르는 슬픈 와중에도 이렇게 화를 터뜨리면서 내 뒤를 가리키며 소리질렀다.

"저기 좀 쳐다봐! 잘 보란 말야, 빌어먹을! 아빠 눈에 똥이라도 든 거야 뭐야?"

녀석이 늘 보던 대로 줄무늬 파자마를 입고 무덤 왼쪽에 앉아 있던 나는 일어서서 등을 돌렸다……

세상에……

그건 아이의 무덤이었다. 정확히 말하면 내 무덤이었다. 크기가 엄청나게 줄어들고 사망 날짜도 내가 어렸을 때로 바뀌어 있었다. 묘비의 내 이름 위에 박아넣은 사진도 나라는 걸 알아보려면 얼마간 들여다보고 있어야 할 만큼 너무도 먼 어린 시절의 모습이었다.

타티아나가 강력하게 요구했던 묘비명만 그대로였다.

피에르 라포르그
수혈로 인한 사망
고맙습니다, 의사 선생님들
장관님들, 고맙습니다

"아빠는 서른여덟 살에 죽었어! 일곱 살이 아니었다구!"
나는 두 손으로 이고르의 커다란 머리통을 끌어안으며 떠오르는 대로 대답했다.

"이고르, 너도 알다시피 나이라는 문제는……"

"이럴 수는 없어……"

어떻게 해야 이 녀석의 절망을 달랠 수 있을까? 나는 녀석의 더부룩한 머리털을 쓰다듬었다(일곱 살밖에 안 된 내 작은 손으로!). 적당한 방법이 떠오르지 않아, 나는 이번만큼은 교육학적 리얼리즘에 근거해서 설명하기로 했다.

"내가 너한테 뭐라고 했니, 이고르? 세상에는 아빠를 잃는 것보다 더 가슴 아픈 일이 있다고 했지! 예를 들면 어린아이를 잃는 게 그래……"

이고르는 고개를 번쩍 들더니 나를 알아보지 못하겠다는 듯 멍하니 바라보았다. 녀석은 가슴속에 맺힌 소리를 막 나에게 하려다 말고 갑자기 등을 돌리더니, 마치 술주정뱅이처럼 비틀비틀 무겁게 발을 옮기며 되돌아 걸어갔다. 엉덩이로 무덤을 깔고 앉아 그런 녀석을 바라보는 나는 어리석은 자신을 자책하지 않을 수 없었다.

나는 이고르가 달려나가며 뒤집어엎은 꽃다발을 다시 똑바로 세워놓았다. 그러자 타티아나에게로 생각이 미쳤다.

"타티아나, 도대체 몇 살까지 내 무덤에 꽃다발을 갖다놓을 참이야? 시들게 내버려둬, 날 잊고 다른 걸 생각해…… 빌어먹을!"

*

부푼 기대로 미친 듯이 밤길을 달려 묘지까지 찾아와 결과를 기다리던 조제프는 묘지 정문에서 이고르가 형편없는 몰골로 걸어오는 것을 보았다.

"이럴 수는 없어, 조제프!"

조제프는 의기소침한 이고르를 두 팔로 껴안고는, 내가 유아 사망률을 들먹이며 늘어놓던 궁색하기 짝이 없는 설명보다 훨씬 쓸 만한 말을 찾아냈다.

"맞아, 이고르, 이럴 수는 없어. 하지만 누구한테 책임이 있는지는 알고 있잖아."

내가 했던 말만큼이나 사실주의적인 설명이었다. 그러나 그것은 숱한 가능성을 향해 열려 있었다.

이고르는 흠씬 젖은 눈을 들어 조제프를 쳐다보았다. 조제프의 눈빛이 심상치 않았다.

"내가 말해줄까, 이고르? 우리를 이렇게 만든 건 바로 크래스탱이야. 그러니까 대가를 치를 사람도 크래스탱이라구! 그만 울고 날 따라와."

"그 선생 주소 알아?"

"보충 숙제 내줄 때마다 자기 편지함에 넣어두라고 그랬잖아, 그 개새끼가……"

덩치 큰 두 사내가 어린이용 2인승 자전거 페달을 밟으며, 정신나간 놈들처럼 고래고래 지르며 도시를 가로질렀다.

"놈을 끝장내버리자!"

둘은 합창으로 소리쳤다.

"우리가 간다, 크래스탱!"

"크래스탱, 우리가 간다!"

그렇다…… 더이상 문제의 해결책이 보이지 않을 때에도 복수하는 일은 남아 있다. 이것이 오랜 시간이 지난 오늘날까지도 어두운 과거의 기억을 들쑤시며 사람들이 편안한 잠에 빠져드는 것을 방해하고, 역사의 흐름을 어지럽히는 것이다.

*

그들을 맨 처음으로 발견한 사람은 사만타였다.

"야! 조지, 지금 저거 보여?"

꼬마 2인승 자전거에 올라탄 덩치 큰 두 사내. 그들은 고철 덩어리나 다름없는 자전거로 포도(鋪道) 위를 덜컹덜컹 튀어오르면서 이제 막 '여자들의 거리'로 들어선 참이었다.

"저 남자들 어디서 오는 거지?"

두 사내는 페달을 힘차게 밟았다.

"오, 예수님! 성모 마리아님!"

아녜스가 탄성을 올렸다.

앞에 탄 사내는 발목이 바짓단 아래로 비죽이 드러나 있고, 뒤에 탄 사내는 힘겹게 페달을 밟느라 옷솔기가 틀어질 지경이었다.

"안젤라, 쟤들 좀 봐!"

'여자들의 거리'에 처음으로 '세례'를 받으러 온 사내들 같았다. 사방에서 쏟아지는 여자들의 야유에 두 사내의 네 귀가 빨갛게 달아올랐다. 두 사내는 똑바로 앞만 보며 열심히 페달을 밟았다.

뒤에 탄 사내가 앞 사내에게 말했다.

"이건 네 생각이지 내 생각 아냐."

그러자 앞 사내가 대답했다.

"크래스탱이 여기 사는 게 내 죄냐?"

그들은 입을 앙다문 채 어물어물 말했다.

보기 힘든 구경거리였다. '여자들의 거리'의 여자들은 조금도 불만스럽지 않았다. 연극 상연이 끝날 때까지는 아직 손님이 드문 시간이라, 그건 흥미로운 소일거리가 아닐 수 없었다.

"머리 두 개 달린 자전거잖아!"

조지는 사내들의 자전거를 뒤쫓아가 작은 코냑 병을 건네주었다. 여자들의 함성이 떠들썩하게 울렸다.

"이봐요, 챔피언! 다리에 힘나게 한잔해요!"

"야, 더 밟아! 앞만 쳐다보고 더 밟으라구!"

뒤에 탄 사내가 말했다.

브라보 브라보 하는 여자들의 환호성 사이로, 그들은 사라져
갔다.

자전거가 길모퉁이를 막 돌아섰을 때 내 오랜 여자친구 욜란드
가 말했다.

"꼭 내가 젊었을 때 같아…… 파우스토 코피*가 저런 자전거
를 타고 챔피언 자리에 올랐던 때 말야……"

---

* 1919~1960, 이탈리아의 사이클 선수. 프랑스 일주에서 두 차례, 이탈리아 일
주에서 다섯 차례 챔피언이 되었다.

14

"크래스탱 선생님!"

그들은 엘리베이터가 없는 아파트 5층의 오른쪽 문을 두드리고 있었다. 손가락을 구부려 정중하게 문을 두드렸다.

"크래스탱 선생님!"

대답이 없었다. 인적이 드문 건물의 나지막한 숨소리 말고는……

"크래스탱 선생님!"

복도등의 자동 타이머가 꺼졌다.

"빌어먹을……"

어둠을 울리는 심장 박동 소리를 들으며 벽을 더듬었다……
아! 됐다. 다시 불이 들어왔다.

그들은 손가락으로 두드리다가 주먹으로 바꾸었다.

"크래스탱!"

계속 침묵이다.

이번에는 주먹질에서 육박전으로 넘어갔다.

"크래스탱, 이 개새끼야!"

대답이 없었다. 아파트 문은 아무 반응이 없었다.

다시 내려앉으려는 침묵을 깨고 갑자기 아래층에서 목소리가 올라왔다.

"야 이놈들아! 빌어먹을, 입 닥쳐! 내일 일하러 가야 한단 말야!"

그러자 이고르가 층계 아래쪽에 대고 이렇게 소리질렀는데 따져보면 논리적인 얘기였다.

"일해야 되면 잠이나 자, 인마!"

조제프가 문손잡이를 돌렸다……

아파트 문은 열려 있었다……

조제프는 어이가 없어 잠시 멍하니 서 있었다.

"이고르, 문이 열려 있어!"

그들은 안으로 들어갔다. 한눈에 봐도 아파트 안은 횅했다. 테이블 하나, 의자 하나, 40와트짜리 전구 하나만 덩그러니 남아 있을 뿐, 커튼도 양탄자도 없이 묘한 냄새만 떠돌고 있었다.

"거 분위기 참……"

(가정이라는 울타리 안에서 자라난 이 두 병아리에게는 놀랍겠지만, 내가 타티아나를 만나기 전의 내 아파트가 꼭 그랬다. 독신자가 사는 초라한 방, 뭔가 찌든 냄새, 창문 밖 풍경이라곤 음산한 벽뿐. 누가 찾아오리라는 생각도 못 하고 있을 때 타티아나가 내 집 문을 두드렸다. 그녀는 성냥갑 속에 숨어 있는 곤충처럼 살던 나를 깜짝 놀라게 했던 거다.)

아무도 없었다. 그래도 이고르와 조제프는 소리 죽여 이야기했다.

"여기서 안 사는 거 아냐?"

"아니야. 여기 사는 게 틀림없어. 저기 봐."

이고르는 반쯤 열려 있는 부엌문을 가리켰다.

테이블 하나, 의자 하나, 접시 하나, 나이프 하나, 포크 하나, 열린 깡통 속의 참치 살코기 한 덩어리, 그리고 물컵 하나.

"네 생각에는 크래스탱 침대에서 몇 명이나 잘 수 있을 것 같아?"

이고르가 물었다.

그들은 바보처럼 킥킥거렸다.

"가서 보자."

하나 있는 방이 바로 침실이었다.

문을 열었을 때 그들은 아무것도 볼 수 없었다. 이고르와 조제프가 웃음을 뚝 그쳤다. 손전등의 강렬한 불빛에 순간적으로 눈이 멀어, 그 자리에 그대로 얼어붙었다. 눈부신 불빛 너머로 싸늘한 목소리가 들려왔다.

"거기 누구야?"

"……"

"……"

"도둑질하러 왔나?"

모든 의혹을 벗기겠다는 듯, 손전등이 꺼지고 방 안이 환하게 밝아졌다.

오른쪽 구석에 제복을 입은 덩치 큰 경찰이 서 있었다. 총집에 손만 얹은 채 경찰이 물었다.

"뭘 훔치러 왔지?"

이고르인지 조제프인지 누군가가 더듬더듬…… 혀짤배기 소리를 했다……

"훔치러 온 게 아니구요, 경찰 아저씨. 여기는…… 그러니까 우리 선생님……"

"나이든 선생님께서 잘 주무시나 이불이라도 토닥거려드리려고 왔나?"

경찰은 총집에서 손을 떼지 않았다. 그는 신체검사라도 하듯 두 사내를 이리저리 훑어보고 있었다.

"너희들 몇반이지?"

조제프:2학년 2반이요.

이고르:그러니까 옛날에……

경찰이 히죽거렸다

"그러니까 옛 제자다, 이 말이겠지……"

경찰은 잠시 동안 아무 말도 하지 않았다.

"옛 제자분들, 내가 한마디 해줄까?"

조제프:……

이고르:……

"상상은 거짓말이 아니야!"

겁에 질려 있는 그들이 이 말이 무슨 뜻인지를 파악하는 데는 시간이 좀 필요했다. 이고르와 조제프는 긴가민가하다가 마침내 아주 신중하게, 차례대로 입을 열었다.

"누르딘?"

"카데?"

"너야?"

"누르딘 너야, 이 개새끼야?"

"설마……"

"이게…… 너야?"

"맞아?"

그제서야 덩치 좋은 경찰은 자신이 바로 누르딘이라고 고백했다. 누르딘, 누르딘 카데 맞아, 그렇지 않으면 누구일 거라고 생각했단 말야? 그리고 그 엿 같은 작문을 자기도 하고야 말았다고, '동료애는 그에 수반하는 결과를 가져오는 법'이라고 크래스탱이 말하던 대로 되고 말았다고, 그렇지만 아무리 그래도 이런 빌어먹을 변신을 하게 된 건 너무 심한 벌이라는 것, 그래서 개새끼 크래스탱을 해치우러 왔다고 누르딘은 말했다. 이고르와 조제프가 자기와 같은 생각을 하고 크래스탱 아파트까지 왔다는 게 하나도 놀랍지 않고, 끔찍한 악몽이 깨지 않고 계속된다면 그것을 현실로 인정해야만 한다고, 그리고 그 사태의 책임자가 되는 놈을 이 악몽이 되어버린 현실에서 따끔하게 혼쭐내야 한다는 것, 그런데 봐라, 크래스탱은 여기 없어, 남아 있는 거라곤 금간 접시 위에 놓인 참치 부스러기와 주인 없는 방에 떠도는 발냄새뿐이라고 누르딘은 설명했다.

이고르와 조제프는 처음으로 방을 둘러보았다. 사방 벽은 아이들의 그림으로 온통 뒤덮여 있었다. 거실이나 부엌과는 전혀 다른 분위기가 흐르는 방이었다. 현란한 색깔들이 온통 방을 뒤덮어 크래스탱 침실에 명랑하고 유쾌한 분위기를 조성해주고 있었다. 게다가 그림의 내용은 놀라운 것이었다. 크래스탱의 눈부신 삼십 년 교직생활에 고마움을 표현하는 학생들의 마음이 고스란히 그려져 있었다.

"더 가까이 들여다봐."

누르딘이 말했다.

하나같이 크래스탱을 죽이자는 메시지였다. 아이들의 증오 어린 아우성이 이 그림 저 그림에서 튀어오르고 있었다. 식인종처럼 크래스탱을 산 채로 잡아먹는 그림에서부터 난폭하게 겁탈하는 그림까지, 크래스탱을 상대로 한 온갖 종류의 고문이 묘사되어 있었다. 돌로 쳐 죽이기, 꼬챙이에 꿰어 죽이기, 능지처참, 채찍질, 화형, 참수형, 살가죽 벗기기, 교수형, 전기의자, 총살형 등 아이들의 원시적이고 살인적인 증오가 응축된, 삼십 년 교직생활의 화려한 천일야화였다. 감미롭기 짝이 없는 방이었다. 그랬다, 현란하기까지 했다……

그림들을 다 둘러보고 나서 조제프가 물었다.

"크래스탱이 여기서 잠을 잔다는 거야?"

"천장에도 붙었던데. 저기 침대 위에 말야."

이고르와 조제프는 누르딘의 손가락이 가리키는 곳으로 눈길을 돌렸다. 침대 바로 위의 천장에도 그림이 붙어 있었다. 그 방의 그림들 중에서 단연 돋보이는 작품이었다. 크래스탱의 목을 요구하는 깃발 아래, 도끼, 낫, 활, 쇠몽둥이, 칼, 소총, 총검, 기관

총, 대포까지 끌어다가 무장한 아이들이 제법 뜀박질이 잰 그를 떼거지로 뒤쫓는 그림이었다.

이고르는 침대 위로 올라가 압수당한 제 그림을 떼어내다가, 끙끙거리는 소리에 놀라 발치를 내려다보았다. 둘둘 말린 담요 뭉치라고 생각했던 옷더미 속에 웬 어린아이가 잠들어 있었다.

"우리 아빠야."

누르딘이 짧게 말했다.

"여기서 뭐 하는 건데?"

이고르는 속삭였다.

"누나 때문에. 누나는 아빠가 아이로 변하는 걸 원치 않았거든. 그래서 내가 데려온 거야."

그러면서 누르딘은 환한 미소를 지어 보였다. 누르딘한테서는 단 한 번도 보지 못한 미소였지만, 그 미소라면 다른 두 아이도 잘 알고 있었다. 그건 애정과 희망, 우쭐한 기분과 고마워하는 마음이 한데 뒤섞인, 바로 아빠들의 미소였다.

"우리 아빠는 신동이야. 너희들도 알지!"

자식을 자랑스럽게 여기는 세상 모든 아빠들처럼, 누르딘은 이스마엘의 데생 노트를 꺼내서 이상야릇한 표정을 짓고 있는 여자의 초상화를 이고르와 조제프의 코앞에 펼쳐 보였다.

"응? 어때? 다 아빠가 그린 거야. 혼자서! 파스텔로 그렸어. 멋지지, 안 그래?"

"나 이 여자 알아. 이거 책에서 베낀 거지? 이건……"

조제프가 말했다.

"모나리자야. 오늘 루브르 박물관에 갔었어. 이것만 그린 게 아냐…… 야외에서도 그렸어. 잠깐만……"

누르딘이 대답했다.

이고르가 누르딘의 손을 부드럽게 잡으며 말렸다.

"미술 비평은 나중에 하자. 나한테는 지금 크래스탱이 필요해. 그놈 어디 있어?"

"내가 알면 이러고 있겠어. 어쨌든 여기엔 없어. 내가 저녁부터 여기 숨어 있었는걸. 오면 덮쳐버리려고 이 방에서 내내 기다렸어."

"어쩌면 금방 올지도 몰라……"

아니다. 크래스탱이 돌아오리라는 가정은 그다지 개연성이 있어 보이지 않았다.

"그는 우리만큼 멍청하지 않아. 우리가 자기를 찾다가 여기로 올 거라 짐작하고 미리 내뺀 거야."

"어쨌든 내가 아는 건……"

누르딘이 뭔가를 얘기하려다 말고, 갑자기 입술에 손가락을 갖다대며 눈짓으로 이스마엘을 가리켰다. 잠든 아이라도 어린애 앞에서는 말을 삼가는 아빠의 몸짓이었다.

이고르와 조제프는 의심쩍은 눈빛을 주고받으며 누르딘을 따라 밖으로 나왔다. 누르딘은 방문을 꼭 잠그고 나서 한층 더 낮은 목소리로 말했다.

"내가 아는 건 말이지, 크래스탱이 창녀들한테 간다는 사실이야."

"뭐?"

조제프가 대꾸했다.

"그래, 맞다. 크래스탱은 독신이잖아. 심심할 때마다 창녀들한테 가는 거야. 그래도 그놈 어디 한 구석은 정상적인 데가 있네."

이고르가 설명했다.

(욜란드와 나의 오랜 우정을 고려해서, 뭐가 정상이고 비정상인지 시시콜콜 따지지는 않겠다. 물론 토론의 장은 아직 열려 있지만……)

"아냐, 아냐, 크래스탱이 가끔씩 창녀들하고 그 짓을 한다는 게 아니고, 그 여자들을 전부 다 알고 있다는 얘기야! 거리에 죽 늘어선 여자들을 다 알더라니까! 여자들이 크래스탱을 보기만 해도 질색을 해서 그렇지, 그래도 크래스탱을 부를 땐 이름으로 부르던데. '알베르' 하고 말야. '알베르'가 크래스탱 이름인가봐. 또 크래스탱이 지나가면 다들 눈을 내리깔더라."

누르딘이 말을 줄줄 늘어놓았다.

"크래스탱이 포주란 얘기잖아! 그만 해, 누르딘……"

"진짜라니까!"

"네가 그걸 어떻게 알아?"

조제프가 물었다.

누르딘의 귀 가장자리가 새벽빛처럼 발그레해졌다.

"어제 미행을 했거든…… 수업 끝나고……"

"네가 크래스탱을 미행했다고? 왜 그랬어?"

이번에는 누르딘의 귀가 완전히 새빨갛게 달아올랐다.

"죽이려고."

목소리가 잦아들었다. 이렇게 해서 누르딘은 두 반친구에게, 어제 있었던 불어 선생 암살 계획의 전모를 털어놓았다. 이런 얘기를 들으면, 꼭 의심 많은 사람이 아니더라도, 아무리 우정이 끈끈하더라도, 일말의 의혹을 품을 수 있다.

"야, 누르딘. 여기 우리끼리만 있으니까 하는 말인데…… 아무한테도 얘기 안 할게…… 너 혹시 벌써 크래스탱을 해치운 거 아냐?"

이고르가 나직이 물었다.

"너 미쳤어!"

다 털어놓았더니 고작 파렴치범 대접이었다.

"그건 어제였어! 그런 건 애들이나 하는 생각이라구!"

의심의 여지가 없다고 이고르는 판단했다. 우리들은 지금 그 옛 같은 작문 속에 완전히 들어와버린 거야. 누르딘은 진짜 어른이 된 거야. 저 새끼 지금, 요즘 애들한테는 선생 하나 해치우고 싶어하는 것쯤이야 흔한 유혹이라고 생각하는 요즘 어른들처럼 심각하게 폼잡고 이야기하잖아!

조제프는 다른 가능성을 생각하고 있었다. 질감을 확인하기라도 하듯, 조제프는 엄지와 검지로 누르딘의 제복 깃을 만지작거리며 중얼거렸다.

"아냐. 이런 제복을 입고 있으면…… 절대 알 수 없지…… 이런 옷을 입고 다닌다면 그런 생각을 하는 것도 무리는 아니지."

"그런데 이 옷 어디서 났어?"

이고르가 물었다.

"나중에 얘기해줄게."

15

삼십 분쯤 후, 2인승 자전거를 타고 지나갔던 미친놈 둘이 '여자들의 거리'에 다시금 모습을 드러냈다. 잠든 아이를 안고 그림 상자와 데생 노트를 손에 든 덩치 좋은 아랍인 경찰이 따라붙고 있었다. 자전거 손잡이를 한 쪽씩 움켜쥔 두 사내는 이번에는 여자들의 눈길을 피하지 않고 눈으로 구석구석을 뒤지고 있었다.

여자들은 딴 곳을 쳐다보며 외면했다.

"저 여자야."

누르딘이 멀찌감치 서 있는 아녜스를 가리켰다.

'예수님, 성모 마리아님! 저 얼간이들 또 나타났네! 설마 쟤네들이 날 쳐다보는 건 아니겠지?'

아녜스는 자기에게 쏠려 있는 시선을 짐짓 모른 체하며 서 있었다. 뱃사람들이 떼거지로 몰려와서 한바탕 난리법석을 피워도 전혀 눈에 들어오지 않을 듯 투명한 시선, 아주 앙큼하고 천연덕스런 시선이었다…… 거리의 여자들은 그것을 '욜란드 식 눈빛'이라고 불렀다.

("이봐, 피에르. 우리 같은 직업에서는 그런 눈빛이 아주 중요해." 욜란드가 내게 한 말이다. "내가 쟤네들한테 가르쳐준 거야. 단골손님 녹이는 데는 최고지. 흐물흐물 녹아 없어져 더는 존재하지 않는 사람처럼 보이게 하는 거야. 그땐 거울을 들여다봐도 자기 모습이 안 보일걸! 자기도 그런 눈빛 한번 해봐. '딴데 눈빛' 말야. 사람들이 감히 말도 제대로 못 걸 거야. 내 말 알겠어? 그건 예술이야! 그런 눈빛을 지을 줄 아는 건, 카페 테라스에서 손님이 아무리 불러도 딴전만 부리는 웨이터들, 일단 당선되면 모르쇠 작전으로 돌입하는 대통령들, 그리고 우리 같은 여자들밖에 없다니까.")

아녜스…… 누르딘의 심장이 무섭게 뛰고 있었다. 두번째로 만난 아녜스는 그에게 순결의 화신처럼 보였다. 이루 말할 수 없이 사랑스러웠다. 코펜하겐의 바위 위에 앉아 있는 안데르센의 인어보다 거리에서 손님을 끄는 그녀가 더 성스러워 보였다. 안데르센의 인어공주를 떠올리자 동화를 읽어주던 누나 라쉬다의 목소리도 같이 떠올랐다.

'……막내인어가 가장 아름다웠습니다. 그녀의 피부는 장미 꽃잎처럼 맑았습니다……'

"그래서, 어쩔 셈이야?"

이고르가 물었다.

"그래서 뭐?"

딴 생각에 빠져 있던 누르딘이 되물었다.

"저 여자한테 갈 참이야?"

조제프가 물었다.

"그래, 어서 가봐."

누르딘이 대답했다.

"뭐? 우리보고 가보라고?"

조제프가 물었다.

"너도 따라와."

이고르가 말했다.

"자전거 지킬 사람도 필요하잖아."

누르딘이 반대했다. 머리맡에서 안데르센 동화를 읽어주던 라쉬다 누나의 목소리가 자꾸만 떠올라서 누르딘은 갈팡질팡하고 있었다.

'……인어공주는 인간 세상 이야기를 듣는 게 세상에서 제일 즐거웠습니다……'

아녜스는 생각했다.

'뭐야, 쟤네들 감히 내게 다가오지도 못하잖아. 그래도 이리로 올 거야. 내 '욜란드 식 눈빛'을 다시 써먹어야지. 딴 애들이 비웃고 있네……'

사실이었다. 여자들의 시선이 아녜스한테 슬그머니 쏠려 있었다. 무슨 일인가 하고 기웃거리더니 어느새 킥킥대고 있었다. 거리 한복판에 서 있는 세 사내는 어찌해야 좋을지 몰라 주저하고 있었다. 아녜스는 그들의 괴로움과 자신의 번민을 덜어볼 양으로, 엉덩이를 살랑살랑 흔들면서 그들에게 다가갔다.

'……작은 인어는 희고 고운 두 팔을 들어올리고, 발꿈치를 사뿐히 들어 물결치듯 홀을 가로질러 갔습니다……'

누르딘의 머리에서 라쉬다의 목소리가 다시 한번 메아리쳤다.

'페탕크* 친구들끼리 저금통을 깨서 온 거야.'

아녜스는 생각했다. 하지만 세 사내의 어쩔 줄 몰라하는 모습에 마음이 흔들렸다.

'바람이라도 가를 기세로 칼을 뽑더니, 뭐야, 꼬리를 바짝 내리고 있잖아.'

아녜스는 더 겁주지 말아야겠다고 마음먹고 아주 부드러운 목

---

* 쇠공을 교대로 굴리면서 표적을 맞히는 프랑스 남부 지방의 놀이.

소리로 말했다.

"자기들, 내가 단체요금으로 쳐줄까?"

그러고는 눈빛이 가장 흐리멍텅한 누르딘을 향해 말했다.

"자기한테는 특별대접 하는 거야. 다른 때 같으면 경찰 아저씨는 안 받거든."

'……그녀의 목소리는 깊은 바닷속에 사는 모든 이들 가운데 가장 감미로웠습니다……' 라쉬다의 목소리가 들려왔다.

아녜스는 손가락으로 잠든 이스마엘의 볼을 쓰다듬었다.

"평소 같으면 애도 안 봐준단 말야……"

'……그 인어는 말이 없고 생각이 깊은, 참 이상한 아이였습니다……'

세 사내는 자전거만 꽉 붙들고 서 있었다.

"자전거 놓기 싫어? 저 혼자서 달아나기라도 할까 봐? 조지가 잘 봐줄 거야. 조지가 올라타는 걸 얼마나 좋아한다구. 그렇지, 조지?"

아녜스가 말했다.

삼 미터쯤 떨어져 있던 조지(조금 전 이고르와 조제프가 자전거를 타고 나타났을 때 코냑 병을 내밀던 바로 그 여자)는 정말로 아무 문제 없다는 사인을 보내왔다.

이고르는 주변의 관심이 갈수록 자기들한테 쏠리는 것을 느끼며, 일을 빨리 끝내버려야겠다고 생각했다.

"아니, 그런 게 아니라…… 그러니까…… 그것 때문에 온 게 아니라……"

이고르가 어떻게든 해보려고 더듬거리는 동안, 누르딘과 조제프는 한마디도 거들지 못했다.

"그러니까 숫총각들끼리 어울려 온 거야? 근무시간에 공치기 하다가 제대로 한번 쳐보고 싶어졌다, 이거지?"

아녜스가 상냥하게 물었다.

"아니에요! 그게 아니라 그 사람이 시켜서……"

조제프가 끼어들었다.

"그래? 누가 시켜서 온 거야? 누가 자기들을 여기로 보냈는데, 예쁘게 생긴 총각?"

싱그러운 바다 내음을 풍기며 아녜스가 말했다.

바싹 붙어 선 아녜스의 후끈한 살 냄새에 사내들의 정신이 혼미해졌다.

"크래스탱 씨요!"

이고르가 이를 악물고 내뱉었다.

사내들은 찰싹 매달린 아녜스의 숨결을 고스란히 들이마시고 있었다.

"크래스탱 씨가 누군데?"

인어 아가씨는 크래스탱 씨가 누군지 분명 모르고 있었다. 아녜스는 '호수처럼 깊고 푸른' 눈을 커다랗게 뜨며, 그게 누군지 모르겠다는 표정을 지었다. 세 사내는 그 눈동자 속으로 한없이 빠져들었다.

"알베르!"

순간 정신을 차린 누르딘이 숨을 고르며 대답했다.

"알베르가 보내서 온 거라구요!"

돌연 분위기가 굳어버렸다. 인어 아가씨가 화들짝 놀라며 몸을 뒤로 뺐다. 얼굴에서 핏기가 가셨다. 호수처럼 맑은 두 눈동자가 잉크빛으로 변했다. 나지막이 속삭이는 인어공주라고 하기엔, 아녜스는 '여자들의 거리'를 쩌렁쩌렁 울릴 정도로 엄청난 폐활량을 가진 여자였다. 그녀는 오래도록 고래고래 소리를 질러댔다.

"아, 안 돼! 또 시작할 순 없어! 어제 세 시간 동안이나 크래스탱한테 붙들려 있었다구! 세 시간 동안! 그 정도면 충분하지 않아? 왜 또 당신들을 보낸 건데? 짭새까지 합세해가지고! 당신들 짭새들한테라면 상납할 만큼 하잖아! 떡값을 더 달라는 거야? 내가 규정을 어기기라도 했어? 내가 뭘 어쨌는데? 어제 다 불었잖아. 그걸로는 안 된대, 알베르가? 나 붙들고 할 만큼 한 거 아니래? 당신들 뭘 더 바라는 건데? 내가 여기를 떠나는 거야? 그거야? 왜 하필이면 나야? 왜 나냐구?"

아녜스는 바락바락 소리를 지르며 뒷걸음질쳤다. 사내들은 물론 감히 앞으로 나아가지도 못했다. 아녜스가 뒷걸음질치면서 발악하는 소리에 동네 전체가 들썩였다. 여기저기서 불이 켜지고 덧문이 삐걱 소리를 내며 열렸다. '여자들의 거리'가 부산스러워졌다. 여자들이 아녜스를 둘러쌌고, 조지가 앞으로 나섰다.

"무슨 일이야? 당신들, 쟤한테 어떻게 한 거야?"

지원 나온 사만타가 잠든 이스마엘을 가리키며 말했다.

"언제부터 창녀한테 어린애까지 데려오게 됐지?"

(그래, 그 점에 관해서라면……)

"세상에 어쩜 이럴 수가 있어!"

빠짐없이 거리로 나온 여자들의 전투 행렬이 사내들을 향해 다가오기 시작했다. 그녀들은 거리를 빽빽이 메우고 있었다.

"조지, 쟤들하고 떠들고 말고 할 것도 없어!"

"쫓아내버리라구!"

"그래, 변기 물 내리듯이 싹 쫓아버리는 거야!"

한 여자가 시가전을 대비해 잘 갈아놓은 뾰족한 하이힐 굽을 치켜들었다.

"여자 보러 왔다가 야수 만난 거지!"

여자들은 지금 그들 코앞에서 악다구니를 쓰고 있었다. 옴짝달싹할 수 없을 만큼 겁에 질린 사내들은 당장이라도 눈물을 쏟아내고 싶은 심정이었다. 그들이 막 울음을 터뜨리려는 순간, 차분하면서도 단호한 목소리와 함께 난장판이 금세 잠잠해졌다.

"왜 이렇게 야단들이야? 도대체 뭐야?"

여자들의 전투 대열이 둘로 나뉘고, 욜란드가 모습을 드러냈다.

*

"그러니까 알베르가 자기들 소시 적 선생이었다, 이 말이지?"

욜란드가 고개를 끄덕이며 체리 브랜디를 술잔 세 개에 나누어 따랐다.

"쯧쯧쯧! 불쌍한 자기들, 학창 시절이 말이 아니었겠네!"

침대 끝에 엉덩이만 살짝 걸치고 앉은 '불쌍한 자기들'은 큼직한 손을 덜덜 떨며 작은 술잔을 받아들었다. 수천 개의 거울이 물결치듯 어른거리는 욜란드의 신전(神殿)에 들어선 그들은 휘황찬란한 장식에 잔뜩 주눅이 들었다…… 발가벗고 목욕하는 다이아나와 커다란 엉덩이를 드러낸 큐피드의 그림이 걸려 있었다…… 해초처럼 나부끼는 베일들, '산호 벽과 호박(琥珀) 창……' 해신의 궁전 같은 방이었다…… '조개껍질마다 반짝이는 진주들……' 하지만 누르딘은 안데르센 동화를 떠올릴 기분이 아니었다. 그는 머릿속에 들려오는 라쉬다의 목소리를 꺼버렸다.

232

그들의 심장은 여전히 두근거리고 있었다. 어디에다 눈을 둬야 할지도 알 수 없었다.

"진정들 해. 자, 자, 다 끝났잖아……"

욜란드가 가르랑거리는 목소리로 말했다.

위험은 끝났다. 이스마엘은 옆에 있는 욕실에서 아녜스를 모델로 그림을 그리고 있었다……

"범상치 않아, 저 꼬마 녀석. 일찌감치 자질을 드러내는걸."

욜란드는 세 사내에게 활짝 웃어 보였다.

"하지만 자기들은 정반대야. 그 나이가 될 때까지 한 번도 우리들을 보러 오지 않았다니…… 출발 신호가 울린 게 언젠데 이제서야 우릴 보러 와?"

사내들이 아무 대답도 않자, 그녀는 "건배" 하며 술잔을 들었다.

"이제부턴 자주 와……"

그들은 고개를 끄덕였다. 그들은 욜란드의 보호 아래 있었다. 욜란드는 혀를 끌끌 차며 립스틱 묻은 술잔을 탁자 위에 내려놓았다.

"우리는 남들한테 서비스하는 사람들이야. 생활의 볼트를 조여주는 존재라고. 손님이 집에 가기 전에 컨디션을 완전히 회복하고 가시라 이거지."

그녀는 명쾌하게 덧붙였다.

"한마디로, 원상태로 되돌아가게 해주는 거야."

그녀는 자신의 직업윤리를 이렇게 요약했다.

"안 그러면 여편네들이 한방 맞는걸. 멍멍이가 얻어터지거나. 직장 부하직원이 화풀잇감이 될 수도 있겠지. 그도 아니면 빨간 신호등을 무시하고 지나가던 사람이 당하거나……"

마침내 욜란드는 원래 화제로 돌아왔다.

"그건 그렇다 치고, 자기들은 알베르한테 뭘 바라는 거야?"

"그를 찾고 있어요!"

누르딘이 욜란드의 질문에 화들짝 놀라며 소리쳤다.

"이렇게 세월이 흘렀는데 새삼스럽게 왜 찾아?"

셋의 대답이 따로 놀았다.

"그러니까……" 하고 이고르가 입을 뗐고,

"우리가 원하는 건……" 하고 조제프가 말을 받았다.

욜란드는 대충 짐작하겠다는 듯 말했다.

"그러니까 뭐야? 이제 애들을 거느린 아빠가 됐으니 알베르를 해치우고 싶다 이거네? 그런 거야? 응? 알베르 때문에 망친 학창시절을 보상받고 싶은 거야? 그게 어렸을 적 맹세였어? 마흔이 되는 날 알베르를 끝장내자는 게?"

"그게 아니에요!"

누르딘이 소리쳤다.

234

"우리가 원하는 건……"

이고르는 다시 말문을 열었다.

"우리는 단지 뭘 좀 이해하고 싶은 거예요."

마침내 조제프가 셋의 뜻을 밝혔다.

"한 잔씩 더 하겠어?"

욜란드가 물었다.

세 사내는 예의바르게 손으로 컵을 가렸다.

"체리 브랜디. 일하기 전에 한잔하는 건 도움이 되지. 난 옛날 식으로 일해. 엄마한테 배웠지……"

욜란드는 잔에 술을 따르며 넋 나간 미소를 지었다. 그러고는 금박을 입힌 술잔 너머로 그들을 바라보았다.

"알베르 문제로 나를 찾아온 게 자기들이 처음이 아니라는 것 알아?"

"……"

"……"

"……"

침묵이 흐르는 동안, 나는 그녀가 나에 대해 얘기하려는 거라고 생각했다……

하지만 아니었다. 그녀는 예전에 내게 했던 말을 고스란히 그들에게 되읊어주는 것으로 만족했다. 그녀가 세 사내의 시선을 한몸에 받으며 말한 것은 이미 나한테 골백번도 넘게 했던 얘기다. 크래스탱에 대해서는 이해하고 자시고 할 게 하나도 없다, 눈을 씻고 찾아봐도 없다, 크래스탱의 비밀이란 모두 무(無)에 불과하다.

"그것 때문에 여기 내 방까지 뛰어올라온 거야? 나를 알베르한테서 구하겠다고? 세상에, 내 가여운 피에르! 그래서 주머니 속에 잭나이프까지 숨겨가지고 왔단 말이지? 그건 이리 줘! 알베르, 그 사람은 '아무것'도 아니야!"

내 오피넬 표 잭나이프와 함께, 크래스탱을 죽이겠다는 내 결심도 영원히 압수당했다. 그로 인해 내 인생은 기이하게 복잡해졌다. 암살 계획을 포기한다는 것은 세상을 다시 이해해야 한다는 선고나 매한가지였다. 세상 사는 방법을 다시 생각해야 하는 일이었다. 잘 놀린 칼질 한 번이면 단숨에 해결할 수 있는 문제를 제대로 절차를 밟아 풀어보겠다고 결심한 셈이니, 그때부터 사는 일이 길다란 일련의 의문문으로 꽉 차면서 복잡해지기 시작한 것이다.

"네가 던지는 의문에 꼭 맞는 해답이 어디 세상에 있기나 해야지……"

"문제가 있으면 해답도 있겠지…… 하지만 피에르, 이건 인정해야 해. 요즘 세상에는 어떻게 살아야 하나 하는 문제에 딱 들어

맞는 해답이란 없어. 문제들이 홀딱 벗고 다닌다고나 할까."

누르딘, 이고르, 조제프는 욜란드가 꿈꾸듯 흘리는 얘기를 술잔 너머로 듣고 있었다.

"잘 들어. 알베르를 좀더 알게 되면 인정하겠지만, 그는 못된 사람은 아냐. 여자애들을 겁줘서 문제이긴 하지만. 여자애들한테는 정말 끔찍한 재앙이니까."

한 모금 홀짝거린 브랜디 탓이었을까. 문득 세 사내는 욜란드가 자기들이 아닌 또다른 누군가에게 말하고 있다는 묘한 기분이 들었다. 이고르가 뒤를 돌아보았다. 하지만 아무도 없었다. 다만 불빛이 새어나오는, 방긋이 열린 욕실문 사이로, 거울 앞에 앉은 아녜스가 제 모습을 그리고 있는 이스마엘을 한쪽 눈으로 흘깃거리면서 의자 등받이에 우아하게 손을 얹은 채 포즈를 취하고 있는 모습만 눈에 들어왔다. 욜란드가 계속 말했다.

"그렇다고 해도, 알베르 같은 사람 앞에서는 '싫어' 소리가 쉽게 안 나오는 법이거든. 알베르의 눈빛이 어떤지 자기들도 기억하지?"

욜란드의 눈에 음산한 새를 닮은 크래스탱의 표정이 떠올랐다. 권위와 절망이 한데 뒤섞인 끔찍한 표정이었다.

"알베르가 관심 있어하는 건 오직 어릴 적 추억뿐이야. 그것 말고는 없어. 그게 전부지. 어린 시절과 가족. 그게 다야. 마치 그

것에 굶주린 사람 같아. 믿을 수 없을 만큼. 이 동네 여자애들 입에서 어릴 적 얘기를 끄집어낼 생각 외에는 딴 목적이 없는 사람이지. 여기만 왔다 하면 이빨을 하나하나 뽑듯이 여자애들의 추억을 우려낸다니까. 그러면 애들은, 아이고 그걸 어떻게 다 말로 해…… (눈짓으로 아녜스 쪽을 가리키며) 쟤 아까 봤지? 알베르한테 얼마나 질려 있는지…… 더군다나……"

욜란드는 술 한 모금을 홀짝 들이켰다.

"더군다나, 우리 같은 여자들한테 어릴 적 추억이랄 게 뭐가 있겠어? 기억나는 거라고 해봐야 뻔하지. 도무지 잊혀지지 않는 일…… 가장 고통스러웠던 일들뿐이지."

"그런데 크래스탱은 왜 자꾸 와요? 왜 그렇게 뻔질나게 오는데요?"

이고르가 물었다.

삼십 년 전, 내가 지금의 아녜스 또래인 욜란드에게 던진 것과 똑같은 질문이다.

"왜냐구, 왜냐하면 말이지, 피에르…… 크래스탱은 귀담아들어둔 추억을 머릿속으로 되씹기 때문이야. 알베르는 늘 이렇게 얘기해. 우리가 얘기를 하다가 꼭 뭔가를 빼먹거나 꾸며서 둘러댄다고. 그렇게 말하면서 다시 얘기를 들으러 오는 거야. 사람이 지나간 일을 완전히 기억할 수는 없는 거라며, 기억과 상상을 혼동하지 말라고 얘기하지. 상상이 뭐라더라……"

"상상은 거짓말이 아니에요!"

누르딘이 소리쳤다.

"그래 맞아! 자기도 잘 기억하네……"

욜란드가 말했다.

'크래스탱은 어째서 우리 아빠들을 그렇게 겁에 질리게 만드는 거죠?'라는 질문이 이고르, 누르딘, 조제프의 입술 끝에 동시에 매달려 달싹거렸다. 하지만 그들은 자신들의 처지를 생각해 차마 입을 떼지 못했다.

그 또한 내가 오래 전에 욜란드에게 물어본 것이었다.

"알베르가 자기들 애들한테 '학부형과의 가벼운 면담'을 통보해온 거지, 그렇지?"

욜란드가 은근슬쩍 물었다.

"그리고 다른 아빠들처럼 자기들도 면담이 끝나면 온몸이 땀범벅이 되어서 나오고……"

맞아요, 머리통 세 개가 끄덕거렸다. 맞아, 맞아, 맞아……
……

"아빠들은 알베르 앞에만 섰다 하면 무섭고 부끄러워 죽을 맛인 거야, 피에르. 어떻게 설명하면 좋을까? 어디 보자…… 한번 상상해볼까…… 그래, 이런 덧셈을 해보는 거야. '아빠+여자+

아이들+가정+어린 시절의 추억=행복의 모든 조건'. 그럼 반대로 뺄셈을 해볼까. 여자 빼고 가정 빼고 어릴 적 추억을 뺐을 때, 그때 남는 건 바로 알베르야. 아무것도 없는 사람이야. 너무 없어서 생기는 현기증 말고는 정말 아무것도 없지. 자식새끼를 변호하기 위해 선생과 한판 하러 간 아빠들이 알베르라고 하는 커다란 심연에 맞닥뜨렸다고 상상해봐. 인간의 불행이란 불행은 모조리 떠안은 사람한테 기습공격을 당했다고 생각해보라구. 아빠들은 소름이 쫙 돋도록 부끄러워지는 거야. 멀리 있을 땐 텔레비전을 꺼버리듯 무시할 수 있는 게 불행이지만, 전혀 생각지도 못한 순간에 눈앞에서 만나면 감히 도망도 못 치고 마음만 무거워지는 거야. 그리고 사람을 위로하는 데 눈곱만큼도 기술이 없는, 전혀 쓸모없는 자신이 부끄러워 죽을 지경이 되지! 그런데 알베르는, 내가 뭐 그 사람 험담을 하려는 게 아니라, 알베르는 그렇게 창피해하는 아빠들을 보면 힘이 솟는 거야. 숨은 생쥐를 발견한 고양이처럼 냄새를 맡고 아빠들의 속내를 금세 알아차리지. 다른 사람들이 창피해하는 걸 보면서 흐뭇해하는 게 바로 알베르의 유일한 위안거리야. 알베르는 이런 말을 자주 했어. '욜란드, 아빠란 작자들은 말이지 도대체가 자기 가정 소중한 줄을 몰라! 자기가 얼마나 행복한지를 모른다 이 말이야! 그 작자들한테 가정이 있다는 게 아깝지! 애나 부모나 죄다 마찬가지야! 신세 한탄이나 늘어놓는 주제에 나를 위로한답시고 깝죽대는 꼴이라니…… 제 행복 망치고 있는 줄도 모르고! 아주 끔찍하게 망쳐놓고 있는 줄도 모르면서 말이야!' 아빠들이 그렇게 혼쭐이 나서 집에 가니 수치심에 겹다 못해 화가 나는 거야, 피에르, 내 말 이해하겠어? 자기 행복에 똥딱지 붙이고 가는 꼴이니까. 그런 마음으로 걷다 보면 처자식이고 가족 앨범이고 완벽한 내 가정이고 할 것 없이 미워지는 거야. 행복에 신물이 나는 거지…… 까딱하면 모든 걸 쓸어내버릴 기세로 제 자신마저 혐오스러울 지경이 되지. 물론 그 상태는 오래 가지 않아. 며칠 밤잠 설치고 악몽을 꾸고 나면 다 잊혀지거든. 다시 제자리로 돌아오는 거야. 무슨 일이 있었냐는 듯 상처는 아물게 마련이니까. 그런데 알베르가 그때 다시 두번째로 호출한다고 상상해봐!…… '학부형과의 가벼운 면담' 어쩌고 하면서 말이야……"

16

그런데 갈색 머리 소년은 어떻게 되었을까? 경찰 에릭, 꼬마 경찰…… 벨빌 경찰서에서 작문 숙제를 하다가 아이로 변해버린 경찰 말이다…… 그날 내내 에릭은 뭘 했을까?

그 또래 아이들이 다 그렇듯이, 에릭은 덩치 큰 아랍인 경찰이 바라는 대로 철석같이 약속을 해놓고는 원래 버릇으로 되돌아갔다. 밤이 오기만을 기다리며 하루를 보낸 것이다. 오전은 지하철에서(지하철 안에서 누르딘의 책가방을 메고 뻔뻔한 얼굴로 앉아 있으면 아무 문제 없다. 학교에 가는 거라고 다들 생각할 테니……), 오후는 극장에서 시간을 죽였다. 출구를 통해 극장 안에 슬쩍 잠입한 에릭은 안락의자가 비치된 영화관을 골라잡았다. 당일 날짜가 찍힌 티켓 한 장을 주워들고 필름이 상영되는 내내 푹

자다가, 마지막 회가 시작되고 십오 분쯤 지난 후에야 극장을 슬그머니 빠져나왔다. 거리에는 에릭의 밤이 내려 있었다. 가는 길에 연장 챙길 생각까지 했으니(시청 앞 BHV 백화점 지하에서 슬쩍했다. 진정한 도둑은 자기 연장이 어디 있는가 하는 것쯤은 알고 있어야 한다), 시작치고는 괜찮은 밤이었다.

그날 밤은 벌이가 짭짤했다. 아랍계 경찰이 건네준 주소는 진짜 광맥이나 다름없었으니까! 현대식으로 꾸며진 부엌은 멋진 아랍 식기로 채워져 있었을 뿐 아니라 터키 식 커피메이커와 금박을 입힌 잔들로 그득했다. 몽트뢰유 벼룩시장 입구에서 불티나게 팔리는 물건들이었다. 경찰 집을 턴다는 것은 에릭한테 전혀 문제가 되지 않았다. 왜냐구? 바로 그 경찰한테 자신은 도둑놈이라고 직접 대놓고 말하지 않았던가? 에릭은 진실을 말한 거였다. 도둑놈, 도둑놈은 도둑질하게 되어 있다. 아무도 에릭을 원망할 수는 없다. 도둑놈이 도둑질한다는 것은 누구보다도 경찰이 잘 알고 있지 않은가. 더군다나 자신이 도둑놈이라고 알려주며 경고까지 했을 때는 더욱 그렇다. 경찰이라는 자기 직업만 믿고, 도둑놈이 설마 내 집이야 털겠어 하는 심정으로 도둑놈에게 제 집주소를 쥐여주었다면, 그 경찰은 직업을 바꾸는 편이 낫다. 이렇게 멋진 부엌을 갖고 있으면서, 부엌 살림 훔치는 게 전문이라는 문제의 도둑한테 주소를 덥석 내주다니! 만약 그 순간 그 아랍계 경찰이 나타난다면 그렇게 둘러대기로 작정하고 에릭은 물건을 자루 속에 부지런히 챙겨넣었다. 경찰을 상대로 그렇게 설명하는 일은 충분히 가능했다. 경찰들도 알아들을 얘기다. 그런 얘기를 들어주는 게 경찰의 일 아닌가!

게다가 인생에서 한 번쯤은 은혜에 보답할 줄도 알아야 한다. 아침에 만난 아랍 경찰은 인간성이 아주 글러먹은 인간은 아니었다. 자기 집 주소에다 누이 이름까지 말해주지 않았던가! 이렇게 설명해주면 그 빚을 갚는 셈이 된다. 직업을 바꾸세요, 경찰 아저씨. 솔직히 말해서 당신은 경찰이나 해먹고 살 사람은 아니에요. 다 아저씨를 위해서 하는 말이라고요. 만약 내가 경찰이라면, 이건 어디까지나 가정이지만, 도둑놈한테 내 주소를 넘겨주면서 도둑질하라고 하겠어요? 이런 멋진 부엌 살림을 갖고 있으면서, 그것도 전문 부엌털이한테요? 경찰이 그를 경찰서로 끌고 간다면? 그럼 그때는? 그래봤자 그건 에릭이 처음 당하는 일도 아니다. 이상하게도, 에릭은 그날 밤을 경찰서에서 보냈으면 하는 마음이었다. 농담이 아니다. 오늘 본 영화에서처럼, 일제단속에 걸려 경찰서에 끌려온 패거리가 한밤중에 난리를 피우는 꼴을 상상만 해도 에릭은 흐뭇해졌다. 경찰들은 맘에 안 들지만 경찰서에서 보내는 밤은 어쨌든 짜릿한 분위기가 있지. 그건 인정해야 해……

딴 생각은 그만두자, 에릭은 문득 정신이 들었다.

집중해야 해……

맨날 딴 생각 하다가 붙들렸잖아.

지금 하고 있는 일만 생각하자, 그게 전부야.

그래, 숨을 한번 크게 들이쉬고.

훔친 물건들로 그새 불룩해진 자루 세 개가 어슴푸레한 어둠 속에서 주인을 기다리고 있었다. 그 틈바구니에서 에릭은 숨을 크게 들이마셨다.

어떤 소리가 들려온 건 바로 그때였다.

한 소녀가 울고 있었다.

소녀가 울고 있다고? 에릭은 BHV 백화점 마크가 붙어 있는 손전등을 껐다. 그랬다, 소녀가 울고 있었다. 울부짖는 울음이 아니라, 슬픔을 이기지 못하고 소리 죽여 흐느끼는 울음이었다. 잠을 청하기 위해 슬픈 시를 읊조리다 오히려 잠 못 들고 더욱 슬픔에 빠진 사람처럼, 소녀는 울면서 무언가를 계속 중얼거리고 있었다. 그 소리는 바로 부엌 위층에서 들려왔다. 가봐야겠어. 에릭은 위층으로 올라갔다. 얼마나 조심스럽게 올라갔는지 삐걱거리는 소리조차 나지 않았다. 계단 옆 바로 왼쪽 방에서 나는 소리였다. 에릭은 조용히 문을 열었다. 침대 하나가 눈에 들어왔다. 그 위에, 마치 벽에 몸을 오그려붙인 강아지처럼 누군가가 잔뜩 웅크리고 누워 울고 있었다. 소녀였다.

"난 바보 같은 년이야."

소녀는 창문을 닫아놓지 않았다. 열린 창문으로 비스듬하게 쏟아지는 불빛이 예쁘장한 침대를 비추고 있었다. 방 안의 나머지 공간은 어둠에 묻혀 있었다. 그 장면도 방금 전 영화에서 본 것과 똑같았다. 희디흰 잠옷 차림의 소녀는 절망감에 사로잡혀 머리를 쥐어뜯고 있었다. 숱 많고 윤기 나는 검은 머리였다. 그녀는 자신을 바보라고 생각하고 있었다.

"빌어먹을, 난 진짜 바보야!"

그녀는 주먹으로 벽을 쳤다.

"바보! 바보! 바보야!"

평생토록 감옥 벽을 두들겨댄 것도 모자라서, 마침내 젖 먹던 힘까지 끌어모아 최후의 벽치기를 시도하는 절망한 여자 죄수 같았다. 호기심이 발동해서이기도 했지만 저렇게 예쁜 여자가 감옥 벽을 내리치는 모습이 안쓰러워서, 에릭은 그녀에게 말을 걸었다.

"왜 울어?"

그녀의 몸이 조금이라도 더 높이 뛰어올랐다면, 에릭은 "불이야" 하고 소리치며 도망갔을 것이다. 깜짝 놀라 순식간에 벽 구석으로 기어간 그녀는 매트리스 끄트머리에 웅크리고 앉아 담요를 끌어당겼다. 눈앞에 있는 게 누구고 뭘 하고 있는 건지 묻고 싶었지만 그녀는 차마 입이 떨어지지 않았다. 방으로 스며든 불빛을 받아 그녀의 얼굴이 더욱 아름답게 보였다.

에릭은 그녀를 진정시키려고 했다.

"겁내지 마. 도둑질하러 온 거니까. 네 울음소리가 들리길래 올라왔어."

"도둑질이라구?"

순간 그녀의 긴장이 풀렸다.

"도둑질이라구!"

내내 눈물을 글썽거리던 그녀가 난데없이 웃음을 터뜨렸다. 즐거운 웃음도 아니지만 그렇다고 악의가 섞인 웃음도 아니었다. 슬픈 울음소리보다 더 거슬리는 참담한 웃음이었다.

"아주 좋은 생각이야, 꼬마야. 다 가져가, 하나도 남기지 말고 아예 집까지 통째로 들고 가버려! 그리고 난 인생을 다시 시작하는 거야!"

에릭은(그는 꼬마라고 불리는 걸 별로 좋아하지 않았다) 도대체 어떻게 생긴 집구석이기에, 이 집 사람들은 하나같이 도둑맞고 싶어 안달인지 궁금해졌다. 다들 돌아버린 거야 뭐야? 경찰이고 그 누이고 할 것 없이 죄다 합창이라도 하듯 "도선생님, 자 받으세요, 저희 집 주소입니다. 훔쳐가세요, 다 가져가세요, 하나라도 빼먹으면 안 됩니다. 우리 부엌에 진짜 괜찮은 물건들이 얼마나 많은데요……" 하니 말이다.

에릭은 화제를 바꾸는 게 좋을 듯싶었다.

"왜 네가 바보라는 거야?"

해서는 안 될 말이었다. 수문이 활짝 열어젖혀진 것이다. 예쁜 소녀는 온몸에 담긴 눈물을 모조리 쏟아내기 시작했다.

"난 바보 중에 '왕' 바보야! 내가 얼마나 바보 같은 년인지, 엄마는 우체부랑 줄행랑치고 동생은 가출하고 아빠란 사람은 경찰이 되어 떠나버리고, 이렇게 나만 이놈의 집구석에 달랑 혼자 남아 있다구! 경찰 말야, 내 말 알아들어? 우리 아빠가 경찰이라구! 우리 아빠가 그림을 얼마나 잘 그리는지 네가 봐야 하는데!"

에릭은 소녀가 저질렀다는 바보짓과 그녀의 아빠가 가진 경찰로서의 사명감, 그리고 그림 그리는 재능 사이에 무슨 관계가 있는 건지 알고 싶었다. 하지만 그보다 더 이상한 게 있었다. 어딘가 얘기가 맞지 않았다. '그 아랍인 경찰은 자기 딸이라고 하지 않았어. 오늘 아침에 들었을 땐 분명히 누나라고 했는데……'

"네 이름이 뭐야?"

"엘렌."

엘렌…… 엘렌…… 에릭은 이마를 찡그렸다. 내가 주소를 잘못 읽었나?

"나한테 이 집 주소를 준 경찰은 네 이름이 엘렌이라고 하지 않던데. 라쉬다랬어!"

에릭의 이 말은 전혀 예상치 못한 최악의 결과를 가져왔다.

"그러니까 내가 바보천치라는 거야!"

라쉬다가 소리를 질렀다.

그녀는 에릭이 예상한 것보다 훨씬 더 많은 슬픔을 비축해두고 있었다. 자그마한 체구 안에 댐보다 큰 눈물의 샘을 담고 있었다. 내버려두면 아침까지 울 게 뻔해. 에릭은 눈물의 홍수를 어떻게 막아야 할지 막막했다. 그렇다고 울고 있는 그녀를 내버려두고 다시 '일하러' 갈 수도 없는 노릇이었다. 불빛 속으로 들어온 에릭은 침대 끝에 걸터앉아 라쉬다를 두 팔로 끌어안았다. 그녀가 잠시 울음을 그치자, 에릭은 그녀의 얼굴에 들러붙은 눈물에 젖은 머리카락을 떼어내주면서 나지막이 되는 대로 말했다.

"내 말 들어볼래, 라쉬다? 넌 바보가 아냐. 오히려 정반대지."

그러고는 수면제를 대신해서 이렇게 속삭였다.

"걱정 마, 내가 네 아빠랑 동생이랑 찾는 거 도와줄게."

*

"네 생각엔 그 창녀대장이 우리한테 전화할 것 같아?"

조제프가 물었다.

2인승 자전거에 네 사람이 올라타고 있었다. 밤거리를 가르는 고철 소리가 요란했다. 이스마엘은 조제프의 가슴에 머리를 기댄 채 핸들 위에 앉아 있고, 누르딘은 자전거 꽁무니에 달린 반사경 위로 파스텔 상자와 데생 노트를 걸쳐놓고 짐받이에 올라타 있었다.

"창녀대장 말고 욜란드라는 이름이 엄연히 있잖아. 크래스탱을 보기만 하면 우리한테 전화할 거야. 약속했잖아."

이고르가 대답했다.

조제프는 잠자코 있었다. 욜란드는 '창녀대장'이 아니야, 욜란드는 욜란드일 뿐이야, 자기가 한 말은 꼭 지키는 사람이라구, 이고르는 그렇게 확신하고 있었다. 욜란드든 다른 여자들이든 일단 크래스탱을 보면 곧바로 연락해줄 거라고 이고르는 생각했다.

얼마 동안 자전거 삐걱거리는 소리와 쉭쉭 바퀴 돌아가는 소리만 들렸다. 조제프가 다시 시작했다.

"아무리 그래도 우리한테 돈을 내라니, 정말 뻔뻔해!"

"어째서?"

이고르는 조제프의 대답을 기다렸다. 하지만 아무 소리도 없었다.

"어째서?"

조제프는 대답하지 않는 게 낫다고 생각했다. 하지만 이고르는 쉽게 물러서지 않았다.

"너 같으면 공짜로 일하겠어?"

"……"

"조제프! 너라면 공짜로 일하겠냐구!"

"……"

(욜란드는 돈 문제만큼은 언제나 철저했다. 이리저리 돌려 얘기하는 일 없이 당당하게 꺼내는 주제였다. "처음 만났을 때부터 지금까지, 피에르, 자기는 내 최고의 고객이야. 시계처럼 정확하지, 딴 애들한테 눈도 안 돌리지. 돈 잘 내는 이쁜 서방님이라고나 할까. 우리 원칙만 아니면 자기한테만큼은 공짜로 해주고 싶어. 하지만 내가 전에 말한 적 있지. 우리는 공짜로 일할 수 없다고. 만약 공짜로 해줘봐, 고객들이 뭐라고 생각하겠어. 단번에 우리를 창녀 취급하려 들걸! 우리 같은 직업을 가진 사람들한테, 돈은 마음에서 우러나서 내야 하는 거야. 머리 아픈 환자를 치료하는 의사들한테 돈 내는 것하고 비슷한 이치지, 내 말 이해해? 병을 고치려면 돈을 내야 한다는 거, 뻔한 얘기잖아! 내가 얼마나 많은 사람들의 마음의 병을 고쳤는데, 이 욜란드가 말야! 손님들이 얼마나 만족해하는지, 달라는 돈의 두 배, 세 배, 아니 그보다 더 많은 돈도 내겠다고 난리라니까! 내가 얘기하잖아, 돈은 마음에서 우러나서 내는 거라고……"

사춘기 때 저금한 돈, 얼마 안 되는 쌈짓돈, 새해 선물로 받은 쥐꼬리만 한 용돈, 여름내 아르바이트해서 번 돈, 그리고 첫 월급까지 고스란히 내 마음의 병 치료비로 쓰였다. 내 마음은 그렇게 얼굴 한번 찌푸리는 일 없이 세금을 낸 것이다. 그럴 때면 욜란드는 잔돈을 거슬러주듯 내게 사려 깊은 충고를 해주었다. "어쩌다 찾아오는 봉보다 규칙적으로 찾아오는 자린고비가 훨씬 낫다니까. 자동차랑 마찬가지야, 피에르. 차는 사는 것보다 임대하는 편이 훨씬 싸게 먹히잖아." 그렇다고 그녀가 결혼에 적대적인 건 아니었다. 내 나이 스물다섯이 넘었을 때 나에게 결혼하라고 성화를 부린 사람이 바로 욜란드였다. "피에르, 아무리 그래도 평생을 직업여성들하고만 보낼 수는 없잖아! 언젠가는 렌트카를 버리고 확실한 자기 차를 장만해야 하지 않겠어? 내가 자기한테 싫증나서 하는 소리가 아냐. 잘 들어! 자기 운전 기술은 완벽하니까 이제 진짜 사랑을 만나야지!" 욜란드는 나를 칭찬하기까지 했던 것이다―그것은 아주 드문 일이었던 만큼 내게는 더없이 소중한 칭찬이었다. "테크닉 면에서는 한마디도 덧붙일 말이 없어. 자기를 손에 넣는 여자는 아마 숨 넘어갈걸. 솜씨 하나는 보증수표니까! 내가 졸업장에 사인해줄 수도 있어! 나도 어떨 때는……" 그녀는 짐짓 말을 삼키는 척했다. "자기한테 이런 말 하면 안 되는데. 손님들을 절대로 추어주면 안 돼, 농담 삼아 하는 거 빼고는. 한번 칭찬 들으면 손님들은 자기가 진짜 사내가 됐다고 생각하거든…… 사내에서 포주 되는 건 길 하나 건너는 것만큼 빠른 일이야." 하지만 나 피에르는 다르다고 했다. "피에르 자기는 달라. 자기한테라면 얼마든지 칭찬해줄 수 있어. 다 나한테 배운 거잖아. 내가 제자가 스승보다 낫다고 얘기할 때는 바로 나를 칭찬하는 거야……" 나 또한 이렇게 슬쩍 물어본 적이 있다. "그럼 욜란드, 자기는 결혼할 생각 없어?" 내 질문에 그녀는 이렇게 따끔하게 쏘아붙였다. "별일이야! 언제부터 자기랑 나랑 역할이 바뀐 거야, 피에르! 이건 분명히 스승에 대한 모욕이야!" 나는 용서를 구해야 했고, 내 사과에 그녀는 고맙게도 대답 비슷하게 이런 말을 해주었다. "내가 할 수 있는 말은, 언젠가 이 일이 지겨워지면 딱 한 사람이랑 살림을 차리겠다는 거야. 늙어서 좀 망가진 남자겠지만 그래도 딱 한 사람하고 살 거야." 그러면서 욜란드는 덧붙였다. "예를 들면 알베르 같은 사람." "알베르? 크라스탱? 자기 지금 농담하는 거야?" "천만에! 그 사람을 행복하게 해줘야 해! …… 지금으로서는 그의 속마음을 모를 뿐이야. 하지만 난 노력하고 있어! 노력하고 있다구!" 나는 욜란드가 크라스탱의 텅 빈 심장을 채워주기 위해 어떤 노력을 하고 있는지 알아내려고 애썼다……
"그가 하는 말에 귀를 기울이는 거야, 피에르. 일 주일에 두 번씩. 알베르가 누구한테 속얘기를 털어놓겠어? 피에르 자기한테? 반 학생들한테? 그 누구도 그의 얘기를 들으려 하지 않잖아. 심지어 수업시간에 하는 얘기도 귀담아듣지 않아! 그 사람 얘기를 들으려고 교실에 앉아 있는 게 아냐. 그림 그리려고 앉아 있는 거지. 그렇지? 그리고 알베르한테 그려준다는 게 고작……")

……

아침이 밝아오고 있었다. 시몬 볼리바르 거리의 프리츠키 집으로 돌아온 그들은 자전거를 사슬로 묶고 있었다. 다들 입을 다물고 있는데 이고르가 침묵을 깨며 말했다.

"너희들 알아? 내가 처음으로 밤샌 거."

"죽겠지?"

조제프가 물었다.

"못 견딜 정도는 아냐. 너희는?"

"괜찮아."

하품을 참으며 조제프가 대답했다.

"그러니까 우리가 노인네가 된 거야. 잠이 없어진 거라구. 우리 할아버지가 죽기 이틀 전에 그랬던 것처럼. 몰골이 얼마나 끔찍했는데!"

누르딘이 결론지었다.

나이와 잠에 관한 토론이 막 시작되려는 순간, 어디선가 새된 비명 소리가 길게 들려왔다. 토론은 시작도 되기 전에 끝나버렸다.

"쟤는 죽을 거야! 죽을 거라구!"

집 위층에서 나는 소리였다. 타티아나의 목소리와 똑같았다.

17

"쟤는 죽을 거야!"

죽음을 예측하며 타티아나가 몸서리를 치는지, 화를 내는지, 아니면 재미있어 죽겠다는 얼굴을 하고 있는지 판단하기는 쉽지 않았다. 타티아나는 복도 끝에 서서 뒤집힐 듯 눈을 크게 치켜뜨고는 고래고래 소리치고 있었다. 마치 죽음을 통고하는 사람처럼, 죽음을 만천하에 알리는 사람처럼, 죽음이라는 숙명을 기록하는 사람처럼, 소리를 지르고 있었다. '누가' "죽을" 것인지는 알 수 없었지만, 타티아나가 고대 전령처럼 의연한 목소리로 울부짖어가며 알리고 있는 것은 분명 죽음이라는 소식이었다. 어조의 변화 없이 오래 소리를 질러대는 타티아나의 얼굴로 보아, 의심할 여지가 없는, 죽음이라는 사건이었다.

혼비백산한 그들은 방 안으로 뛰어들어갔다. 커다란 눈이 더 휘둥그레져서 앉아 있는 무운이 먼저 눈에 들어오고, 그 앞에서 포프가 창백한 얼굴로 이를 덜덜 떨고 있는 게 보였다. 포프는 근육 경련을 일으키며 열에 들뜬 목소리로 헛소리를 해댔다.

"난 안 가! 안 간다구! 그놈 말은…… 그놈 말은…… 그놈은 언제나 내 아픈 데만 찔러! 꼭 아픈 데만 찔러서 나를 울린단 말야! 그 사람만 만나면 내가 운다구! 울어버린다니까! 그놈 말이, 애들은 부모가 죽어도 눈 하나 깜짝하지 않는대! 사는 거나 죽는 거나 다 똑같은 일이라면서, 부모들도 그런 것엔 신경도 안 쓴대. 난 안 가! 가지 않을 거야! 그놈은 골렘이야! 싫어……"

조제프가 포프를 안으려다가 소스라치며 일어섰다.

"몸이 펄펄 끓어!"

포프는 식은땀을 흘리고 있었다. 눈가는 거무죽죽해지고, 입술은 파래지고, 관자놀이는 움푹 들어가고, 정맥은 튀어나와 있었다……

"나는 애 죽는 거 싫어."

무운이 포프한테서 눈을 떼지도 않고 말했다.

누르딘이 수건을 들고 왔다.

"애들끼리만 내버려두면 안 돼. 이리 줘봐, 내가 마사지를 해볼게."

누르딘이 수건으로 포프의 몸을 문지르기 시작했다.

"나는 얘 죽는 거 싫어."

무운이 다시 말했다.

"안 죽을 거야, 무운. 나를 만들려면 너한테는 포프가 필요하 잖아."

조제프가 설명했다.

"너를 만든다구?"

무운이 물었다.

"포프는 정말 죽을지도 몰라. 어제 그런 일이 일어났는데도, 죽 은 사람은 마냥 죽어 있잖아!"

이고르가 말했다.

조제프와 이고르의 눈이 마주쳤다. 그 순간, 조제프는 포프가 죽을 수도 있다는 걸 깨달았다. 포프의 투명한 피부 위로 가느다 랗게 튀어나온 파란 정맥, 헉헉거리는 숨소리, 열에 떨고 있는 작 은 뼈, 작은 새가슴을 바라보다가 문득, 조제프는 어제부터 일어 난 모든 일과 마찬가지로, 일체의 논리적 타당성과는 전혀 상관 없이 자기도 아빠를 잃을 수 있다는 데 생각이 미쳤다. 이고르 말 이 맞아. 포프는 죽을 거야. 그럼 난 미쳐버릴지도 몰라. 내가 무 슨 말을 하건 사람들은 미친 사람이 하는 말이라며 믿지 않겠지. 그렇다면 난 아무한테도 이야기할 수 없는 포프의 죽음이라는 충격에서 영원히 헤어나지 못할 거야.

"조제프!"

누르딘이 포프의 몸을 열심히 문지르다 말고 조제프를 불렀다.

"야, 조제프!"

누르딘이 수건 끝자락으로 조제프의 따귀를 때렸다.

"약상자 어디 있어?"

얼얼한 아픔에 놀라 조제프가 정신을 차렸다.

"저쪽 욕실에."

"해열제 찾아오지 않고 뭐 해?"

잠시 후 욕실로 간 이고르와 조제프는 약 처방전을 놓고 씨름을 해야 했다.

"비타민이 든 그렐레스탈린…… 이게 뭐야, 도대체?"

그들은 약통을 들고 처방전을 읽다가 어깨 너머로 집어던졌다.

"플로비론, 마시는 영양제, 간과 유문(幽門) 공동(空洞)에서 뽑아낸 추출물……"

"유문 공동?"

"응고되지 않는 플라스티벤, 씹어먹는 기고핀, 빌어먹을, 뭐가 다 이래! '배탈약' '두통약' '똥고약' 이렇게 쓰면 안 되나? 그럼 간단하잖아……"

"트리니드로에르고타민? 이건…… 약이네, 필요없어! 살릭소

포린, 어린이 손이 닿는 곳에 두지 마시오, 잘났다! 야, 열 내리는 아스피린 같은 거 없어?"

"젠장! 젠장! 젠장!"

"의사를 부르는 게 최고야."

조제프가 풀 죽은 목소리로 결론을 지었다.

"그래, 그거 참 퍽이나 좋은 생각이다! 의사 선생한텐 뭐라고 할 건데? 하룻밤 사이에 넌 성장 발육이라는 번개를 맞았고, 네 엄마 아빠는 세탁기 안의 빨래처럼 쪼그라들었다고 할래? 너 정신병원에 들어가고 싶어?"

이고르가 말했다.

그때 갑자기, "욕조에 넣으면 돼"라는 소리가 들렸다.

이고르가 하던 일을 멈추고 방 안으로 고개를 디밀었다.

"너, 지금 뭐라고 그랬어?"

"욕조에 넣으면 돼."

무운이 다시 말했다. 포프가 죽을까봐 겁낸 적이 한 번도 없는 듯한 태연한 얼굴이었다.

"욕조라구?"

이고르가 되물었다. 그때 조제프가 난데없이 소리쳤다.

"그래, 그거야! 냉탕법! 내가 열이 오를 때마다 엄마가 쓰던 방법이야. 나를 욕조 속에 집어넣었어! 그거면 직방이야!"

"찬물 속에 넣는 거야?"

이고르가 물었다.

"2도 아래."

당연하다는 듯 무운이 대답했다.

이고르가 되물었다.

"뭐보다 2도 아래?"

무운이 고개를 하늘로 쳐들며 대답했다.

"체온보다 2도 아래."

"……"

무운이 집게손가락을 쳐들며 정확히 말했다.

"직장(直腸) 체온보다 2도 아래!"

*

타티아나는 현관에 선 채 움직이지도 소리를 지르지도 않았다. 이스마엘에게 한눈에 반한 그녀는 아무 말도 할 수 없었다. 이스마엘 역시 그녀한테서 눈을 떼지 않고 조용히 아파트 문을 닫았다. 그러고는 마치 인생이 끝날 때까지 거기 있기로 작정한 사람처럼 그녀 앞에 서 있었다.

"네 이름이 뭐야?"

타티아나가 마침내 입을 열었다.

"이스마엘."

어른 외투를 둘러쓴 토실토실한 남자아이는 손가락을 입술로 가져가며 조용히 하라고 했다.

......

그럼 난…… 난…… 그곳에서 영원만큼이나 멀리 떨어져 있는 나는…… 만약 내 심장이 계속 뛰고 있었다면 바로 그 자리에서 딱 멈춰버렸을 거다. 일은 너무나 명백했다. 아랍식 외투를 입은 이 꼬마가 내 후계자라는 것, 살아갈 날이 창창한, 생생한 살과 뼈를 가진 이 녀석이 타티아나의 마음속 내 자리를 빼앗은 새로운 챔피언임이 분명했다.

무덤 위에 놓인 어떤 꽃들은 비가 오지 않아도 시드는 법이다……

......

이스마엘은 누르딘이 현관에 내동댕이친 파스텔 상자와 데생 노트를 주워들고는 타티아나에게 거실로 따라오라는 눈짓을 했다. 거실 문턱에서 그는 타티아나에게 먼저 들어가라고 한 걸음 옆으로 비켜섰다. 저 예의바른 꼬마와 고마워 어쩔 줄 모르는 타티아나의 눈빛을 내가 살아 있을 때 봤다면, 내 심장은 산산조각이 나고도 남았을 것이다.

......

뭔가 따뜻한 것을 좀 마련하겠다고 부엌에 갔다 오던 누르딘은 거실문 너머로 그 광경을 보면서 흐뭇하게 미소지었다. 이런 누르딘의 태도로 볼 때 지금 타티아나와 이스마엘 사이에서 일어나고 있는 일이 무엇을 의미하는지는 아무런 의심의 여지가 없다. 예닐곱 살배기 타티아나는 영원히 이스마엘의 모델이 될 것이고, 어린 화가 이스마엘은 타티아나에게서 눈을 떼지 않을 터였다.

*

일은 그렇게 진행되고 있었다. 포프와 무운은 욕조 안에서 첨벙거리고 있고, 세 사내는 욕조물 맛과 별 차이가 없는 티윌(보리수) 차를 입술에 적시며 홀짝이고 있었다.

"티윌 차, 이거 먹으면 졸린 것 아냐?"

조제프가 물었다.

"그래. 자두는 똥 잘 나오게 하는 거고."

누르딘이 대답했다.

"야, 이 새끼야!"

티윌 차를 삼키다가 사레 들린 이고르가 거칠게 욕을 내뱉었다.

"몰리에르 작품에 나오는 얘기야."

누르딘 역시 캑캑거리며 대답했다.

……

(사십대는 족히 되어 보이는 녀석들이 막 사춘기에 들어선 아이들처럼 키득거리는 꼴을 보려니, 솔직히 인류라는 종자가 한심스러웠다. 몸집은 커졌지만 정신연령이 지름길을 타고 이렇게 퇴화할 수 있다니, 끔찍한 일이다. 아무리 애타게 기다리던 임신이라도 별 쓸 만한 결과는 기대할 수 없다는 사실을 확인시켜주는 셈이다.)

……

"문학작품 얘기가 나오니까 하는 말인데, 어제 아침에 일어났을 때 이상한 일이 있었어."

조제프가 짐짓 심각한 척하며 말했다.

"나도! 나도 어제 아침에 이상한 일이 있었어."

누르딘은 뒤로 넘어갈 듯 크게 웃음을 터뜨리며 말했다.

어른들의 미친 듯한 웃음소리가 욕실의 아이들한테까지 전염된 듯, 물장구치는 소리가 더 요란하게 들려왔다.

"그만두지 못해, 너희들!"

이고르의 벼락 같은 고함에 욕실이 이내 잠잠해졌다.

"지금 농담하는 거 아냐. 내가 생각을 영어로 했다니까!"

조제프가 말했다.

"네가? 영어로 생각했다고? 네가 제일 못하는 게 영어잖아!"

누르딘이 탄성을 올렸다.

"넌 불어로도 제대로 생각하지 못하는 놈이잖아……"

……

(웃음 발작이 다시 삼중창으로 이어졌다. 이 자식들을 태어나자마자 익사시켜버렸어야 했다. 이 꼴을 보고 있자니, 다시 원점에서부터 새로 시작하지 않으면 안 되겠다 싶다. 저 아이들이 받은 교육이란 날림공사였던 거다. 아무래도 신한테 기초가 부족한 것 같다. 내 사랑 타티아나, 이다음에 임신하게 되면 신중하게 생각해봐야 할 거야.)

……

"그러니까 내가 더 기절초풍했지."

조제프는 순순히 사실을 인정하며 말을 이었다.

"내가 영어로 생각을 했다구! 너희가 그렇게 영어를 잘한다니까 말인데, 그럼 이거 한번 번역해볼래?"

조제프는 머리에 떠오르는 대로 조각조각 읊기 시작했다.

"a grinding in the bones(뼈를 갈아부수는 것 같은 통증)…… deadly nausea(죽을 것처럼 극심한 구역질)…… a horror of the spirit(영혼이 얼어붙을 듯 소름 끼치는 전율)……"

"……that cannot be exceeded at the hour of birth or

death(세상에 태어날 때 혹은 죽을 때도 맛보지 못한)······"

누르딘은 어제 아침 조제프의 머릿속에 떠올랐던 생각을 마치 제가 직접 겪기라도 한 양 말을 이었다.

"Then these agonies began swiftly to subside, and I came to myself as if out of a great sickness(그렇게 눈 깜짝할 사이에 일어난 단말마의 고통은 곧 가라앉았고, 난 마치 큰 병을 치르고 자리에서 일어난 사람처럼 서서히 제정신으로 돌아왔다). 그 다음도 말해줄까?"

어른으로 변한 그 엄청난 사건도 누르딘이 영어를 줄줄 읊어대는 것에 비하면 아무것도 아니라는 듯, 이고르와 조제프는 멍하니 누르딘을 바라보았다. 누르딘은 이들을 안심시키기 위해 해명에 나섰다.

"별거 아냐, 얘들아. 신기할 것 없어. 일학기 때 영어 선생이 가르쳐준 스티븐슨의 글이야. 『지킬 박사와 하이드 씨』 몰라? 변신하는 내용이었잖아. 지킬 박사가 막 약을 먹는 장면이야."

"아, 맞아······ I drank off the potion(나는 물약을 마셔버렸다)······"

조제프가 말했다.

"바로 그거야."

스티븐슨의 생각 때문이었을까? 지킬 박사에게 일어났던 그

돌이킬 수 없는 사건을 연상했기 때문일까? 그들은 깊은 침묵에 잠겼다.

"너희들, 우리한테 일어난 일을 생각할 때 내가 제일 화나는 게 뭔지 알아?"

이고르가 물었다.

"……"

"……"

"삼십 년이라는 시간을 한번에 몽땅 잃었다는 거야. 지갑을 잃어버리듯이 말야."

"아! 잃어버린 시간을 생각하셨다? 퍽이나 어른다운 생각이다!"

조제프가 비아냥거렸다. 하지만 영 자신 없는 목소리였다.

"그건 프랑스에 이민 온 사람들의 생각이기도 해. 우리 누나라면 이렇게 말했을 거야…… 너희야 생각나는 게 고작 잃어버린 시간과 지갑뿐이겠지만 말야."

누르딘이 마무리지었다.

"……"

"……"

"어쨌든 지난 하루를 요약해보자면, 하룻밤 사이에 열두 살에서 갑자기 어른이 된 내가 창녀들한테 가서 엄마 아빠의 돈을 쏟아붓는 동안, 마흔 살 먹은 우리 아빠는 처음으로 인두염을 앓느라 우리 정신을 쏙 **빼놨다**는 거야."

조제프가 말했다.

"그게 전부는 아냐."

누르딘은 이렇게 덧붙이며 두 친구에게 따라오라는 신호를 보냈다.

누르딘이 앞장서 들어간 거실에서, 타티아나의 모습은 이스마엘의 파스텔 아래 선명한 색깔과 형태를 띠어가고 있었다.

이고르:(중얼거리며) 그새 우리 엄마는 벙어리 화가하고 새출발 할 생각을 하고 있었네.

누르딘:(중얼거리며) 벙어리가 아니라 말이 없는 거야, 인마.

이고르:(중얼거리며) 그거나 저거나.

조제프:(중얼거리며) 어쨌든 이스마엘은 타티아나에게 좋은 상대가 아냐. 평생 땡전 한푼 못 벌 테니까.

누르딘:(화가 돋친 목소리로) 어째서?

조제프:자기가 사랑하는 여자나 그리는 화가니까 그렇지. 그래 가지고 그림 한 장 제대로 팔 수 있겠어?

누르딘:……?

조제프:(뻔하다는 듯 눈살을 찌푸리며) 전부 다 자기 여자한테 선물할걸 뭐.

갑자기 전화벨 소리가 울려서 세 사내의 시선이 일제히 그쪽으로 쏠렸다.

"어떡하지?"

조제프가 물었다.

"받아봐. 욜란드일지도 모르잖아."

이고르가 말했다.

"욜란드가 아니면?"

"끊어버리지 뭐."

욜란드의 전화가 아니었다. 하지만 조제프는 전화를 끊지 않았다. 그는 잠시 귀를 기울이다가 이렇게 말하기 시작했다. 그것도 아주 오랫동안, 아주 단호하게.

"아, 그래요? 우리가 장인어른 생신에 보내드린 샴페인이 입에 안 맞으신다?…… 너무 어떻다구요?…… 너무 '흔한' 맛이라구요? 그게 무슨 말이죠, 너무 '흔하다'는 게?…… 네?…… 무운과 제가 장인어른 생신 잔치에 돈을 너무 아꼈다구요?…… 무운은 바꿔드릴 수 없어요. 지금 목욕중이에요…… 목욕하고 있다잖아요. 어쨌든 마침 저하고 통화하게 됐으니까 뭐 하나 여쭤볼게요. 오래 전부터 무운하고 제가 궁금해하던 게 있는데…… 안된다고 했잖아요! 목욕하고 있다니까 그러시네…… 그러니까 궁금한 건, 조제프, 우리 조제프 볼이 몇 개죠?…… 그래요, 꼬마요, 제대로 알아들으셨네. 제가 궁금한 건, 우리 조제프 볼이 몇

개냐는 거예요…… 둘? 둘이라고 했어요? 조제프의 볼이 두 개라는 데 분명히 동의하시죠? 그럼 왜 우리 애 한쪽 볼에다만 뽀뽀하시는 거죠?…… 맞아요, 맞아. 한쪽 볼에다만, 꼭 오른쪽 볼에다만 뽀뽀하잖아요. 다른 손자들한테는 양쪽 볼에다 하면서. 도대체 왜 그러시는 건데요?…… 왜 그러시는지 모른다구요?…… 버릇이라구요?…… 그게 무슨 놈의 버릇이요, 멍텅구리 영감?…… 뭐가 어쩌고 어째요? 내 뭘 가만두지 않겠다구요?…… 내 말투요?…… 내 말투가 어때서요?…… 무운은 목욕하고 있댔잖아요, 귀가 먹은 거요 아니면 술에 취한 거요?…… 전화를 끊으시겠다? 잠깐만요…… 진짜진짜 마지막으로 하는 말인데…… 약속해요!…… 앞으로 노친네 생일날 우리가 보고 싶거든 조제프의 두 볼이랑 이마, 턱에까지 뽀뽀해야 할 거요, 알아들어요? 그리고 나한테도 네 번씩 뽀뽀하는 거요, 내 말 잘 들었어요? 안 그랬다간 뒤에서 불알을 신나게 걷어차줄 테니까."

통화 중단음이 멀리서 들려왔다.

"끊어졌어."

"누군데?"

누르딘이 물었다.

"조제프 외할아버지."

이고르가 조제프 대신 대답했다.

조제프가 전화기를 내려놓으며 말했다.

"그래도 그놈의 작문 숙제에 좋은 점도 있네."

18

라쉬다가 눈을 떴을 때, 소년은 그녀 어깨에 머리를 기대고 잠들어 있었다. 라쉬다는 마치 물에 잠기듯 잠에 빠져들었고, 다시 수면 위로 떠오르듯 잠에서 깨어났다. 눈꺼풀이 무겁고, 입 안이 텁텁했다. 갈색 머리 소년의 보호를 받으며 오랫동안 표류하다 알지도 못하는 모래사장에 떠밀려온 듯한 느낌이었다. 새 아침이었다. 새로운 아침…… 그날 아침은 여느 날과 같지 않았다. 라쉬다는 그것을 직감적으로 알아차렸다. 라쉬다는 제 어깨를 슬그머니 빼내고 소년의 머리를 마치 신전에 제물을 올리듯 베개 위에 조심스레 올려놓았다. 애 이름이 뭐였더라? 아! 에릭! 도둑놈에릭……

에릭이 벼룩시장에 팔아먹으려고 훔친 물건 세 자루가 부엌에서 주인을 기다리고 있었다. 라쉬다는 자루를 열어 아침식사 준비에 꼭 필요한 그릇만 꺼냈다. 샤워하고 화장하고 머리 만지고 옷 입고 한참 치장을 하고 나서(긴 머리는 묶고, 주황색 정장에 베이지색 스타킹을 신고, 허옇게 분을 칠하고, 달랑거리는 액세서리를 달고), 도둑에게 몸을 숙이고 그의 이름을 중얼거렸다.

에릭이 눈을 떴다. 하지만 그녀가 누군지 알아보지 못했다.

깜짝 놀란 에릭이 몸을 발딱 일으키다가 그만 벽 모서리에 머리를 찧었다. 그는 두방망이질치는 가슴을 안고 뒤로 움찔 물러났다. 하지만 곧 마음을 놓으며 숨을 크게 내쉬었다.

"아! 알았다!"

라쉬다는 과연 그가 뭘 알았다는 건지 궁금했다.

"넌 바보가 아냐. 차림새가 바보 같긴 하지만, 그래도 바보는 아냐."

에릭이 말했다.

따귀를 올려붙여야 하는 건지, 제 옷차림에 대해 변명을 해야 하는 건지, 라쉬다는 잠시 망설여졌다.

"내가 어떤 옷을 입었으면 좋겠니? 난 일하러 가야 해!"

"어젯밤에 입은 것처럼 입어!"

"어젯밤에 입었던 건 잠옷인데!"

라쉬다는 맑게 웃으며 말했다.

"그게 훨씬 나았어…… (라쉬다의 정장을 가리키며)…… 그 옷하고 또 저…… (액세서리를 가리키며)…… 주렁주렁 매단 장식들보다 백번 낫다! 저건 또 뭐야…… (이번에는 라쉬다의 머리를 가리키며)…… 그 바보 같은 모자는 뭐야? 도대체 네 머리카락을 갖고 무슨 짓을 한 거야? 왜…… (그녀의 얼굴을 가리키며)…… 얼굴이 그렇게 창백해? 그건 네 진짜 낯빛이 아니잖아!"

라쉬다는, 이런 옷차림은 그녀가 대학교 다닐 때부터 시작해서 회사에서 연수할 때 그리고 직장을 구하기 위해 이곳저곳을 돌아다니는 동안, 사회생활이 요구하는 겉모습이 무엇인지 치밀하게 관찰한 끝에 해독할 수 있었던, 체계적으로 쟁취한 미적 기준으로서, 직장생활에서 갖추어야 할 필수 불가결한 몸치장이자 직장 상사들에게 강한 인상을 줄 수 있는 위협적인 갑옷과 같은 것으로, 남자들의 시선과 이민 2세대 여자 자료 관리원 사이에 적정거리를 유지하게 해주는, 일대 전투를 치르기 위한 군인처럼 무장한 것이지 옷이라는 것을 차려입은 게 아니라는 걸 그 소년에게 말할 힘조차 나지 않았다. 또한 손수레에 실려나가듯 해고당할 위험을 매일같이 안고 사는 그녀 동료들을 보호하기 위해서는 이런 중무장이 필요하다는 것, 그녀 자신도 매일 아침마다 찰랑거리는 장신구를 달면서 특권층이 하고 다니는 것을 슬그머니 흉내내는 자신이 우습다는 걸 잘 의식하고 있다는 것, 그렇지만 제

잘난 맛에 사는 작자들과 맞서 싸우는 데는 이보다 더 효과적인 방법은 없다는 것, 그리고 종국에는 이놈의 집구석에서 누군가는 가계를 책임져야 하지 않겠는가, 그녀가 아니면 과연 누가 그 일을 하겠는가 하는 것을 어떻게 에릭에게 설명할 수 있단 말인가! 모든 사람이 전부 다, 더군다나 새파랗게 젊은 사람이 마치 밤이 되어서야만 밖으로 나서는 강도들처럼 남의 시선은 아랑곳도 하지 않고 운동복과 농구화 차림으로만 외출할 수는 없지 않느냐 말이다. 그렇게 살다 보면 운동복 입고 농구화 신은 채로 결국 감방에서 인생을 종쳐버릴 것 아닌가. 각자 나름대로 옷 입는 법이 있는데다가, 어쨌든 사람이란 앞으로의 비전을 고려해서 옷을 입는 게 아닌가……

그제서야 라쉬다가 에릭이 입고 있는 동생의 운동복을 알아보았다.

"야, 네가 왜 누르딘의 운동복을 입고 있어?"

에릭이 태연하게 대답했다.

"그 아랍인 경찰이 나한테 준 거야. 지금 중요한 건 그게 아냐. 네가 아빠와 동생을 찾고 싶다면 내가 기꺼이 도와주겠어. 하지만 그 차림으로라면 같이 못 나가."

　상황은 이러했다. 이고르, 누르딘, 조제프는 전날까지만 해도 그들의 부모였던 네 아이를 떠맡게 되었다. 네 꼬마 중 가장 어린 아이는 자기가 꿈에 그리던 여인을 불멸의 존재로 만드는 데 몰두하고 있었다…… 사랑과 사명감 이 두 가지만큼은 변함이 없었다. 심술궂은 역할만 도맡아 하던 계집아이─얼마 전까지만 해도 지나치다 싶을 정도로 남편 잃은 슬픔에 빠져 있던 과부─는 별안간 조용해져서는, 위대한 예술가의 불후의 작품을 위해 얌전히 포즈를 취하고 있었다. 입을 꾹 다문 채 꼼짝도 않고 있는 타티아나는 그림의 오브제이자 영감을 주는 능동적 주체였다. 화가와 모델, 둘 다 서로에게 흠뻑 취해 있던 터라, 그 모습을 지켜보던 이들은 마치 성경에서 봐서는 안 된다고 하는 걸 보기라도 한 양 난처해져서, 도저히 그 자리에 있을 수가 없었다.

　세 사내는 용서라도 구하듯 조심스레 문을 닫았다.

　거기까지는 좋았다. 하지만 욕실에 다른 두 아이가 있었다. 사내아이는 진짜 같은 헛소리를 해대며 자기 아들의 불어 선생과 나눈 면담 내용을 들먹거렸고, 계집아이는 집게손가락을 치켜들고는 열을 내리는 방법으로 '직장 체온' 어쩌고 하며 경험 많은 엄마들이나 알 법한 방법을 제시한 터였다.

이 시점에서 다시 의문이 고개를 들지 않을 수 없었다.

전에 던진 것과 똑같은 질문.

이고르가 또다시 그 질문을 던졌다.

"쟤들 아는 거 아냐? 쟤들 말야, 지금 무슨 일이 일어나고 있는지 아는 걸까, 아니면 진짜로 아이들처럼 아무것도 모르는 걸까?"

세 사내 모두 거실과 방을 잇는 복도에서, 거추장스러울 정도로 불어난 몸뚱이와 유년의 무지 사이에서, 이러지도 저러지도 못한 채 매우 어정쩡하게 서 있었다.

"쟤들은 알고 있어. 하지만 절대로 고백하지는 않을걸."

조제프가 불쑥 내뱉은 말이었다.

"어째서?"

이고르가 물었다.

"쟤들은 지금 이대로가 행복하니까."

누르딘이 대답했다.

아이가 된 부모들이 이대로 행복해하고 있다는 생각에, 그들은 맥이 풀려버렸다.

"쟤들은 알고 있었던 거야, 그렇지? 알면서도 우리더러 알아서 하라고 마냥 내버려두는 거야……"

조제프가 투덜거렸다.

만약 부모들이 지금 일어나고 있는 일을 정확히 파악하고 있으면서도 아무 소리도 하지 않는 거라면, 그렇다면 그들은 바로 크래스탱과 한통속이라는 생각이 조제프에게 떠올랐다. 자기들 셋은, 부모와 선생이 어른이라는 같은 깃발 아래 똘똘 뭉쳐서 벌이는 교육 전쟁의 음흉하기 짝이 없는 사건 속으로 들어가버린 것이다. 뻔해, 안 봐도 뻔해, 학교고 집이고 다 겉으로만 아옹다옹하는 거야. 선생들은 못된 씨를 뿌렸다고 아빠들을 탓하고 또 아빠들은 크래스탱 얘기라면 절대로 듣지 않겠다고 하늘에 대고 맹세를 하지만, 사실은 같은 편인 거야. 서로 몰래 짜고 손잡은 거야. 선생이 아이를 벌주려 하면 부모는 파란불을 켜잖아. 어쩌면 엄마 아빠들이 선생을 찾아가 "애들한테 우리 입장이 되어보라고 하면 어떨까요?"라고 슬그머니 작문 주제를 일러주고 선생은 "거 참 좋은 생각이군요!" 했을지도 몰라. 그러고는 말이 나오기가 무섭게 실행에 옮긴 거야. 이제 겨우 애티를 벗기 시작한 사내아이들을 하룻밤 사이에 어른으로 만들어 얼을 빼놓고는 책임감이 따르는 어른의 지휘권을 행사해보라고 한 거지. 어른이 된다는 게 과연 어떤 건지 이해해보라고. 어른이라는 위치에서 보면 어리다는 게 얼마나 축복받은 특권인지 느껴보라고! 성숙한 어른이 된다는 건 사도(使徒)의 성직(聖職)처럼 고달픈 일이라는 걸 깨닫게 하려고 말야! 맞아! 그게 바로 그들의 전략이야. 혼내도 소용없고 타일러도 오래 가지 않으니까 새로운 전략을 짜낸 게 틀림없어. 살아 있는 작문 숙제를 통해 교훈을 얻으라고 말이지. 그리고 모든 사람들이 그 숙제에 적극적으로 동참하는 거야. 부모들은 작문 숙제 속으로 들어가서(조제프는 엄마 아빠가 자식 교육을 위해 희생한다는 명목 아래 다짐하듯 내뱉는, "그렇게 해야 해, 그래야 우리 아이한테 좋아……"라는 소리를 듣는 듯했다) 조그맣게 몸을 줄인 다음 완벽에 가까울 정도로 히스테릭한 난쟁이 역할을 해내고 있는 거야. 아까는 부엌에서 싸움질을 해대던 엄마 아빠들이 지금 거실에서 몽마르트르 언덕의 그림 그리며 구걸하는 꼬마 거지들이 그러는 것처럼 사랑에 빠진 척하고 있는 동안, 갑자기 어른이 되어버린 세 아이는 혐오스러울 정도로 팽창해버린 몸을 주체하지 못해 쩔쩔매고 있는 거야. 아이가 된 어른들이 오트밀을 마구 던지며 목이 터져라 이렇게 재잘거렸지. "우리 이렇게 하자. 내가 나쁜 사람을 맡을 테니까, 포프 네가 주인공을 해. 무운은 전쟁터에서 제일 유능한 의사야……" 내가 만일 욕조 안에서 까불고 있는 쟤들을 익사시켜버린다면?

조제프는 갑자기 숨이 멎는 듯했다.

내가 저 아이들을 욕조에서 익사시키면 어떻게 될까?

별안간 심한 어지럼증을 느끼며 조제프는 복도 벽에 몸을 기댔다. 반시간 전까지만 해도 고아가 될지 모른다는 슬픔에 죽을 만큼 절망했던 그다……

그럼 어떻게 될까? 그럴 가능성에 대해 크래스탱은 생각해두었던 걸까? 부모가 조금이라도 노망기를 보이면 양로원에 집어넣어버리는 어른들을 수없이 봐왔다…… 이렇게 기회가 주어졌으니 다시 어린 시절로 돌아간 부모들을 익사시킨다고 해도 그렇게 끔찍한 죄가 되는 건 아니지 않을까…… 요컨대, 아주 비슷한 두 상황을 놓고 볼 때 부모를 양로원에 집어넣는 거나 물에 빠뜨리는 거나 의도는 다 같은 게 아니냔 말이다. 지금 부모들한테 노망기가 너무 일찍 찾아온 것뿐이다. 양로원에서 오랜 시간에 걸쳐 서서히 죽게 하는 것보다는 이 방법이 덜 잔인할 것이다……부모를 진정으로 생각한다면 먼 앞날을 예견할 줄 알아야 한다.

"조제프, 너 무슨 생각 해?"

책임감에 대해서라면, 바로 크래스탱을 족쳐야 한다. ("동료애란 그에 수반한 결과를 가져오게 마련이지요", 이게 그놈이 한 소리였지?) 평소 같으면 학생인 내가 크래스탱 선생을 상대로 저지를 수 있는 일이란 많지 않겠지만, 만약 내가 내 부모를 익사시키고 나서 크래스탱 때문에 일어난 사건이라고 세상에 터뜨리면 어떻게 될까? 크래스탱에게는 심각한 직업적 오점이 될 게 틀림없어……

"조제프, 무슨 생각 하냐니까?"

내가 세상에 태어나고 싶다고 그랬나. 아이들을 갖고 싶다고

한 적도 없다. 여자랑 자는 기쁨은 느껴보지도 못하고 두 코흘리
개를 떠맡아야 하는 어른이 되게 해달라고 요구한 적은 더군다나
없다······

"조제프?"

조제프는 이고르와 누르딘을 바라보았다. 그러면서 입가에 희
미한 미소를 지었다.

"여기 있어봐, 난 애들이 욕실에서 뭐 하고 있나 보고 올게."

욕실은 문이 반쯤 열린 채 조용하기만 했다. 자기들끼리 알아
서 물 먹고 죽은 걸까?

조제프는 숨을 깊이 들이마시고 나서, 문을 활짝 열었다. 그때,
문 위에 아슬아슬하게 올려져 있던 찬물 바가지가 균형을 잃고
그의 머리 위로 떨어졌다. 욕조 안에 숨어 있던 두 아이는 발딱
일어나더니, 불 끄러 온 소방수처럼 조제프를 향해 샤워기를 움
켜쥐고 거센 물줄기를 뿜어대기 시작했다. 조제프를 감쪽같이 골
탕먹였다는, 만족감에 찬 아이들의 쾌활한 웃음소리가 욕실 안에
가득 울려퍼졌다.

*

이고르는 웃지 말았어야 했다.

모든 게 이고르의 웃음에서 비롯되었다.

신이 나서 어쩔 줄 몰라하는 아이들, 홍수라도 난 것처럼 난장판이 된 욕실, 수프 속에 **빠졌다가** 나온 듯 흠뻑 젖은 조제프. 이고르는 조제프가 뒷걸음질쳐 나온 욕실 안으로 다시 들어가지 말았어야 했다. 게다가 그걸 보고 웃다니, 절대로 있을 수 없는 일이었다. 판단 착오였다. 그 어느 때보다도 가장 심각한 순간이었던 것이다.

"너는 이게 웃기냐?"

조제프가 느닷없이 몸을 휙 날려 이고르를 덮쳤다. 이고르는 친구한테 그만한 순발력이 있으리라고는 상상도 하지 못했다.

"이게 웃기냐고!"

이고르가 비틀거리다가 침대 위에 쓰러졌다. 조제프는 물을 뚝뚝 흘리면서 이고르를 침대와 벽 사이에 몰아넣고는, 바로 어제 이고르가 자기에게 그랬던 것처럼 그의 목을 죄면서 **뼈가** 앙상하게 튀어나온 무릎으로 그의 가슴을 짓누르기 시작했다.

"네 그림 때문에 지금 우리가 모두 똥 같은 처지에 빠졌는데, 그래, 넌 웃음이 나와! 크래스탱이 네 그림에 열받아서 우리를 이 꼴로 만들었는데, 넌 어떻게 웃음이 나오냔 말야, 이 개새끼야!"

이런 경우엔 아무리 오래된 우정이라도 별로 쓸모가 없다. 한쪽이 다른 한쪽을 비난하면 상대방은 예전의 기억을 더듬으며 다른 비난거리를 찾게 마련이다. ("먼저 시작한 건 너잖아.") 친구들은 무시당한 우정을 위해 싸운다지만, 실은 스스로 결백하다는 것을 증명하기 위해서일 뿐, 우정 때문이 아니다. 쌍방이 서로 잘못한 게 없다며 싸우는 전쟁일수록 가장 살벌한 법이다.

이고르의 주먹이 조제프 턱에 그 사실을 제대로 알려주었다. 조제프는 한 방 주먹에 몸이 날아갈 수 있다고는 생각해본 적도 없었다. 하지만 그의 몸은 완전히 뒤로 나가떨어져 침대에 내동댕이쳐졌다. 이고르는 믿을 수 없을 만큼 단단한 근육질의 몸뚱이로 조제프를 깔아뭉갰다.

"그 그림을 나한테서 슬쩍한 놈이 누군데? 그러다가 들킨 놈이 누구냐고! 그리고 나한테 그 엿 같은 작문을 시킨 놈이 누군데? 그 작문을 하면 우리 엄마랑 나한테 어떤 일이 일어날지 뻔히 알면서!"

조제프는 아무 대답도 하지 않았다. 그는 두 다리를 허공에 대고 버둥거리면서, 무릎으로 이고르의 등을 쪼개서 척추를 부러뜨리고 말겠다는 기세로 발버둥치고 있었다.

"네가 나한테 전화에 대고 그 따위 소리를 해놓고, 네 엄마가 어쩌고 어째, 이 비열한 놈아!"

둘의 싸움이 이 정도 단계에 접어들었을 무렵—이미 한바탕 주먹이 오가고 난 후 좀 늦게—누르딘이 싸움 중재에 나섰다.

"그만 해! 빌어먹을, 그만 하라구! 지금 우리가 이럴 때야!"

꼼짝 말라는 듯, 이고르가 손가락을 쳐들었다.

"인마, 넌 상관하지 마!"

조제프는 그 틈을 타고, 날쌔게 이고르 얼굴을 머리로 들이받고 가까스로 몸을 빼냈다. 얼얼한 이마를 붙잡고 이고르가 눈앞의 별을 세는 동안, 조제프도 누르딘에게 한마디 던졌다.

"그래, 내버려둬! 이 개새끼하고 나 사이의 문제니까!"

누르딘이 고래고래 소리를 지르지 않았더라면 그들의 격투는 제2라운드로 넘어갔을 것이다. 누르딘의 어린 시절과 아빠 이스마엘, 누나 라쉬다의 절망 어린 분노 저 밑바닥에, 이민 2세대인 모든 아들딸들의 저 가슴 깊숙한 곳에 응축된 한을 그 자리에 토해내기라도 하듯, 누르딘은 이렇게 부르짖었다.

"그래, 너희 둘만의 문제라는 거 나도 잘 알아! 언제나 너희 둘만의 문제였지! 중학교 일학년 때부터 너희 둘만의 문제였어! 나가서 놀고 장난치고 싸우는 것도, 생일파티며 쉬는 시간이며 영화 보러 가는 것도, 언제나 너희 둘만의 문제였어, 이 개새끼들아! 맨날 너희 둘 생각밖에 안 하지! 너희들, 내가 왜 그림 그린 사람이 나라고 했는지 한 번이라도 생각해봤어? 엉? 왜 그랬을 것 같아? 생각해봤어? 진짜로 거기에 대해 생각해봤냐구! 왜 이 더러운 아랍놈이 자리에서 벌떡 일어났을까? 뭐가 잘났다고 지가 그걸 그렸다고 했을까? 불어로 '제가 했어요' 라고 말도 제대로 못 하는 놈이, 꾸불꾸불한 머리카락을 해가지고는 자리에서 일어나 '제가 그리셨어요, 바로 제가 그리셨어요!' 라고 왜 그랬을 것 같아? 그건 바로 너희가 똥 같은 처지에 놓여 있었기 때문이야. 그리고 그때 내가 할 수 있는 일이란 너희들의 그 똥 같은 처지를 같이 나누는 것밖에 없었던 거고! 그런데 너희는 그 똥조차 나랑 같이 나누기 싫다 이거지! 그 똥까지도 너희들만의 문제라 이거지, 이 얼간이 같은 개새끼들아!"

누르딘이 분을 참다 못해 눈물을 흘리자, 조제프와 이고르의 꽉 움켜쥔 주먹이 스르르 풀렸다. 욕실문이 열리고 포프와 무운이 나타났다. 어른의 행동이 교육적으로 타당하지 못할 때면 어김없이 그 사실을 지적하면서 흐뭇해하는 어린애처럼 무운이 따져 물었다.

"언제부터 어른이 애들 앞에서 싸워도 되는 거였어?"

"거기다 욕까지 섞어가면서."

포프가 덧붙였다.

19

그들은 눈물과 피를 닦고, 아이들을 다시 욕조에 집어넣었다.

조제프가 부모의 옷장을 뒤져 갈아입을 옷을 찾는 동안, 이고르와 누르딘은 엉망이 된 방을 망연히 바라보았다.

"이것 좀 봐…… 세상에!"

그 방은 어른들의 주먹다짐 때문에 어질러진 게 아니었다. 그것은 어른들이 만든 난장판이 아니라, 아이들의 회오리바람이 한바탕 스치고 간 쑥대밭이었다. 여기 있어야 될 물건이 저기 있고, 제대로 서 있어야 할 물건이 바닥에 내동댕이쳐져 있고, 찢어지고 부서지고 버림받은 물건들로 뒤죽박죽이 된 방, 데카르트의 합리적 방법론을 비웃기라도 하듯 온갖 잡동사니들로 엉망이 된 방이었지만, 그것은 생성중인 하나의 세계였다. 언젠가 포프와 무운의 침실이 될 공간이었다. 물론 다른 어른들의 방과 별 차이는 없었지만, 그래도 그들만의 내밀한 사생활이 전개될 공간이었다.

어질러진 침실을 보니, 더이상 의심의 여지가 없었다. 포프와 무운은 아이 흉내를 내는 게 아니라 진짜로 아이들이 되어버린 것이다.

이고르, 조제프, 누르딘은 그 자리에 붙박인 듯 서 있었다. 양팔 끝에 매달린 두 손의 무게가 고스란히 느껴졌다.

……

타티아나는 어질러진 이고르 방 앞에서 어깨를 축 늘어뜨린 채 나에게 말하곤 했다.

"아이 방을 치우는 일은 인생을 어떻게 살아야 하는지를 가르치는 것과 같아. 피에르, 좀 도와줄 테야?"

……

"좀 도와줘."

조제프가 그제서야 입을 열었다.

그들은 창문을 활짝 열어젖히고 일을 시작했다. 침대를 정리하고, 베개를 제 모양대로 매만지고, 시트를 창 밖에 대고 털었다. 그들은 조직적으로 방을 정돈해나갔다. 어질러진 아이 방을 치우는 일은 고대부터 반복되어온 행위였다. 그들은 세상을 다시 정리하고 있었다. 아무도 말을 꺼내지 않았다. 말을 하지 않는 것은, 싸워서도 아니고, 싸우면서 주고받은 말 때문도 아니었다. 어떻게 하면 이 상황에서 벗어날 수 있을까를 생각하느라 그런 것도 아니었다. 사는 데 영양소가 필요한 것처럼, 그 순간 처음으로, 그들에겐 그렇게 침묵이 필요했던 것이다.

초인종이 울린 건, 바로 그 정적 속에서였다.

처음에 그들은 아무 소리도 듣지 못했다. 아니, 아예 듣고 싶지도 않았다. 이불깃은 침대 가장자리에 말끔하게 접어넣고, 침대커버는 토닥거려 가지런히 정리해놓았다.

두번째 초인종 소리가 들릴 때까지는 한참이 걸렸다.

세번째 초인종 소리를 기다리며, 그들은 귀를 쫑긋 세웠다. 조금 전과는 성격이 다른 침묵이었다. 세번째 초인종 소리는 들리지 않았다. 그때부터 위협적인 침묵이 그들을 짓누르기 시작했다. 누군가 닫힌 문 뒤에서 조용히 기다리고 있었다. 누군가 층계참에 서서, 문이 열리기를 참을성 있게 기다리고 있었다. 그 사람은 벨을 세 번씩이나 울리면서까지 자신의 위신을 깎아내리고 싶지는 않은 것이다.

셋은 까치발로 슬금슬금 현관까지 다가갔다.

조제프가 문구멍에 눈을 갖다대더니 작은 소리로 속삭였다.

"아무도 없어."

"어디 봐!"

누르딘이 다시 한번 확인했다.

"진짜 아무도 없네."

바로 그때 세번째 벨소리가 아주 짧게 울렸다. 그 바람에 세 사내는 감전이라도 된 것처럼 가슴이 철렁하며 온몸이 쭈뼛해졌다.

"누가 있어."

이고르가 문을 열었지만 아무도 눈에 띄지 않았다. 층계참은 비어 있었다.

"나예요."

세 사람의 시선이 일제히 아래로 쏠렸다. 그들이 보고 있는 것은 일 미터 이십 센티도 채 되지 않는 것이었다. '그것'은 그들을 향해 고개를 쳐들었다. 어디 한 군데도 빠짐없이 똑같았지만, 도무지 믿어지지 않는 일이었다. 똑같은 양복 차림, 볼펜 꼭지에서 흘러나온 보랏빛 얼룩, 반창고로 동여맨 똑같은 안경에 똑같은 가죽가방을 들고 있었다. 얼굴 생김새도 똑같았다. 창백한 안색에 흐릿한 얼굴 윤곽, 권위의식과 절망감이 뒤섞인 눈빛까지도. '그것'은 아이가 아니었다. 그의 축소판이었다.

"크래스탱?"

누르딘이 물었다.

"크래스탱 선생님?"

조제프가 고쳐 말했다.

"선생님 맞아요? 네가 선생님이야?"

이고르가 어쩔 줄 모르는 말투로 당황하며 물었다.

아무 대답이 없었다.

"카데 군? 프리츠키 군? 라포르그 군, 맞지요?"

아무 감정도 드러내지 않고 그가 물었다.

목소리까지 똑같았다. 아직 변성기가 지나지 않은 목소리였지만 그래도 똑같았다. 분필로 까만 칠판을 긁어내리는 듯한 소름끼치는 목소리.

"좀 들어가도 될까?"

그들은 그가 들어올 수 있도록 비켜섰다.

안으로 들어온 그는 거실의 열린 문틈으로 이스마엘과 타티아나를 바라보았다. 거실 쪽으로 다가가더니 눈살을 찌푸리며 그가 말했다.

"알겠군. 사랑에 빠진 거야, 신출내기들이……"

말투까지 똑같았다. 사람을 업신여기는 듯한, 불신에 가득 찬 어조였다. 그는 몸을 돌리더니 세 사내를 위아래로 훑어보았다.

"학생들을 이런 상황으로 몰아넣은 데 대해 내가 얼마나 유감스러워하고 있는지는 새삼 말할 필요도 없겠지만, 누가 이렇게 될 줄 알았겠어요? 안 그래요?"

진짜 크래스탱이었다. 몸은 비록 예전의 사분의 일로 줄어들었지만, 그는 진짜 크래스탱이었다.

"내 사과를 받아주면 좋겠군요."

전혀 미안하지 않은 말투였다.

"커피는 내가 준비할게."

조제프가 부엌 쪽으로 뒷걸음질치며 말했다.

"진하게 타."

크래스탱한테서 눈을 떼지도 않고 누르딘이 덧붙였다.

"이리로 오세요."

이고르가 말했다.

"난 커피는 절대로 안 마셔요."

크래스탱이 대답했다.

그러면서도 그는 부엌까지 따라와 탁자 앞에 앉았다. 의자에
앉은 크래스탱의 발은 바닥에 닿지도 않았다.

"그럼, 나는 애들을 욕조에서 꺼낼게."

누르딘이 서둘러 자리에서 일어났다.

"애들이라니?"

크래스탱이 물었다.

"우리 부모들요."

조제프가 대답했다.

"맞아! 내가 그걸 잊다니 이렇게 바보 같을 수가!"

"그게 선생님이 내준 작문 주제잖아요, 안 그래요?"

조제프가 커피메이커 위로 투덜거렸다.

"나 또한 다루었던 주제지요. 프리츠키 군이 지금 눈으로 확인하는 바와 같이. 어제 학생이 요구한 대로예요. 학생이 난데없이 교실에 뛰어들어와서 나한테 던진 말은 상당히 설득력이 있었어요. 학생 말이 옳아요. 보마르셰*의 말을 빌리자면, 학생들에게 내주는 모든 과제물을 다 할 수 있는 스승이란 세상에 거의 없지요."

지금 무슨 소릴 하고 있는 거야? 조제프는 생각했다. 무슨 말인지 하나도 못 알아듣겠네. 크래스탱이야. 크래스탱이 틀림없어! 보마르셰가 어떻고 저떻고 하는 것 좀 봐. 크래스탱 아니면 누가 여기서 저 따위 소리를 하겠어.

크래스탱이 계속해서 말을 이었다.

"수업이 끝나고 난 작문을 하러 갔어요. 도서관으로 말이지요. 일은 거기서 벌어진 겁니다. 학생에게 내준 과제를 선생 역시 할 수 있어야 한다는, 사제(師弟) 사이의 상호성을 주장하던 학생의 바람이 나를 어떤 꼴로 만들었는지 잘 보도록. 프리츠키 군, 진심으로 축하하는 바예요."

이건 애가 아냐, 이고르는 속으로 결론지었다. 이놈은 애가 아

---

* 18세기 프랑스의 극작가. 『피가로의 결혼』으로 유명하다.

니야. 몸이 줄어든 것 말고는 어린애다운 데라곤 한 군데도 없어. 이런 생각에, 이고르는 주저없이 행동했다.

"야, 조제프, 날 좀 꼬집어봐! 내가 지금 꿈꾸는 건지 아닌지 보게! 이 쬐그만 바보새끼가 여기까지 와서 우리한테 무슨 헛소리를 지껄이는 거야!"

"라포르그 군 말대로, 이 쬐그만 바보새끼는……"

"이고르라고 불러요. 그런 꼴을 하고서 굳이 나를 성(姓)으로 부를 필요 없잖아요! 그리고 어째서 당신 양복이 당신 몸처럼 줄어들었는지 어디 한번 설명이나 해보시죠."

"이것 말고는 갈아입을 옷이 아무것도 없으니까요. 아주 간단하지요."

(아주 간단하단다.)

"난, 그러니까 학생이 쬐그만 바보새끼라고 부르는 나는, 혹시 학생들이 이 상황을 벗어날 방도를 알고 있지 않을까 해서 온 겁니다."

이고르는 입을 헤 벌린 채 가만히 있었다.

"아! 그러니까 우리가……"

조제프가 그 다음을 이었다.

"그러니까 바로 우리가……"

"학생들 말고 달리 누가 있겠어요? 내 학생들 중 여기 있는 학생들이 가장…… 그러니까 가장 창의력이 뛰어나지 않은가요?"

그때 누르딘이 부엌으로 들어오며 말했다.

"됐어. 네 아빠는 침대에 뉘어놨어. 잠들었어. 냉탕법이 효과가 있었나봐. 열이 내렸어. 네 엄마가 곁에서 지키고 있어."

그러고는 느닷없이 크래스탱에게 이렇게 퍼부어댔다.

"당신 여기서 지금 무슨 짓거리야? 여기까지 찾아오고, 간이 부어도 단단히 부었군! 어제 저녁엔 왜 집에 안 들어갔지? 이게 뭐가 어떻게 돌아가는 판인지 우리한테 설명해줄 수 있어? 이게 우리들을 공부시키기 위해 당신이 짜낸 그 바보 같은 수많은 전략 중의 하나인가? 언제까지 이 꼴을 하고 있어야 하는 거지? 당신이 무슨 일을 저지른 건지 제대로 알고나 있는 거야? 우리 부모들이 어떤 꼴을 하고 있는지 보기는 했어? 거기다 우리 꼴은 어떻고? 우리 꼴이 눈에 들어오기는 하는 거야? 방금 전에도 당신 때문에 한바탕 난리를 피울 뻔했다는 걸 알기나 해!"

독이 오를 대로 오른 누르딘은 사정없이 크래스탱을 몰아쳤다.

*

크래스탱은 그들에게 그가 '여기서 하는 짓거리'가 무엇이고, 어제 저녁에는 왜 자기 아파트로 돌아가지 않았는지 설명했다.

그는 이런 상황이 "그들 사이에 약간의 긴장감을 불러일으킨 것"은 유감스러운 일이지만, 솔직히 그 얘기에는 별로 놀라지 않았다고 했다. 동료애란 "난처한 경우를 당하면 믿을 수 없을 만큼 빠른 속도로 녹아버리게" 마련이다. "문제가 되는 이 엿 같은 상황"의 진정한 본질에 대해서 말하자면, 그것은 불행히도 크래스탱으로서도 대답할 수 없는 문제라고 했다. 그래도 한 가지 분명한 것은, 교육 효과 증대를 목적으로 프로그램화한 상황은 절대로, 절대로 아니라는 거였다. 게다가 자신은, 수업중에 학생들의 능동적 참여를 유도한다는, 요새 나온 신식 교육방법론을 지지하는 사람이 아니며, 그가 가장 적절하다고 생각하는 유일한 방법은 아주 단순한 것으로, 자기 일을 꾸준히 하는 것이라고 했다. 학생은 학생으로서, 선생은 선생으로서 제 할 일을 하는 지극히 단순한 방법 말이다. 그 나머지는 그에게 "쓸모없는 구실이자 거짓말이며 우민(愚民)을 선동하는 말장난, 기타 등등에 지나지 않는 것"이었다. 아이들에게 그런 주제로 작문 숙제를 냈을 때는 그가 "오랜 시간 심사숙고한 끝에" 선택한 결과이며, 그 주제는 "몇 년에 걸쳐 구상해낸" 것이다. 그런데, 과학적인 설명이 불가능하고 합리적으로 따져도 도저히 납득이 되지 않는 이상한 일이 일어나서, 크래스탱 자신까지 "학생들이 지금 눈으로 확인하는 바와 같이" 희생자가 되었다. "공공도서관의 화장실 안에서" 별안간 일어난, 난처하기 짝이 없는 변신으로.

"네에?"

세 아이는 동시에 한 목소리로 놀라움을 표시했다.

일은 징말로 그렇게 일어났다. 크래스탱은 '도서관'에서만 일했다. 수업 준비도 '도서관'에서, 작문 숙제를 고치는 일도 '도서관'에서 했다. 그러니 모범답안을 만들기 위해 '도서관'에 간 것은 당연한 일이었다. 상상하는 것은 거짓말을 하는 게 아니라고 학생들에게 지겹게 읊어댄 만큼, 크래스탱은 어른 같은 아이들과 아이 같은 어른들을 다루는, '그가 기억하는 모든 작품'을 참조하기로 결심했던 것이다. 『레 미제라블』에 나오는 거리의 소년 가브로슈, "빅토르 위고의 작품에 나오는 애어른 가브로슈"에서부터 디킨스의 『차일드 와이프』에 나오는 도라까지, "그렇지, 도라, 어린 아내 도라, 기억해보세요, 그리고 어린 시절에서 헤어나지 못해 결국 죽음을 맞이하는 『데이비드 카퍼필드』!" 또 "강렬하기 짝이 없는 나보코프*" 작품에 나오는, "인간의 무의식에 은밀하게 군림하는 여자아이" 롤리타도 있고, 또 롤리타의 사촌뻘이라고 할 수 있는 페루인 꼬마 알폰지토, "물론 학생들이야 『계모의 찬가』를 읽었을 리 없고, 바르가스 요사**가 누구고 나보코

---

* 1899~1977, 미국에서 활동한 러시아 태생의 소설가.

프가 누구인지는 당연히 모르겠지요, 그렇지요? 귄터 그라스에 대해서는 들어봤을까? 오스카의 화 잘 내는 아버지…… 오스카…… 세 살이 되던 날부터 더이상 성장하기를 거부한 오스카 마체라트 말이에요……" 크래스탱은 가장 뛰어난 작가들도 "내가 내준 작문 주제와 똑같은 문제"를 해결하느라 고심했다는 사실을 그들에게 납득시키려고 했다. 미쉬킨, "도스토예프스키 소설에 나오는 결백한 왕자"는 정곡을 찌르는 예이고, 디킨스의 『리틀 도리트』, "그렇지요, 또 디킨스가 나오는군요. 어디서든 디킨스와 부딪치게 되지요", 감옥에 갇힌 아빠의 엄마가 되는 어린 도리트 역시 그런 예에 해당하지만, "소설 속에 나오는 인물들만 가지고는 제대로 증명할 수 없을 것"이라고 판단하여, "작가의 삶 속에 들어가 무엇이 작품들의 원천이 되었는지" 파악하기 위해서 그 작가들의 전기, 그러니까 디킨스, 도스토예프스키, 나보코프, 곰브로비치*** 등등에 관한 글을 읽었다고 했다. "1904년에 태어나 1969년에 사망한" 곰브로비치야말로 잊어서는 안 될 아주 중요한 작가로, 이참에 그의 걸작 『페르디두르케』를 다시 읽지 않

** 페루 출신의 작가이자 정치가. 1950년대 이후 라틴 아메리카 문학의 촉망받는 기수로 여겨졌다. 페루 대통령 선거 후보로 나섰다가 낙선한 후, 1993년 국적을 스페인으로 바꾸었다.

*** 폴란드의 작가. 주요 작품으로 『페르디두르케』 『우주』 등이 있다.

을 수 없었는데, 그것은 "정신적인 성숙을 무언극으로 표출해야만 하는 인간 조건이, 결국에는 미성숙할 수밖에 없는 인류라고 하는 존재론적 명제에 어떻게 대립하는가"를 잘 말해주는 작품이었으며, 책을 읽다 보니 연상작용에 의해 "그 뛰어난 이탈로 스베보*"에게도 생각이 미쳤고, "그 천재적인 지진아, 여러분도 벌써 알아차렸겠지만, 장 자크 루소"의, "커피 안 마신다고 했잖아요, 내가 말할 때 절대로 끼어들지 말아요!", 그러니까 루소의 『고백록』 속에도 다시 빠져들게 되었고, 그렇게 다시 읽어보니 "루소는 교육학적으로 볼 때 가장 멀리해야 할 인물"이라는 생각이 들면서, 다시금 선생과 학생 사이의 교육적인 숨바꼭질이 무엇인가 의문을 품게 되었으며, 교육적인 숨바꼭질이라는 말은, "이 말은 17세기 연극작품에나 나올 법한 시대착오적인 용어이긴 하지만 여러분이 그냥 넘어가리라 믿어요", 바로 아르놀프와 아녜스가 등장하는 몰리에르의 작품**에 나오는 것이고(이 얘기에, 누르딘은 크래스탱을 톡 쏘아주고 싶은 충동을 느꼈다. 네가 아녜스를 안다는 거 우리도 다 알아), 그렇게 책에서 읽은 중요한 대목들을 연습장에 옮겨적으며 한창 독서에 몰입하고 있는데 갑자기 현기

---

* 1861~1928, 이탈리아 심리소설의 선구자.
** 17세기 3대 프랑스 희곡작가로 알려진 몰리에르의 『아내들의 학교』를 가리킨다.

증이 몰려왔으며, 그것은 "술에 취해서 비틀거리는 현기증이 아니라", "내 존재의 토대가 흔들리는 것처럼" 그의 내부에서 올라오는 현기증으로, 당장이라도 졸도할 것 같은 기분에 도서관 화장실로 몸을 숨겼다고 했다.

"……"

"……"

"그래서요?"

"……"

"……"

"그 다음에 어떻게 됐는데요, 선생님?"

20

그 다음? 크래스탱은 화장실에 들어가 "문을 걸어잠그고 변기 위에 털썩 주저앉았"지만, 현기증이 가라앉기는커녕 아찔한 회오리바람에 휩쓸려 그만 의식을 잃고 말았다. 그러나 그 순간에도 "하나도 빠짐없이 예를 들어 증명해 보이는, 절대 틀림이 없는 방법론"으로 작문의 모범답안을 만들어내고야 말겠다는 의지는 하늘을 찌를 듯했고, 그때 불현듯, 문학만 가지고는 충분하지 않으므로 모든 예술 분야를 총망라해서 그 문제를 검토해봐야겠다는 생각이 떠올랐다. 그중에서도 특히 가장 나이 어린 예술이자, 또 나이가 어린 예술이라는 이유로 언제나 사물을 원숙하게 표현해온, "난 지금 영화예술을 말하고 있는 거예요", 영화 쪽으로 생각이 옮아갔고, "성숙이라고 하는, 터무니없이 우스꽝스러운 속

임수에 짓밟혀온 아이들의 눈높이에 맞추어, 밑에서 위를 바라보는 영상을 담은", 페데리코 펠리니*의 영화 장면이, 그가 막 기절하려는 순간, 마치 피날레를 알리는 폭죽처럼 의식에 떠올랐다.

"……"

"프레데리 뭐요?"

"페데리코 펠리니. 이탈리아의 영화 감독이야."

"무슨 영화가 있는데?"

"우리 엄마가 좋아하는 영화야. 넌 잠자코 있어. 얘기 좀 듣자. 나중에 내가 따로 얘기해줄게."

"……"

의식을 되찾았을 때, 크래스탱은 처음에는 아무것도 느낄 수가 없었다. 구름 속에 앉아 있는 듯했다. "문제는" 그의 발이었다…… 발이 더이상 바닥에 닿지 않았던 것이다. 놀라운 순간이 지나가고 "어쨌든 아주 침착하게 이성을 되찾은" 크래스탱은 변기에서 바닥으로 훌쩍 뛰어내렸다. 머리 한참 위쪽에 달린 화장실 문의 걸쇠가 마치 펠리니 영화의 영상처럼 보였다. 그는 아래에서 위를 바라보아야 하는 시점에 들어와 있었던 것이다…… 그는 다시 변기 위로 기어올라가 발꿈치를 치켜들고서야 겨우 걸

---

* 1920~1993, 이탈리아의 영화감독. 〈길〉〈라 돌체 비타〉〈8½〉 등의 작품을 남겼다.

쇠를 열 수 있었다. 그렇게 무사히 화장실을 빠져나온 크래스탱은 도서관 밖으로 나오는 데도 쉽게 성공했다. 몸을 숨기지도 않고, 마치 "너무 일찍 세상을 알아버린 탓에" 어느 상황에서든 꼭 필요한 행동수칙을 몸으로 체득할 수 있었던 아이가 "낯빛 하나 바꾸지 않고 태연하게 행동"하듯이, 아무 문제 없이 도서관을 빠져나올 수 있었다. 몸에 밴 권위의식을 그대로 유지하며 책가방을 들고 불안한 기색 하나 없이 밖으로 나온 것이다. 밖에 나와서 던진 질문은 앞으로 무엇을 해야 할까라는 거였다. "앞으로 '어떻게 될까' 가 아니었어요, 내 말 잘 알아들었으면 좋겠군요. 그런 뻔한 문제에는 한 번도 관심을 둔 적이 없지요." 요모조모 따져볼 때 "별다른 문제는 없어 보이는" 그 예기치 못한 상황에서 아주 간단하게, 앞으로 '무엇을 할까' 를 생각했던 것이다. 백화점 거울에 비친 자신의 모습을 본 후에야 비로소 크래스탱은 사태를 더욱 명백하게 파악할 수 있었다. 그는 아이로 돌아간 게 아니라 자기 모습을 그대로 간직한 채 크기만 줄어든 것이었다. 현재의 자신을 잘 알고 있고, 예전의 자기 모습이라고는 조금도 기억하지 못하는 그였기 때문에, 변신이라는 상황은 그에게 그다지 불안한 것도 아니었다. 다만 체구가 줄어들었다는 사실이 난감할 뿐이었다. 그러나 그것은 "요컨대 매우 상대적인" 걱정이었다. 그는 자신의 양복이 자기 몸과 마찬가지로 줄어들었다는 사실을 하나도 이상하게 받아들이지 않았다. "그건 여러분 생각이 맞아요. 그 점에 대해선 내가 한 번쯤 생각해봤어야 했어요. 하지만 그 상황에서 옷의 상태를 걱정하는 건 문제의 핵심이 아니었지요." 사실 그것보다 더 중요한 일이 있었다. 선생이 된 후로 늘 그래왔던 것처럼, "제일 중요한 것은 내 학생들을 먼저 생각하는 일"이었다. 무슨 일이 있어도 어린 이고르 라포르그가 작문 숙제를 하는 일만은 막아야 했다.

"그래서 학생 집에 갔었네, 라포르그 군. 하지만 헛걸음만 쳤지."

저녁 일곱시를 막 지난 시간이었는데, "라포르그 군의 집 인터폰은 대답 없는 벙어리"였다. 크래스탱은 이고르 역시 조제프의 성화에 못 이겨 그 숙제를 했고, 그러고는 몸이 줄어든 엄마를 데리고 어디론가 도망을 쳤을 거라고 추리했다. "고맙네, 프리츠키 군. 자네는 이 사건에서 아주 중대하고도 결정적인 역할을 했어!" 하지만 크래스탱은 프리츠키의 집으로 찾아갈 생각은 차마 할 수 없었다. 그날 아침 학교를 찾아와 한바탕 퍼부어댄 기세로 보아 조제프가 아직도 분노를 삭이지 못했을 거라고 짐작한 탓이었다. "그와는 반대로", 크래스탱은 그때야말로 "어린 카데 군의 손에 쥔 펜을 붙잡아야 할 때"라고 생각했다. 평소에도 아무런 이유 없이 결석이 잦은 카데였던 만큼, "카데 군, 자네도 내 말을 인

정할 거야", 누르딘이 아직 "비운의 숙제"를 하지 않았을 가능성
은 조금이나마 남아 있었다. 그러나 안타깝게도, 저녁 여덟시가
다 된 시각에 카데의 집에는 아무도 없었다.

"우리 누나가 그때까지 퇴근을 안 했던 거야."

"그럴 수도 있지."

"오랜 기다림이 헛되이 끝나버린 후", 크래스탱은 "그 다음날
을 기약하며" 자기 집으로 돌아가기로 결정했다. 혹시 하룻밤이
지나고 나면 한낱 악몽일지도 모르는 이 현실이 흩어져 사라져버
릴 수도 있는 일이었다. 하지만 크래스탱은 꿈을 꾼 적이 단 한
번도 없었던 만큼, 그것 또한 믿을 수 없었다. "거짓말을 해본 적
이 없는 만큼 꿈을 꾸어본 적도 없지요."

"그래서 선생님 집으로 돌아갔단 말예요?"

물론이다. 그리고 다 들었다. 크래스탱은 집 앞 층계참에 서서,
자기가 가르치는 세 제자가 그의 성생활이 어떻다 저떻다 떠들어
대면서 그중 한 아이에게—"그러니까 자네, 카데 군 말야"—혹시
크래스탱을 암살해버린 게 아니냐고 묻는 것을 엿들은 것이다. 그
아이들이 자신의 암살을 어찌나 침착하고 진지하고 천연덕스레
얘기하던지, 그들의 대화를 살짝 엿들은 크래스탱으로서는 가장
가까운 지하철 역에서 밤을 지새는 것이 현명하겠다고 판단하지
않을 수 없었다. 그리고 거기서, 그는 "어떤 행동을 취해야 할 것

인지 심사숙고한 후에야" 마음을 정하고 잠들 수 있었다.

"그게 뭔데요?"

"내가 잠에서 깨어난 그 상태로 나를 여러분들 손에 맡기자는 거였지요."

"선생님을 맡겨요?"

"나를 맡기는 겁니다. 여러분 손에 나를. 복수를 당할 위험을 무릅쓰고서라도 함께 이 상황을 극복하자고 여러분을 설득할 작정이었지요."

"지금 무슨 말을 하는 거예요? 지금 이 인간이 뭐라는 거야? 뭘 극복하자고? 빌어먹을, 난 이 인간이 하는 소리를 절반도 못 알아먹겠다."

"자네한테 부족한 게 바로 그 나머지 절반일세, 프리츠키 군."

"뭐요?"

"어른이 된 여러분, 상황을 좀 냉철하게 바라보도록 합시다. 여러분이 그 숙제를 했다고 해서 진짜 어른이 된 게 아닌 것처럼, 나 역시 몸이 줄었다고 해서 진짜 어린아이로 돌아간 것은 아니지요. 우리들은, 뭐라고 해야 할까…… 여전히 예전의 우리들로 머물러 있으면서, 그러니까 교육열에 불타는 나이든 교사를 동반한 무책임한 세 명의 사춘기 소년이라는, 예전 우리들의 모습을 풍자적인 빈 껍질에 담고 있는 데 불과하다고나 할까. 상황이 이렇게 됐으니, 이 어려운 난관에서 빠져나가려면, 여러분의 상상력과 나의 직업적 경험을 합치는 길밖에 없다고 난 생각한 겁니다."

이고르 : 그럼 애들은 어떻게 되는 거죠?

크래스탱 : 뭐라고 했나요, 라포르그 군?

이고르 : 애들 말예요. 우리 부모들요…… 쟤들은 자기들이 어른이라는 걸 알까요? 실제로는 아무것도 변한 게 없다는 걸 쟤들도 알까요?

크래스탱 : 애들이라…… 애들이 무엇을 알고 있을까 하는 것…… 라포르그 군, 바로 그걸 알기 위해 난 내 인생을 바쳤네. 헨리 제임스가 말하기를……

조제프 : 그게 누군데요?

크래스탱 : 아무것도 아니야. 애들이란 빛을 발하는 수수께끼 같은 존재지.

조제프 : ……

누르딘 : 좋아요……

이고르 : 뭔가 알 것도 같은데……

조제프 : 라종이 하는 말 같아……

크래스탱 : 누가 하는 말 같다고?

조제프 : 아무것도 아니에요.

누르딘:……

이고르:……

크래스탱:……

조제프:커피 더 마실래?

이고르:설탕은 넣지 마.

조제프:누르딘 너는?

누르딘:난 설탕 넣어. 세 개.

조제프:……

이고르:……

누르딘:……

크래스탱:여러분의 입이 커피 홀짝거리는 소리, 차 스푼 짤랑거리는 소리, 그리고 이 침묵이라니……

조제프:……

이고르:……

누르딘:……

크래스탱:사키의 단편소설 같군그래.

조제프:?

이고르:?

누르딘:?

크래스탱:아우구스타 숙모 집에서 불쌍한 클로비스가 음울하

게 차를 마시면서 절망하던 장면 말야……

누르딘 : ……

조제프 : 클로비스 왕 말하는 거예요?

이고르 : ……

크래스탱 : 아닐세, 프리츠키 군. 클로비스 왕 말고 다른 사람이야.

조제프 : ……

누르딘 : ……

크래스탱 : ……

아주 작고 부드러운 목소리가 그들을 어색하고 무거운 침묵에서 해방시켰다.

"뭐 해? 이 소리 안 들려?"

타티아나였다. 부엌 문가에 선 타티아나가 무선 전화기를 내밀며 말했다.

"십오 분 전부터 울렸어."

그리고 난처한 듯한 미소를 지으며 조그맣게 소근대는 목소리로 덧붙였다.

"벨소리 때문에 이스마엘이 제대로 일을 못 하잖아."

"누군데?"

조제프가 물었다.

"아저씨."

"어떤 아저씨?"

"학교 아저씨."

"학교?"

"중학교래, 중학교라고 그랬어."

"누굴 찾아?"

"프리츠키 씨."

"……"

"……"

"이리 줘."

*

문제의 '학교 아저씨' 는 다름아닌 교장 랑발이었다. 교감 푸아
리에("복도에선 뛰는 것 아냐")가 옆에 지키고 선 가운데, 한 손
엔 전화기를 들고, 두 눈은 깜찍하면서도 이상야릇한 옷차림을
한 남녀 한 쌍에게 고정시킨 채, 교무실 책상에 앉아 전화를 걸었
던 것이다. 날카로운 눈매의 갈색 머리 소년은 실종된 학생의 운
동복을 입고 있었고("네 동생을 찾으려면 학교로 가야 해. 학교
선생들은 다 알고 있어…… 경찰들보다 더 잘 안다니까", 에릭의
주장이었다), 소녀는 그러니까 '암사자처럼 휘날리는 머리를 하

고…… 꼭 사막의 공주 같아…… 세상에, 아파치 족처럼 차려입었는데도 어쩜 저렇게 이쁠까!' 하고 교장은 속으로 생각했다), 실종신고를 한, 실종자의 누나였다. 랑발 교장은 여유로운 목소리로 띄엄띄엄 그 상황을 설명하면서도 정작 실종자의 누나가 하는 말은 믿지 않는 것 같은 눈치였다.

랑발:그래요, 프리츠키 씨…… 실종이라니까요…… 내 앞에 앉아 있는 갈색 머리 사내 녀석은 댁의 아드님 친구, 그러니까 그 아이의…… 운동복을 입고 있어요……(수화기를 손으로 가리고 고갯짓으로 라쉬다에게 물었다. "그 꼬마 이름이 뭐라고?")

라쉬다:카데, 누르딘 카데요……

랑발:카데, 누르딘 카데요. 가출을 했답니다…… 네, 그제 저녁부터요…… 아침에 학교에도 안 오고…… 게다가 댁의 아드님 또한…… 결석을…… 설마 실종은 아니겠죠?…… 그리고 세 번째 아이는, 그러니까……(다시 수화기를 가리며 고갯짓으로).

라쉬다:라포르그요……

랑발:라포르그. 맞아요…… 라포르그…… 이 세 녀석이 결석을…… 라포르그 부인과 학교에 좀 와주셔야겠습니다…… 네 …… 서둘러서요…… 왜냐하면 그게…… 녀석들의 선생님까지, 알아들으시겠어요?…… 크래스탱 선생까지…… 실종되었다니까요…… 우려되는 건…… 혹시 애들이 그 선생을……

그때 교감 푸아리에가 교장 랑발의 귀에 대고 정확하게 무슨 말을 해야 하는지를 속닥거렸다. 랑발 혼자서는 차마 입에 담지 못할 소리였다.

"단칼에 콱 찔러버린 건 아닐까요! 돌로 머리를 깨버렸을 수도 있고요! 총질을 해댔을지도 몰라요! 크래스탱을 없애버렸다고요! 암살을 했다니까요! 어쩌면 크래스탱 선생의 몸이 지금쯤 차갑게 식어가고 있을지도 모르지요. 요즘 같은 세상에 학생 셋과 선생 하나가 한바탕 하고 나서 흔적도 없이 증발해버린 게 아무래도 심상치가 않아요. 십중팔구 그 녀석들이 크래스탱 선생을 해치우고, 녀석들의 부모들이 애들을 어디엔가 숨겨주고 있는 겁니다! 당장 이리로 오세요, 그러지 않으면 경찰을 부를 겁니다!"

*

"부모를 만나야겠다, 이거야?"

"그러지 않으면 경찰을 부르겠대."

"왜 경찰을 불러?"

"우리가 크래스탱을 죽였다고 생각하고 있어."

그들은 복도에서 멀리 떨어져 있었다. 이고르, 누르딘, 조제프는 잠잠해진 전화기 주위에 둘러서서 이렇게 속삭이고 있었다.

"그래서 간다고 했어?"

"아니면 뭐라고 해?"

"넌 타티아나가 고아원에 가기를 바라는 거야?"

"그만둬, 이고르. 네 엄마는 그만 좀 들먹여라! 세상에서 네 엄마만 중요한 게 아니잖아! 그들은 우리가 크래스탱을 해치웠다고 생각한다구, 내 말 알아들어? 경찰에 당장 신고한다고 그랬단 말야, 상상이 돼?"

이고르 : 하지만 크래스탱은 지금 여기 있잖아!

누르딘 : 그러니까 문제가 더 심각하지. 히바로 인디언*들처럼 우리가 그를 축소시켜버렸다고 할 거 아니야. '학내 폭력의 심각성. 세 학생(그중 하나는 '이민 2세대')이 붙어 선생을 축소시키다'라고 신문에서 대문짝만 하게 떠드는 게 눈에 선하다. 네 생각에는 선생을 축소시킨 죄는 몇 년이나 때릴 것 같아?

조제프 : 걔는 누구야? 네 운동복 입고 네 누나랑 다닌다는 갈색 머리 놈 말야.

---

* 에콰도르, 페루 등지에 사는 남아메리카 인디언. 히바로 족은 사람의 머리를 오렌지 크기만 하게 줄이는 기술로 유명하다. 가죽을 벗긴 머리를 삶아 크기를 줄인 다음 피부 안쪽에 뜨거운 돌과 모래를 넣어서 더 작게 만든다. 이러한 풍습은 복수를 위한 열망과 사람 머리가 초자연적인 권능을 준다는 믿음에서 유래했다.

누르딘 : 걔가 바로 경찰이야. 이름은 에릭이고.

이고르 : (누르딘의 유니폼을 가리키며) 아! 그럼 이게 바로 그……

누르딘 : 그래, 이게 그 녀석이 입고 있던 거야. 난 그날 밤을 경찰서에서 보냈어. 운동복은 아침에 내가 녀석한테 준 거고.

조제프 : 제기랄, 이제 우리 어떡하지? 어떻게 해야 하냐구?

"부르면 당연히 가야지요."

여섯 개의 눈동자가 일제히 아래로 쏠렸다.

아래쪽에서 그들을 빤히 쳐다보는 크래스탱의 권위 어린 시선을 차마 똑바로 바라볼 수 없어서 그들은 슬그머니 눈길을 돌렸다.

크래스탱이 좀더 구체적으로 설명했다.

"여러분은 그 소환에 응해야 합니다. 선택의 여지가 없어요. 학교에 가서 여러분들 부모의 역할을 해보는 거예요. 아주 흥미진진할 겁니다. 학생들은 다들 한 번쯤은 부모 역할을 해봤으면 하지 않나요? 내 말 맞지요?"

그들은 고갯짓으로 그의 말이 맞다는 걸 확인시켜주었다. 조금은 그렇다는 걸.

"그래요, 이 기회를 활용하는 겁니다. 자신감을 가져봐요! 작문 숙제가 적어도 한 군데에는 쓸모가 있을 거라고 말이지요! 우리는 최대한 시간을 벌어야 해요. 지금 내 상태로 보아, 불행히도

312

나는 여러분과 동행할 수 없을 것 같고, 대신 우리 다같이 학교에서 벌어질 장면을 미리 연습해보도록 합시다. 두고 봐요. 다 잘될 테니."

"하지만 선생님, 우리 아빠는……"

"나도 잘 알고 있네, 라포르그 군. 학생의 아버님은 돌아가셨고 어머님은 지금 남들에게 보여줄 만한 상태가 아니지. 거기에도 해결책은 있네."

크래스탱은 엄지와 중지로 딱딱 소리를 내며 말했다.

"전화 좀 건네주겠어요?"

그가 전화기를 건네받았다.

21

키 작은 손님이 '여자들의 거리'로 머뭇거리며 들어왔다. 그
손님은 '대낮에만 찾아드는 새'였다. 밤에는 용기가 나지 않는
거다. 밤에는 여자들이 높은 곳에서 자기를 내려다보는, 빛과 어
둠이 뒤섞인 동상처럼 느껴져 겁이 나는 거다. 그리고 낮에 만나
는 여자들이 밤의 여자들보다 값이 더 싸다고 생각하는 것이다.
키 작은 손님은 요즘 불행한 시기를 보내는 중이었다. 무일푼 독
신자여서, 한마디로 여자가 절실히 필요한 사람이었다. '여자들
의 거리'는, 그가 제 휘하 군대를 은밀히 사열이라도 하는 것처럼
그곳을 눈으로 훑고 지나가는 것을 이미 목격했다. 잰 걸음걸이
로 서두르면서 자기 생각에 골똘한 표정으로 똑바로 앞만 보며
걸어갔지만, 두 눈은 관자놀이 양쪽 밖으로 튀어나올 정도로 거

리 양편으로 죽 늘어선 여자들에게서 떼지 않았던 것이다. 여자들은 그가 어떤 종류의 사람인지 짐작할 수 있었다. 그런 유의 사팔뜨기 시선이라면 여자들도 익히 알고 있는 바였다. 키 작은 손님은 저쪽 길모퉁이를 돌아 사라졌다. 직업상 오랜 경험으로 볼 때 '여자들의 거리'는 그가 다시 돌아오리라는 것을 잘 알고 있다. 조지와 사만타는 거기에 내기까지 했던 것이다. 틀림없이 돌아올 거야. 봐! 저기 다시 오잖아. 아! 저기 다시 돌아오네. 키 작은 손님이 드디어 마음을 정했나보네. 눈빛이 잔뜩 얼어붙은 걸 보니 욜란드 차지겠네. 소심한 남자들은 꼭 욜란드만 찍더라! 우물쭈물하는 손님들은 언제나 욜란드만 골라. 거의 다가 그래. 소심해도 나이 어린 녀석들은 아녜스를 찍고. 그것 또한 여자들의 심심풀이 내기 중 하나였다. 누가 누구를 찍을까? 어떤 타입의 손님이 어떤 여자를 원하나? 거리의 여자들이 그런 내기에서 지는 경우란 드물었다. 그냥 장난 삼아 하는 놀이에 불과했다. 여자들은 욜란드가 손님과 방으로 올라가서, 일은 단시간에 치러버리고 손님과 장시간 잡담을 나눌 거라는 것도 자신 있게 내기할 수 있었다. 보나마나 뻔한 일이었다. 키 작은 손님은 말하기 좋아하는 사람이 틀림없었다. "수다 떠는 걸 소홀히 해서는 안 돼." 욜란드의 말이다. "그게 바로 우리 사업의 진짜 자산이라구!" 사만타가 수다 떠는 건 시간 낭비일 뿐이라고 반박했을 때, 욜란드는 이렇게 길게 설명을 늘어놓았다. "물론, 아무 말 없이 그때그때 닥치는 대로 일이나 치르면 빨리 끝나기는 하지. 돈이나 받아 챙기면 그만이고. 하지만 그건 보잘것없는 소득에 불과해. 얘들아, 내 말잘 들어. 너희들이 원하든 말든, 손님 얘기에 귀를 기울이는 건우리 같은 직업에서는 사업 밑천이나 마찬가지야. 여기 오는 손님들이 너희들이나 올라타자고 이 계단을 오르는 줄 아니? 그게다일 것 같아? 천만에. 자기 얘기를 들어달라고 오는 거야. 손님들이 정작 원하는 건 누군가 자기 말을 좀 들어주었으면 하는 거라구. 그저 얘기가 하고 싶은 거야. 사람들이 정신과 의사한테 가는 이유가 뭔데. 손님들이 우리한테 돈을 내는 것도 다 그 때문이야. 이 한 가지는 꼭 기억해둬. 속엣말을 마음껏 털어놓고 간 손님은 영원한 단골이 된다는 걸 말야."

……

(욜란드는 나한테도 같은 말을 했었다. 더욱 간결한 표현으로. "사내들한텐 자기 얘기를 들어줄 귀가 필요한 거야, 피에르. 우리 직업은 바로 그 때문에 있는 거라구.")

……

키 작은 손님은 욜란드의 코앞에 와 있었다.

"얼마예요?"

욜란드가 가격을 말했다.

316

가격이 만족스러웠는지, 키 작은 손님은 손뼉이라도 칠 듯한 눈치였다.

"그럼, 올라갈까요?"

욜란드가 막 계단을 올라가려는 순간, 그녀의 젖가슴에서 새한 마리가 찌르릉 소리를 내며 울었다. 가슴을 뒤지던 그녀가, 휴대폰을 끄집어냈다. 일할 때 전화가 울리는 걸 질색하는 욜란드는 방금 전에 손님에게 보여준 아양떠는 태도 따위는 집어던지고다짜고짜 소리쳤다.

"누구야, 도대체?"

키 작은 손님은 전함처럼 당당하던 여자의 태도가 그새 다시 바뀌는 걸 알아차렸다. 전함의 돛은 순식간에 나긋나긋해져 있었다.

"알베르, 자기야?"

수화기를 손으로 가리며 그녀가 키 작은 손님에게 말했다.

"내 친구한테 가보실래요."

그러고는 사만타를 향해,

"사만타, 이분은 네가 모셔라."

사만타는 한숨을 푹 내쉬면서 자기는 왜 끌고 들어가냐는 듯못마땅한 몸짓을 했다. 그러자 욜란드가 사만타에게 전화기를 내밀었다.

"그럼 네가 알베르하고 통화할래?"

이 말에, 사만타는 손님과 함께 자취를 감추어버렸다.

"알베르? 어디 갔었어, 자기? 당신 목소리가 왜 그래, 아이 목소리잖아!…… '자세히 말하면', 어떻다고? 당신이 어린애가 되었다고? 그게 무슨 말이야, 어린애가 되다니?…… 아!…… 내가 한마디 해도 돼? 그것도 나쁘지는 않을 거야, 자기!…… 그럼, 말할 것도 없지. 애들한테는 자기라고 부르고 어른들한테는 내 새끼라고 불러야지, 모든 사람들에게 용기를 불어넣어줘야 하니까!…… 당신 학생들?…… 걔네들이 어른이 됐다구? 선생의 인생이란 게 다 그런 거 아니겠어? 물 주면 자라나는 법이지! 어른이 되는 걸 보는 거라고! 우리가 하는 일이랑 마찬가지 아니겠어…… 좋아, 어쨌든 나한테 무슨 말을 하려는 거야? 막 손님하고 올라가려던 참인데…… 뭐?…… 누구 엄마 역할?…… 어디서?…… 무슨 중학교?…… 몇시?…… 그래, 짬이야 잠깐 낼 수 있지만, 액수가 문제지 뭐…… 뭐라고?…… 그럼 물론이지, 잘할 수 있어! 지금 날 어떻게 보는 거야, 내가 뭐 제대로 교육도 못받고 몸이나 파는 창녀인 줄 알아? 알베르 당신, 진짜 내 성질 돋우는데 말야, 내 말 잘 들어! 당신, 손님 받는 일이 무슨 여자의 타고난 본능으로 하는 일인 줄 알아? 선천적인 방탕함 때문에 그러는 줄 알아? 이봐, 우리 일은 하나의 직업이야! 혼자서 배우고 알아서 자기를 통제할 수 있어야만 가능한 일이란 말야! 연극배우나 마찬가지지! 진정한 교육 효과를 볼 수 있는 직업이라구, 내 말 알아들어! 이것 봐, 당신네 선생들이 가끔씩 우리한테 와서 연수를 받으면, 당신네들이 우울증에 빠지는 일도 없을 거야! 그러면 좀더 세상에 잘 적응할 수 있을 테니까. 당신, 내가 오늘 하루만 해도 얼마나 많은 역할을 했는지 알아? 딱 오늘 하루만 놓고 말야! 숫자를 얘기해보라니까…… 아니, 그게 아니라, 누가 사과받자고 그랬어…… 다소간 예의를 갖추라는 거지…… 최소한이라도…… 됐어, 됐어…… 그래 내 역할이 뭐라고? 라포르그 부인? 됐어, 라포르그 부인. 걱정하지 마, 알베르. 당신 교장을 홀려서 피 빨아먹는 일은 없을 테니까!"

*

교장 랑발은 라포르그 부인이 자기 취향에 딱 맞는 멋진 여자라고 생각했다. 요새는 좀처럼 보기 힘든, 진정한 여성스러움을 지닌 여자였다. 풍만한 골격과 무르익은 몸매를 보면 스포츠우먼처럼 보이기도 했다. 게다가 낭랑한 목소리까지. 더군다나 명쾌하기 짝이 없는 설명을 하고 있지 않은가.

"임파선이라……"

랑발 선생이 들은 말을 되풀이했다.

라포르그 학생이 결석한 이유가 임파선 때문이라는 거다. 교장 랑발로서야 그 말을 의심할 하등의 이유가 없었다. 아름다운 스포츠우먼이 하는 말이었다. 라포르그 군이 임파선염에 걸렸다고 말하는 저 아름다운 여인이 바로 그 학생의 엄마가 아닌가! 엄마라면 적어도 자기 아들에게 일어난 일이 무엇인지는 제대로 알고 있을 터였다. 그래도 우연의 일치라고 하기에는 미심쩍은 부분이 있었다. 세 학생의 임파선이 동시에 부어서 결석했다는 건 좀…… 그러니까…… 개연성을 갖기에는……

바로 그 점을 교감 푸아리에("복도에서 뛰는 것 아니야")가 단도직입적으로 지적했다.

"여기 우리 학교에는 그 또래의 학생들이 육백 명이나 있지만 다른 애들은 전부 다 학교에 왔습니다…… 어째서 그애들은 임파선이 붓지 않았을까요?"

라포르그 부인이 딱 부러지게 대답했다.

"아, 걔네들한테도 일어날 수 있는 일이죠, 그거라면 걱정 마세요! 내가 언제 육백 명 학생들이 동시에 임파선이 부었다고 했나요. 물론 그럴 수도 있겠죠…… 생각해보니, 세 명이 동시에 임파선이 부었다는 건 정말 기막힌 우연이네요! 하지만 자연의 섭리를 믿어야 하지 않을까요. 다른 애들도 다들 한 번씩 겪을 거라구요! 나하고 내기하실래요? 원하신다면 따로 은밀히 만나도 좋구요!"

라포르그 부인은 큰 소리로 화려하게 웃어젖히며 이렇게 제안해왔다. 아냐, 스포츠우먼이 아니라 성악가일 거야, 랑발은 고쳐 생각했다. 그녀는 누구도 흉내내지 못할 만큼 호흡을 마음대로 조절하고 있어. 맞아, 성악가야. 저 은방울 굴러가는 맑은 목소리! 하지만 교장 랑발은 라포르그 부인만 하염없이 바라보고 있을 수는 없었다. 그의 사무실에는 그녀만 있는 게 아니었다. 아파치 족처럼 옷을 입은 사막의 공주도 있고 갈색 머리 소년도 있었다. 프리츠키 씨와 카데 씨도 있었다. 교감 푸아리에가 짐작했던 것과는 정반대로, 그들은 약속시간에 맞추어 칼같이 나타났다. 카데 씨와 프리츠키 씨는 숙직실에서 빌려온 의자에 똑바로 앉아 있었다. 교장 랑발을 깜짝 놀라게 한 것은 카데 씨의 옷, 바로 경찰 제복이었다……

"카데 씨, 따님 말로는 카데 씨가……(여기서, 랑발은 자동차를 운전하는 동작을 우스꽝스럽게 흉내냈다) 아니 그보다는……(이번에는 두 손으로 눈에 보이지도 않는 핸들을 움켜잡고 있다가 한 손으로 미터기 스위치를 누르는 시늉을 했다)"

카데 씨가 대답했다.

"택시요? 택시야 예전에 몰았죠. 어제까지만 해도 그랬어요. 하지만 여기저기 실업자 천지니, 좀더 탄탄한 직장을 갖고 싶었습니다. 하루라도 빨리 프랑스 사회에 동화하는 길을 찾아야 하니까요!"

이렇게 말하며 카데 씨는 사막의 공주를 향해 함빡 미소를 지어 보였다.

"그렇지 않니, 내 딸아?"

그러고는 이렇게 덧붙였다.

"내 딸, 참 예쁘기도 하지!"

"내가 하고 싶었던 말이 그거예요. 진짜 예쁘다니까요! 정말 끝내주는 미인이지! 자기가 바보라니, 말도 안 돼, 안 그래요!"

갈색 머리 소년이 맞장구를 쳤다.

"몸매로 말하면야 두말할 나위가 없지."

사람들이 나누고 있는 대화의 주제만큼은 누구보다도 잘 안다는 어조로 라포르그 부인이 동감을 표시했다.

"자료 관리원이랍니다."

카데 씨가 정확하게 말했다.

"실업에 관한 얘기라면 카데 씨 말씀이 백번 옳아요. 실제로…… 우리 각자의 직업이 우리를 보장해주는 거죠…… 상대적인 안정성이란 것도 있고…… 그게 뭐든 간에……"

교장 랑발이 말했다.

'저 경찰 참 괜찮은 사람이야' 카데 씨 딸은 정말 기가 막히게 이쁘군' '라포르그 부인 말야, 저렇게 멋진 여자가 세상에 또 있을까' '프리츠키 씨는 어제보다 많이 침착해졌는걸', 하고 랑발이 한참 생각에 빠져 있는 동안, 교감 푸아리에는 교장이 완전히 속고 있다고, 지금은 여자들한테 한눈이나 팔면서 달콤한 생각에 빠질 때가 아니라 '얼간이 크래스탱'의 실종 사건을 조사해야 하는 심각한 순간이라고 생각하고 있었다. '학교 윗사람들을 마치 자기 학생들 대하듯 하던 땡땡 얼어붙은 차가운 고깃덩어리' 크래스탱이 사라졌거나 말거나, 푸아리에로서는 하나도 아쉬울 게 없었다. 하지만 어떤 상황에서도 '학부형들을 휘어잡을 줄 알아야 한다'는 게 푸아리에의 평소 신념인 만큼, 그는 이 학부형들이 '안개를 피우면서' 크래스탱 암살에 대해 '얼렁뚱땅 거짓말을 하고 도망치게' 내버려두지는 않으리라 속으로 다짐하고 있었다……

"유감스러운 일이지만, 여러분의 자녀들한테 벌로 받은 숙제가 있었다고 하던데요. 그것도 똑같은 숙제가요."

교감 푸아리에가 속삭이듯이 말했다.

"벌로 받은 숙제라뇨?"

프리츠키 씨가 막 잠에서 깨어난 사람처럼 물었다.

"불어 숙제요, 크래스탱 선생이 내준 작문 숙제 말이에요!"

푸아리에가 대답했다.

"아아! 작문 숙제요!"

프리츠키 씨가 탄성을 올렸다.

"그거라면, 여기 있어요!"

카데 씨가 말했다. 그리고 입고 있던 경찰 제복 속에서 있는 대로 구겨진 종이 두 장을 어렵게 꺼내어 교장 선생에게 내밀었다. 교장은 그것을 다시 교감에게 건넸다.

"그게 작문 숙제입니다, 교감 선생님! 보시는 것처럼……"

"작문 숙제를 셋이서 하나만 해왔다는 말인가요?"

놀란 푸아리에가 물었다.

"셋이서 장난치다가 받은 벌이니까 셋이서 함께 숙제를 한 거죠. 그래야 맞는 계산 아니겠어요!"

법과 질서의 수호자인 경찰관 카데 씨의 설명이었다.

"그러잖아도 애들이 거기다 자기들 셋의 이름을 써놓았더군요."

프리츠키 씨였다.

"동료애란 그에 수반하는 결과를 가져오게 마련이니까요."

수긍하듯이 카데 씨가 덧붙였다.

"이름을 쓰지 말았어야 했나요?"

라포르그 부인이 물었다.

"아빠, 누르딘 지금 어디 있어요?"

사막의 공주가 물었다.

"프리츠키 씨 댁에."

카데 씨는 짤막한 대답과 함께 정신없이 말을 쏟아냈다.

"아무리 그래도 녀석을 경찰서에 내버려둘 수는 없잖니! 얘야, 넌 동생을 대할 때 참을성이 너무 부족해. 그래서 친구 조제프네 집에 공부하러 간 거야. 그애를 너무 원망하지 말아라. 걔도 널 원망하지 않아."

'허튼 짓 하는 거야'라고 푸아리에 교감은 생각했다. 그는 새로운 카드를 펼쳐 보였다.

"카데 씨, 이 아이가(갈색 머리 소년을 가리키며) 왜 댁의 아드님 옷을 입고 있는지 우리에게 설명해주실 수 있겠습니까?"

"에릭 말인가요?"

카데 씨는 기다렸다는 듯이 호쾌하게 목소리를 높였다.

"누르딘 운동복이요? 보세요! 둘이 교환한 겁니다! 서로 옷을 바꿔입은 거라구요! 그 나이 때는 온갖 것을 다 바꾸잖습니까! 네! 물물교환이라니까요! 시장에서처럼요! 바자회에서처럼요! 고물상들처럼 말예요! 벼룩시장에서도 그렇게 하잖아요! 그래, 에릭, 벼룩시장 말야! 내가 너하고 볼펜이랑 운동화랑 구슬이랑 사탕, 부엌 살림살이랑 카스테레오, 말아 피우는 담배까지 바꾸었잖아⋯⋯"

이렇게 줄줄 늘어놓던 카데 씨는, 한참 달리다가 자신이 허공에서 있다는 걸 발견한 만화 주인공 같은 얼굴로 말을 뚝 멈추었다.

"그건 사실이에요! 그 나이 또래 사람들은 모두 에샹지스트*거든요."

라포르그 부인이 그의 뒤를 이었다.

"에샹지스트가 아니라 에샹제르**예요, 그러니까……"

프리츠키 씨가 말을 바로잡았다. 그는 두 팔로 십자를 그으며 허공에다 고가 고속도로를 그려넣었다.

교장 랑발은 손목시계를 흘끗 쳐다보고는, 지금 그가 쓸데없이 시간만 낭비하고 있고, 비록 좋은 의도에서 출발한 회합이긴 하지만 그의 오랜 교직생활에서 있었던 여느 모임과 마찬가지로 별 뾰족한 성과는 없다고 판단했다. 거기 모인 선량한 학부형들은 동료 크래스탱의 실종과는 아무 관계도 없으며, 교장으로서 바라건대 그 자리에 모인 부모들처럼 자기 아이들에게 깊은 관심을 쏟는 모범적인 학부모들을 자주 만날 수 있었으면 하는 생각이었고, 교감 푸아리에는 날이 갈수록 자기 통제를 못 하고 있으니 학부형들과 더 큰 말썽을 빚기 전에 푸아리에에 대한 보고서를 써서 장학관에게 하루라도 빨리 통보해야겠다고 생각했다. 푸아리에한테는 안된 일이지만, 교장이 생각하기에 당장 시급한 일은

_____

* 파트너를 교환해서 섹스하는 사람.

** 인터체인지.

교감의 편집증이 점차 심해지고 있다는 보고서를 쓰는 일이었다.

랑발은 자리에서 일어나 미소를 지으며 마치 가톨릭 주교처럼 손을 높이 쳐들고 말했다.

"자, 여러분, 저로서는 학부형들님께 감사의 뜻을 표하고 싶군요…… 신속하게 이곳에 와주신 점과, 에 또…… 여러분의 이해심에 대해…… 결석이란…… 잘 아시다시피…… 요즘 같은 세상에는…… 통계적으로 나와 있지만…… 우리들에게…… 큰 손실이 되는…… 교육계획서에…… 그러니까 결국……"

무슨 놈의 교육계획, 똥이나 먹어라. 교감 푸아리에의 머릿속에선 이런 생각이 쩌렁쩌렁 울리고 있었다. 이 등신 같은 교장은 무슨 말을 늘어놓든 죄다 믿기 때문에 이놈의 학교 돌아가는 꼴이 갈수록 말이 아닌 거야! 아무리 그래도 나한테는 안 통해! 학부형들 손에나 놀아나자고 내가 죽어라 교직 연수를 받으며 그 고생을 한 줄 알아! 학생 학부모 관리에 대해 제대로 알고 있는 사람이 있다면 그건 바로 나 푸아리에지 랑발이 아니야. 저 뚱보 영감이야 걱정할 게 없겠지(뚱보영감이란 푸아리에가 랑발에게 붙인 별명이다). 올해 말이면 은퇴할 테니까. 하지만 나는 그게 아니라고. 문교부에서 내 뒤를 밀어주는 사람이 예정대로 일만 착착 진행시켜준다면 차기 교장 자리는 내 거라구. 그런 내가, 층층마다 학생들 자리가 텅 비어 있는, 엉망이 된 학교를 물려받을 수는 없는 일 아니겠어. 살다 보면 매섭게 보여야 하는 순간이 있게 마련이야. 내 생각에는 지금이 바로 그때야.

푸아리에는 자신의 이러한 생각을 짧지만 단호한 어조로 요약했다.

"당신네들이 엉터리로 꾸며댄 얘기는 하나도 안 믿습니다. 내 얘기는 아주 간단해요. 크래스탱 선생을 포함한 학생 전원이 내일 아침 여덟시까지 출석을 하는 겁니다. 그러지 않으면 짭새들한테 확 불어버릴 거요."

"짭새들?"

카데 씨가 물었다.

"경찰 말입니다."

푸아리에가 알아듣게 고쳐 말했다.

"뭐, 경찰?"

그 순간 전혀 예상치 못한 일이 벌어졌다. 카데 씨가 분통을 터뜨린 것이다.

"내가 바로 경찰이야! 지금 내가 입고 있는 건 도대체 뭔데! 이건 뭐 인형 옷인 줄 알아? 교감이라는 작자가 경찰복도 알아보지 못하는 거야? 내가 바로 경찰이란 말야! 짭새가 어쩌고 어째! 그건 시민의 공복(公僕)에 대한 공공연한 모욕이야! 학부형을 우습게 여기는 것도 참기 힘든데, 감히 정복을 입고 온 학부형한테 이렇게 굴다니 도저히 참을 수가 없어! 당장이라도 당신을 체포하고 싶군! 어디 경찰차 타고 경찰서까지 가서 설명 좀 해볼 테야, 이 썩을놈의 인간! 학부형한테 이렇게 말하니 애들한테는 오죽할까! 그러잖아도 내 아들 누르딘이 엄청 불평을 하더군. 프리츠키 씨 아들도, 또 라포르그 씨 아들도! 이거 정말 내버려두면 안 되겠어! 그래, 당신은 그 들쥐 같은 낯짝을 해가지고 그렇게 하는 게 학생들의 그러니까…… 학생들의 출석 불량에 직접적인 요인이 될 거라는 걸 한 번이라도 생각해봤어? 솔직히 말해서 랑발 교장, 만약 당신이 어린애라면 매일 아침 저 따위 소리나 듣자고 잠자리에서 일어나고 싶겠냔 말이요. 저 망할 놈의 종자가 온갖 욕이란 욕은 다 갖다붙이면서 우리한테 뭐라고 말하는지 좀 봐요!"

"학부형을 존중하는 마음이라곤 눈곱만치도 없네!"

라포르그 부인이 덧붙였다.

"슈목 같은 놈이 골렘처럼 보이고 싶은 거지."

프리츠키 씨도 한마디 거들었다.

"내가 제대로 이해한 거라면, 지금 저 사람이 우리 누르딘을 살인범으로 의심하는 거잖아?"

사막의 공주가 이를 부득부득 갈면서 말했다. 뭔가를 할퀼 기세로, 손톱이 쑥쑥 자라는 소리가 들릴 정도였다.

"우리가 저 인간을 해치우면 어때요? 지금 여기서 말예요. 우리끼리 있으니까 아무 흔적도 안 남기고 해치울 수 있잖아요? 좋은 방법 같지 않아요?"

갈색 머리 소년이 제안했다.

아이고! 교장 랑발이 혀를 찼다. 그토록 두려워하던 사태가 벌어진 거야. 더군다나 정복을 입은 경찰까지 있는 마당에! 내 은퇴를 한 달 남겨두고서 내가 우려했던 일이 벌어진 거라구.

교장 랑발은 좌중을 진정시키려는 듯 한 손을 들었다. 그때 전화벨이 울렸고, 높이 치켜든 그의 손은 곧장 수화기 쪽으로 내려갔다.

"여보세요?"

곧이어 "네에" "물론이지요" "그럼요, 그럼요, 잘 알아듣겠습니다" "그렇지 않아요, 천만에요"라고 하더니, "속히 쾌차하시기를 바랍니다"라는 소리를 몇 차례 진심을 다해서 반복하는 것을 끝으로 교장은 전화를 끊었다.

"크래스탱 선생님이군요. 뭐, 심각한 건 아니고…… 단지 우리에게 미리 연락을 할 수 없었을 뿐…… 목이 잠겨서…… 그렇지만 지금은 많이 나았답니다…… 이삼 일 후면 완전히 회복되겠다는군요."

이렇게 말한 후 랑발의 눈초리가, 왜 그런지 이유는 알 수 없지만, 교감 푸아리에를 향해 날아가 날카롭게 박혔다.

22

"죽사발이 된 그 꼬락서니라니! 이고르, 넌 진짜 재미있는 장면을 놓친 거야! 누르딘이 푸아리에한테 뭐라고 했는지 알아! 그 얼굴을 네가 봤어야 하는 건데! 우리가 작문 숙제를 꺼내놓았을 때 교장하고 교감이 짓던 그 표정은 또 어떻고! 임파선 얘기는 기가 막혔어! 진짜 멋있었어요, 욜란드, 임파선을 생각해낸 것 말예요! 게다가 그런 일은 충분히 일어날 수 있잖아. 가만히 있던 화산도 어느 날 불쑥 폭발하니까…… 과학적으로도 맞는 소리야, 안 그래? 안 그러면 또 어쩌겠어? 선생님, 선생님이 말씀하신 그 순서 그대로 정확히 일어났어요("알베르라고 불러주게나"). 하나도 틀리지 않고 선생님이 예상하신 대로 되었다니까요("존대말 쓰지 말고 편하게 말해"). 결석한 이유부터 작문 숙제, 누르딘의 운동복까지 정말 선생님이 예상했던 것과 똑같은 순서대로 묻더라구요. 그래서 저희들도 이미 짜놓은 대로 대답했죠! 에샹지스트 얘기만 빼놓고 말예요…… '그 나이 또래 사람들은 모두 에샹지스트거든요'라고 욜란드가 말했을 때…… 난 정말 하마터면 일이…… 그러니까 바로 그때 조제프가 손짓 발짓 다 섞어가며 '에샹지스트가 아니라 에샹제르예요!'라고 해서 위기를 넘겼으니 망정이지…… 솔직히 말해서, 이고르 넌 진짜 엄청난 장면을 놓친 거야! 선생님이 우리한테 대답을 반복해서 외우게 하신 거, 정말 잘하신 거예요("그냥 알베르라고 불러도 돼"), 아주 유익했다니까요! 푸아리에가 뭐라고 말했는지 다들 들으셨죠, 학부형한테 어떻게 말하는지! 아냐, 지금 내가 꿈을 꾸는 거야 뭐야! 이럴 수가 있어! 응! 애들이 그걸 어떻게 받아들이겠어? 푸아리에가 우리한테 말하듯이 애들한테 말하는데 아무도 뭐라고 하지 않고 내버려둔단 말야? 어릿광대 같은 놈! 이고르, 너도 그 소리를 들었어야 했어! 푸아리에가 운동복 어쩌고 할 때 누르던 자식이 어떻게 대답했는지 알아! '그 나이 때는 온갖 것을 다 바꾸잖습니까! 사탕, 부엌 살림살이, 말아 피우는 담배, 총이랑……'("야, 인마, 난 총이라고는 안 했어!") 계속 말하게 내버려두었다면 넌 총이라고 했을 거야, '총이랑 대포랑 핵폭탄, 사면발이, 그 나이 또래 학생들은 별의별 걸 다 바꾸잖습니까'라고…… 선생님은 정말 끝내주는 명장면을 놓치신 거예요("제발 부탁이니 알베르라고 불러줘"). 하지만 푸아리에가 했던 말은 다시 입에 담기도 싫어! 난 그때 정말 화가 났어. 여차하면 그대로 놈을 유치장으로 싣고 갈 생각이었어. 수갑 채워서 말야! 그만둬, 누르딘! 진짜라니까! 그 개새끼 하는 꼴이라니! 그 머저리 같은 놈은 우리들한테, 우리 학부형들한테 그런 식으로 말해도 된다고 믿는 거야! 그때 누르딘이 소리지르며 '내가 바로 경찰이야! 내가 바로 경찰이라구!' 그런 거야! 욜란드는 그래 맞아, 하며 고개를 끄덕거리며 '학부형을 존중하는 마음이라곤 눈곱만치도 없네' 그랬지! 조제프, 네가 뭐랬지? 슈목? 그리고 또 뭐랬더라? 뭐 고…… 골렘? 그게…… 그리고 에릭이 그 순간에 푸아리에 놈을 그 자리에서 해치워버리자고 그런 거야, 그 자리엔 아무 증인도 없었으니까, 그렇다니까, 이고르, 정말이야…… 욜란드, 욜란드는 진짜 멋있었어! 욜란드, 정말 잘하신 거예요!("나야 뭐, 내가 할 수 있는 만큼 했을 뿐인걸") 아녜요, 정말 멋졌어요! 선생님이 그 장면을 보셨어야 하는 건데("제발 부탁이니 알베르라고 불러줘! 내 진심이니 그냥 편안하게 부르라구!"). '육백 명의 학생들 모두 걸릴 수 있다구요! 원하신다면 따로 은밀히 만나도 좋구요!' 정말 다같이 임파선염에 걸릴 수도 있는 거야! 또 누르딘이 한 얘기에 푸아리에가 짓던 그 표정은 정말이지……"

조제프와 누르딘은 엎치락뒤치락하며 정신없이 떠들었다.

전투를 마치고 돌아온 그들은 자신들의 승리를 이렇게 자축했다. 흥분과 기쁨에 들뜬 이야기 파티는 점점 무르익어 밤새도록 이어질 판이었다. 아이들, 그러니까 포프, 무운, 타티아나뿐만 아니라 이스마엘까지도 그들의 흥분에 전염이라도 된 듯 마치 춤추는 벼룩처럼 그들을 둘러싸고 팔짝팔짝 뛰면서 "앵콜! 앵콜!" 소리를 외쳐대는 통에, 이야기는 매번 처음부터 다시 시작되어, 누르딘 버전, 조제프 버전, 에릭 버전, 욜란드 버전으로 반복되었다. 그 사이로 간간이 이런 밀담이 들려왔다.

(방백)

라쉬다: 아빠, 누르딘은 어디에 있어요?

누르딘: 라쉬다, 너 나를 믿을 수 있지?

라쉬다: 물론이에요, 아빠.

누르딘: 그럼 말할게. 난 아빠가 아냐. 난 누르딘이야. 지금 저기 서 있는 토실토실하게 살진 애가 바로 우리 아빠고. 파스텔을 들고 타티아나에게 완전히 넋을 빼고 있는 저 꼬마 말야.

(방백 끝)

"푸아리에가 뭐라고 했는지 또 얘기해줘."

포프가 말했다.

"아주 쌍스러운 욕이었어!"

무운이 물었다.

"어떻게 쌍스러운데?"

"어마어마하게, 상상도 할 수 없을 만큼!"

타티아나,

"어떻게 상상도 할 수 없을 만큼?"

(다시 방백)

라쉬다 : 그럼 지금 그 경찰복 입고 뭐 하는 거야?

누르딘 : 이건 에릭 옷이야. 에릭이 어른이었을 때 경찰이었거든. 여기 사진을 봐.

(경찰 신분증에 달린 에릭 사진을 보고 라쉬다는 미소를 지었다.)

누르딘 : 에릭은 꽤 괜찮은 놈이야. 우리랑 같은 종족이나 마찬가지지.

(라쉬다는 에릭을 향해 미소지었다.)

누르딘 : 에릭은 여자들을 바보 취급하는 거 싫어해.

(에릭이 라쉬다를 향해 웃어 보였다. 둘의 시선이 마주쳤다. 일이 제대로 풀린다면 밝은 미래가 펼쳐질 터였다.)

누르딘:앞으로는 부엌 살림살이에 좀더 신경을 써야 할 거야.

(방백 끝)

세 남자의 관심은 성공적으로 끝난 면담 이야기로 다시 돌아왔
다. 자기들이 잘난 척하는 푸아리에가 입도 뻥끗 못 하게끔 완전
히 기를 죽여놓은 최초의 학부형이라는 확신과 함께. 그놈 이제
부턴 조심할 거야, 학생들한테도, 학부모들한테도 말야. 내가 장
담해. 요컨대 그들은 어른이 되었다는 사실이 이젠 조금도 불만
스럽지 않았다. 그들은 진짜 어른이라도 된 양 거들먹거리면서,
어른이 된 이틀 동안에 처음으로, 어떻게 하면 다시 아이로 돌아
갈 수 있을까 하는 걱정을 하지 않았다. 어쨌든, 누르딘과 조제프
는 그랬다. 솔직히 어른으로 산다는 게 생각했던 것만큼 복잡하
지는 않았던 거다. 수년에 걸친 학창 시절로 되돌아간다 해도 크
게 득이 될 것 같지 않았던 것이다. 더군다나 아이가 된 부모들
또한 어른이었을 때보다 훨씬 더 활짝 피어난, 행복한 표정을 짓
고 있지 않은가. 모든 사람들이 마침내 만족을 찾았는데 무엇 때
문에 구태여 예전으로 돌아가겠는가? 좋아서 어쩔 줄 모르고 뛰
어다니는 포프와 무운을 보라. 타티아나의 깜찍한 미소와 이스마
엘의 얼굴에 떠오른 환한 웃음, 사랑에 푹 빠진 둘을 보라. 둘은
인생의 출발점에 함께 서 있었다. 타티아나가 평소에 그렇게 바

라고 바라던 사랑의 창세기였다…… 그랬다, 제자리로 돌아갈 필요가 전혀 없었다. 진정 지금 이대로의 가족이면 되었다. 아무 근심 걱정 없이 어른들 얘기에 귀를 쫑긋 세운 이 아이들을 보라. 더군다나 이 아이들을 길러줄 엄마 욜란드도 있지 않은가. 이걸 바꿀 수는 없는 일이다. 게다가 이해심 풍부한 '여자들의 거리' 까지 계산에 넣는다면, 마침내 그들 몸 속에 들끓게 될 야수들한 테 굴레를 풀어주면서 성적인 문제까지도 해결되는 셈 아니냐 이 말이다. 이런 생각, 이런 욕망, 이런 소망, 이런 갈망이 좀더 일찍 찾아오지 않은 게 오히려 이상할 정도였다. 학교에서 거둔 승리, 그 달콤한 도취가 그들 자신을 진짜 사내라고 느끼게 해준 터였 다. 누르딘은 아녜스를 떠올렸다. 그녀를 안데르센으로부터 해방 시킨 다음…… 그 다음엔 어떻게 할까를 고려했다…… 아! 고려 하다란 말은 얼마나 멋진 단어인가!…… 얼마나 희망찬 동사냔 말이다!…… 사실을 말하건대, 모든 걸 제자리에 돌려놓아야 할 하등의 이유가 없었다.

"푸아리에가 한 욕이 어떻길래 상상할 수 없는데?"

"어른들이 애들한테 하지 말라는 말만 했어."

"임파선 얘기 또 해줘, 욜란드 아줌마!"

"작문 숙제 얘기도, 조제프!"

"난 운동복 얘기 듣고 싶어, 누르딘!"

"경찰 얘기도 해줘! 경찰 얘기 말야!"

그때 전화벨이 때맞춰 울린 거야. 선생님 전화 말예요("프리츠키, 내 진심으로 말하지만 알베르라고 불러주게. 그렇게 깍듯이 높이지 않아도 돼"). 계산이라도 한 것처럼 칼같이 정확하게 울린 거야! 마치 전쟁터에서 초를 재서 폭탄 버튼을 누르는 것처럼 말야! 특공작전처럼! 꼭 영화에서처럼! 진짜예요, 선생님 그때 아주 멋있었어요("알베르, 알베르라고 불러달라니까. 이건 정말 중요한 거야, 카데")! 객관적으로 말해서, 우리의 승리를 결정적으로 마무리한 건 그 아슬아슬한 순간에 울린 크래스탱 선생님의 전화였어. 죽은 줄만 알았던 사람이 전화를 한 거지, 암살된 사람이 말을 한 거야, 시체가 부활한 거라구! 그것도 놈이 우리가 범인이라고 심증을 굳히던 절정의 순간에 말야! 바로 그 순간이었어요, 선생님. 진짜 일 초도 틀리지 않았다구요("부탁했잖나, 제발 알베르라고 부르란 말이야⋯⋯")! 칼 같은 순간이었다니까요. 푸아리에의 머릿속에서 우리를 향한 의혹이 굳어지던 바로 그 순간, 띠리리링! 전화가 울리고, 크래스탱 선생님이 말을 한 거야! 그거야말로 케이크 위에 살짝 놓은 체리이자 피날레였던 거지!

그들은 푸아리에에게 날아가 꽂히던 랑발의 눈초리를 떠올렸다. 일그러지던 푸아리에의 낯짝을 묘사하면서 그들의 환희는 절정에 이르렀다. 이야기의 정점에 다다르면 그들은 곧바로 이야기를 거꾸로 되짚어내려왔다. 머리를 골똘하게 숙인 채 아이들은 다시금 그들을 승리감에 도취하게 할 작은 항목을 찾아내서 이미 한 이야기를 반복하면서 통쾌함을 다시 한번 만끽하는 것이었다. 다 선생님 덕분이에요……

그때 누군가가 비명을 질러대면서 파티는 끝이 났다.

길다란 비명 소리는 분위기를 갈기갈기 찢어놓았다.

옷을 북북 찢어대는 듯한 소리였다.

위에서 아래까지 쭉쭉 찢겨져나간 옷 틈새로 드러난 벌거벗은 육신, 그 살가죽이 마치 산 채로 벗겨지는 듯한, 벗겨진 살갗이 불길에 휩쓸리기라도 하는 듯한 소름끼치는 끔찍한 비명이었다.

그것은 크래스탱의 절규였다.

"도대체 내 말은 안 들리는 겁니까?"

절망적인 목소리였다.

"여러분은 내 말이라고 하는 것엔 절대로 귀를 기울이지 않는군요?"

이제는 그 누구 하나를 지목해서 말할 수도 없는 터라, 그는 모두를 향해 울부짖고 있었다.

"두 시간 전부터 나는 여러분한테 나를 알베르라고 불러달라고 했어요! 격식 차린 존대말도 하지 말아달라고 했고요!"

지하철이 승객 전원을 상대로 빽 소리를 내며 울려대는 것처럼 화를 못 이기겠다는 듯한 무시무시한 음성이었다.

"내 이름이 그렇게 이상한가요?"

당연히 지옥철이어야 할 시간에 텅 비어버린 지하철처럼, 쥐 죽은 듯 고요한 이 침묵이라니, 도저히 믿기 어려운 일이었다.

"알베르는 존재하지 않는 건가요?"

오늘 하루 무슨 일이 일었나…… 신문 들썩이는 소리만 들릴 뿐 지하철 안은 잠잠하기만 했다.

"내가 무슨 일을 하든?"

지하철이 전속력으로 달릴 때 객차는 그저 양쪽으로 덜컹거릴 뿐이다……

"내가 어떤 짓을 하더라도?"

승객들은 명상이라도 하듯 신발만 가만히 내려다보고 있었다……

"벌써 삼십 년째 여러분한테 말하고 있어요!"

아니면 손등을 바라보거나……

"나를 바라봐줄 눈길 하나를 기다리고 있다고요!"

객차 안에는 절대 침묵이 감돌고 있었다…… 어디가 불편하기라도 한 듯 바퀴가 덜컹거렸다…… 사태가 이 정도 되면 성난 사람의 화만 더 돋우는 셈이다.

"여러분이 부러워서가 아니에요. 여러분들 사이에 끼고 싶어서도 아니에요. 내 말을 제대로 이해하도록. 어린 시절이라고 하는 그 거지 같은 게 그리워서도 아니에요! 자기들만의 공동체를 이루며 패거리로 몰려다니면서 느끼는 만족감이나, 무조건 즐기고 보겠다는 도저히 채워지지 않는 갈증, 타인에게는 냉담하기 짝이 없는 행복감, 단세포적인 충만감, 미쳐 날뛰는 에고이즘과 패거리가 시키는 일이라면 맹목적으로 따르는 복종심이 한데 뒤섞인, 그 추잡한 정신상태를 내가 부러워하는 줄 알아요!…… 그게 아니에요. 난 단 한 번만이라도 어린 시절을 '맛보고' 싶은 것뿐이에요. 누군가 내게 손을 내밀어 단 한 번만이라도 나를 냉철한 의식의 사막에서 벗어나게 해주었으면, 내 인생에 단 한 번이라도 좋으니 머리로 '아는' 게 아니라 가슴으로 '느껴' 보았으면 하는 거라구요! 그 빌어먹을 어린 시절을 꼭 한 번만! 다 줄 수 있어요, 내 말 듣고 있는 거지요, 여러분의 어린 시절을 단 일 초라도 내 것으로 만들 수만 있다면 뭐든지 줄 수 있다구요! 그 어리석기 짝이 없는 기쁨을 '느낄' 수만 있다면! 그토록 충만한 무지를! 슬픔도 제대로 모르는 저 무딘 감성을 내가 맛볼 수만 있다면! 쉽게 열정에 빠졌다가도 그 순간만 지나면 이내 후회하고, 지난 일은 아무렇지도 않게 잊어버리고 금세 상처가 아무는 저 단순함! 진지한 동기란 애초부터 없는, 소름끼칠 정도로 아무 생각 없는 행동들! 현재에만 푹 빠져 있는 완벽한 현실도취! 게눈 감추

듯 꿀떡 삼켜버린 양심! 단 한 순간이라도 아이처럼 바보 같아질
수 있다면 난 내가 가진 모든 걸 죄다 내놓을 수 있다구요! 그 천
진한 어리석음을 누려볼 수만 있다면! 딱 한 번이라도 태초의 바
보짓을 저질러봄으로써 내가 어떤 짐을 벗어놓았고, 어떤 상태에
서 빠져나왔으며, 내 의식이 정복한 것은 무엇이었는지를 느끼면
서 어른이 된 내 모습으로 되돌아갈 수만 있다면! 어른으로 커가
는 내 모습을 즐겁게 바라보며, 내가 어떻게 해서 어른이 되었는
지를 하나하나 다 알 수만 있다면! 어린 시절의 추억이란 얼마나
감미로운 것일까! 그 어린 시절을 무사히 치러냈다는 확신이란
또 얼마나 유쾌한 것일까! 자신이 어디서 오는지 제대로 알고 있
을 때만이 현재의 제 모습으로 살아갈 수 있는 거예요! 자신이 예
전에 저질렀던 모든 바보 짓거리를 다 알고 있을 때에만 말이지
요! 어린 시절이라는 그 강렬한 향취를 결코 맡아보지 못한 자의
괴로움이란! 어린 시절 없이는, 살아도 사는 게 아니지요! 여러분
이 그걸 안다면…… 내 삶이 얼마나 불행한지 여러분이 안다
면…… 그래, 나를 알베르라고 불러달라는 게, 존대말을 하지 말
아달라는 게, 나를 지금 내 모습 또래의 아이처럼 대해달라는 게
그렇게 지나친 부탁이었나요? 알베르! 알베르라는 이름이 그렇
게 발음하기 힘든 이름인가요? 내가 여러분을 위해 그 모든 일을
했는데도? 내가 어떻게 해야 여러분이 나를 성이 아닌 이름으로

342

불러줄까요? 난 지금 조그마한 아이예요, 그럼 알베르라고 불러
줄 수도 있지 않겠어요! 나를 편하게 불러주는 게 그렇게 힘이 들
어요? 내가 말할 때는 내 얼굴을 똑바로 보세요! 이만하면 어려질
만큼 어려진 것 아닌가요? 내가 꼭 울어야겠어요? 내가 기어이
울기를 바라는 거예요?"

23

그리고 크래스탱은 울기 시작했다. 올리브 열매처럼 눈물 방울
이 뚝뚝 떨어졌다. 그러나 그것은 아무도 감동시키지 않는 기이
한 눈물이었다. 니트로글리세린 방울처럼 발등에 떨어져 폭발한
다고 해도 주변 사람 그 누구도 눈 하나 깜짝하지 않을 눈물이었
다. 분명, 크래스탱의 주위에 있던 사람들도 서로의 간격을 좁히
며 몸을 사리고 있었다. 세 쌍둥이처럼 똘똘 뭉친 이고르, 누르
딘, 조제프는 서로의 온기를 더듬으며 몸을 밀착시켰고, 타티아
나는 이스마엘의 품에, 포프는 무운의 품에 안겼다. 네 아이는 몸
을 바들바들 떨면서 욜란드의 치맛자락을 움켜잡고 있었다. 당장
이라도 울음을 터뜨릴 것 같은 아이들은 두려움('쟤 왜 저렇게 소
리치는 거야?'), 뭔가 부당한 일을 당했다는 억울함('왜 우리한

테 소리지르는데?'), 분한 마음('그만 해!')이 뒤죽박죽된 기분으로 입을 비죽거렸다. 반면에, 치맛자락에 매달린 아이들의 포로가 된 욜란드는 알베르한테 한 발짝도 다가갈 수가 없었다. 라쉬다의 무릎 위에 기대어 있던 에릭은, 저 조그만 애늙은이한테 뭔가 부족하긴 부족한 것 같은데 그게 과연 뭘까, 하고 곰곰 생각하던 참이었다. 크래스탱의 절망 어린 눈물을 보자 아연해진 세 사내는 학교 간부들과의 면담에서 얻은 터무니없는 승리감이 하찮게 느껴지면서 즐거움이 차갑게 식어버리는 기분이었다. 그들은 도대체 이해조차 할 수 없는 이 상황에 질겁했다. 하느님 맙소사! 이놈의 악몽은 언제나 끝나는 거야! 이젠 정말 그만! 제발 그만 울어! 그들로서는 그를 어떻게 위로해야 할지 알 수 없었다. 극에 달한 한 인간의 고통 앞에서 그들은 목구멍이 바짝바짝 타들어가는 느낌이었지만, 어떤 위로의 말을 어떻게 꺼내야 할지 도무지 막막하기만 했다. 마치 유리창 너머로 물에 빠져 죽어가는 사람을 바라보면서도 구하지 못하는 사람처럼, 유리창을 깨기만 하면 되는데도 그러지 못하는 사람처럼 말이다…… 왜 그렇게 못 하는 것일까? 그게 우리들 잘못일까, 이렇게 익사 장면이 생중계로 전개되는 것이? 아냐, 이건 우리 잘못이 아니야. 일이 이렇게 된 것하고 우리는 아무 상관도 없어. 아빠, 이건 정말 최악이야. 아빠, 아빠도 보고 있어……?

*

　그랬다. 이고르는 이런 절망감을 견디지 못해 페르 라 셰즈 묘지로 달려온 것이었다. 녀석이 나를 보러 올 때 그렇게 빨리 달린 적도 그렇게 경중경중 묘지들을 뛰어넘은 적도 없었다. 녀석이 나한테 다가와 평소처럼 "아빠 거기 있어?"라고 물었을 때 나는 폭발 직전인 녀석의 기분에 제동을 걸기 위해 얼른 이렇게 대답했다.

　"조건이 하나 있어."

　성공적인 대답이었다. 이고르가 전혀 예상하지 못한 대답이었으니까.

　"조건? 무슨 조건?"

　"지금 내 모습이 어떤지 네가 지금 당장 이야기해준다는 조건."

　"뭐라고?"

　"이고르, 맨 처음에 넌 내가 파자마 입고 있는 걸 봤다고 했지. 두번째 모습은 일곱 살 먹은 어린애였다고 그랬고…… 내 처지가 처지인 만큼 난 더이상 가슴 철렁한 일은 당하고 싶지 않구나. 그런 충격요법도 이제 나에겐 아무런 효과가 없어. 이번에는 내가 어떻게 보이지? 분수에 세워놓은 오줌싸개 소년 동상처럼 보이니? 아니면 내 무덤 옆 어항 속의 빨간 금붕어 같아?"

"그만둬, 아빠. 지금은 그럴 때가 아니야. 지난번에 본 거랑 똑같아."

"일곱 살 먹은 어린애?"

"그래, 거기다 줄무늬 파자마 입은 채로. 아빠, 내 말 들어봐. 사태가 점점 더 심각해지고 있어. 모든 게 믿을 수 없을 정도로 난장판이 되어버렸다구!"

"그래? 내가 보기엔 모든 게 잘 진행되고 있는 것 같은데."

죽더니 머리가 어떻게 된 거 아냐, 하는 의심 어린 눈초리로 이고르가 나를 쳐다보았다. 나는 계속 말을 이었다.

"그렇다면, 너는 만족이라는 걸 모르는 녀석인가보구나? 예전에도 좋지는 않았는데 지금은 더 나쁘다 이거지. 그럼 도대체 네가 바라는 건 뭐지?"

무엇보다 녀석을 진정시켜야 했다. 녀석이 다른 생각을 할 수 있도록, 잠시라도 조용히 호흡을 가다듬며 제정신을 찾도록 해주어야 했다. 나는 마치 아무 일도 없었던 것처럼 계속 말했다.

"아니야. 나는 오히려 일이 잘되어가고 있다고 생각한다. 어쨌든 타티아나만 보면……"

나는 잠시 말을 멈추었다. 무거운 침묵이 우리를 짓누르는 것 같았다. 나는 갈팡질팡하는 어투로 다시 말을 이었다.

"참 괜찮은 사람이지, 이스마엘 말이다……"

돌아가는 사태에 겁이 나서 달려왔던 이고르는 점차 난처해하기 시작했다. 하지만 난 조금도 거리낌없이 화제를 이어나갔다.

"나한테야 썩 즐거운 일은 아니다만, 중요한 건 이스마엘이 타티아나 마음에 든다는 사실이야."

그제서야 이고르가 말문을 열었다.

"아빠…… 그게 아빠가 원했던 거잖아, 아냐?"

난 가능한 한 길게 한숨을 내쉬었다.

"넌 내가 지금 뭐든 원하기만 하면 다 되는 상태에 있는 것처럼 얘기하는구나……"

마치 어린아이에게 하듯 이고르가 내게 몸을 숙여 말했다.

"아빠, 그걸 원했던 게 바로 아빠였어. 기억해봐…… 아빠는 엄마가 아빠를 잊기 위해 이 남자 저 남자 만나고 다니는 걸 지겨워했잖아. 엄마가 누군가 만나기를 원했다구. 내가 엄마한테 좋은 사람을 선택할 수 방법을 일러주어야 한다고 그랬어. 아빠는 정확히 이렇게 말했어. '사람을 그냥 한번 만나보는 것보다 먼저 선택해야 한다'고 말야."

"넌 엄마를 뉴욕으로 데려가려고 했잖아. 뉴욕에 간 타티아나라…… 그랬다면 뉴욕 시가 무슨 난리를 겪었을지 어떻게 알아……"

"뉴욕, 아니면……"

"뉴욕 아니면 이스마엘이냐?"

이고르가 입을 다물었다. 나 또한 아무 말도 하지 않았다. 우리는 침묵했다. 이고르는 아주 차분해져 있었다. 몹시 난처할 텐데도 침착했다. 문제의 본질을 제대로 파악하고 있었고, 이야기의 초점도 놓치지 않고 있었다. 나는 이렇게 결론을 내렸다.

"이스마엘이야, 이고르. 나 같으면 이스마엘을 택하겠다."

저 멀리 몽파르나스와 에펠 탑 사이로, 해가 저물고 있었다. 이 이야기 속에서 두번째로 지는 태양이었다. 황혼녘의 태양이 이스마엘의 파스텔 색깔을 닮아가면 갈수록 이스마엘을 선택하겠다는 내 판단도 차츰 굳어졌다. 저녁놀은 점점 더 아름다운 빛을 띠었다……

"날 믿어, 이고르. 넌 일을 성공적으로 해낸 거야. 타티아나에게는 미국보다 이스마엘이 훨씬 낫단다. 그러니까 둘이 잘될 수 있도록, 어른들처럼 같은 지붕 아래 같은 침대에서 오래도록 함께 살 수 있게끔 네가 도와줘야 해."

"어른들처럼?"

"당연하지. 여섯 살밖에 안 먹은 애들이 저희들 혼자서 살림을 차릴 수는 없잖아! 사람들이 어떻게 생각하겠어……"

"하지만 아빠, 내가 어떻게……"

"이고르, 이고르…… 단번에 스무 살을 더 먹고도 생각이 그렇게 안 돌아가? 네가 지금 뭔데? 이 사태를 제자리로 돌려놓지도 못하는 덩치 큰 얼간이라고 생각하는 거야? 네가? 상상력이 그렇게 풍부한 녀석이? 술에 취해봤다고, 창녀들한테 가봤다고, 조제프하고 신나게 한바탕 싸움질을 해봤다고 해서, 네가 인생을 다 살았다고 생각하는 거야? 모든 걸 다 해봤다고 생각하는 거냐구."

"……"

"바로 네 눈앞에 해결책이 있잖아! 오늘 아침부터 내내 네 앞에 있었어! 무슨 말인지 아직도 몰라? 보라색 잉크로 얼룩진 작은 양복을 입고 반창고로 친친 감아맨 안경을 쓴, 백이십 센티미터짜리 해결책이 네 눈앞에 있잖아. 창백한 얼굴로 오래 전부터 구원의 손길을 기다리며 울부짖던 사람의 목소리도 못 들었어? 그가 바로 문제의 열쇠를 쥐고 있어. 진정으로 상상하고 싶어도 머리통이 따라주지 않고, 글을 쓰고 싶어도 손가락이 따라주지 않는 사람, 이래도 모르겠어!"

"크래스탱?"

"그 사람 말고 또 누가 있는데? 그 작문 숙제를 내준 사람이 크래스탱이니까, 그 주제로 작문을 해야 할 사람도 바로 크래스탱인 거야, 내 말 알아듣겠어? 평생토록 그는 자기가 직접 다루고 싶었던 주제만 학생들에게 숙제로 내주었던 거야. 그가 하는 말 못 들었어? 욜란드가 하는 말 못 들었어?"

"하지만 그 숙제라면 크래스탱이 벌써 했는걸!"

"그건 망친 거야, 이고르! 다시 써야 해! 그게 망친 숙제라는 거 너 몰라? 그 결과가 어떻다는 걸 네 눈앞에서 뻔히 보고 있으면서도? 비참한 결과 아니니! 죽은 사람보다 더 불행하잖아! 크래스탱은 도서관에서 글짓기를 한 게 아냐. 책들을 보고 베낀 것뿐이라구!"

여기서 나는 몇 초간 입을 다물었다. 이고르 머리 위쪽으로 시선을 옮겨, 나는 하늘을 활공하듯, 헤아릴 수 없이 많은 파리 시민들을 내려다보았다…… 내가 살아 있을 때 스쳐 지났던 크래스탱 같은 인간들이 모조리 시야에 들어왔다…… 나를 이 지경으로 만든 그 외과의사놈도 그들 중 하나였다. 내 눈높이가 이렇게까지 높아진 것도 다 그놈 탓이다.

마침내 나는 다시 입을 열었다. 이고르를 위해서라기보다는 눈에 보이지 않는 연극에서 대사를 외우듯 말한 것이었다.

"그리고 과연 그 작문 숙제를 망친 사람이 크래스탱 혼자뿐일까! 그런 주제로 글을 쓰려다 실패한 사람이 크래스탱 딱 한 사람뿐일까! 천만에. 세상엔 그런 사람들이 셀 수 없이 많단다. 어린 시절을 거세당한 채, 너무 일찌감치 야심이라는 열차만 쫓아다니는 사람들 말야. 자궁 속에서 애초에 프로그래밍되어, 태어나면서부터 실용적인 것만 찾고, 요람에 있을 때부터 이미 프로페셔널이 되어버린 바로 그런 사람들이 정부의 우두머리, 대기업 사장, 거창한 연구소 소장, 국제은행 은행장, 통화기금 총재, 추상적 개념을 팔아 먹고사는 매스컴 인텔리들, '인적 자원을 경영'한다는 자들이 되는 거란다. '감정이라고는 없는' 사람들, 또 그게 자랑인 줄 아는 사람들이지! 내게 수혈을 했던 외과의사만 해도 바로 그런 사람이었어. 그가 아니었다면 나는 지금 내가 무슨 얘기를 하고 있는 건지도 몰랐을 거다! 그 또한 어린 시절을 거세당한 사람이야! 외과용 시험관 안에서 만들어진 차가운 고깃덩어리인데다 기막힌 사회적 동물이지! 인생을 사는 게 아니라 정해진 운명의 길을 걷겠다는 놈이야! 글짓기는 빵점이지만 논술 실력은 탁월한 놈이라고! 그런 사람들을 위한 학교가 따로 있다는 건 아마 상상도 못 했을 테지! 난 그런 사람들을 잘 안단다. 평생 그런 작자들만 그려왔으니까! 크래스탱을 그리는 일부터 시작해서 평생 단 한 번도 그 일을 멈추어본 적이 없다. 그런 사람들의 크로키를 그리기란 쉬운 일이지. 겉모양이 그들 존재의 전부니까. 그들한테는 그들의 야심이 무엇인지를 말해주는 프로필이 있고, 그들이 해야 할 역할에 딱 맞는 모양새가 갖춰져 있으니, 우리 같은 풍자만화가들이 그들을 묘사하는 건 식은 죽 먹기란다. 그런 남자들과 여자들은 자기들이 원하는 게 무엇인지만 알 뿐이야! 표정이라고는 하나도 없는 얼굴을 하고서 말이지! 그중에서 머리가 좀 좋다 싶은 놈들은 죄다 위선자들인데, 우리 같은 만화가들이 가장 즐기는 게 그들의 감춰진 속마음을 그리는 일이란다. 하지만 그들의 캐리커처에는 감정이라는 게 개입할 여지가 전혀 없단다. 내가 만화 그리는 일을 그만두었더라면 아마 이스마엘 같은 화가가 되었거나 아니면 사진작가가 되었을 거다. 어쩌면 그래서 내가 아침마다 그림을 신문사에 보내기 전에 엉덩이를 긁적였나보다. 자로 잰 듯 정확한 게 아닌 어떤 근사치, 맛볼 수 있고 냄새 맡을 수 있는 살아 있는 것, 인간적인 것을 다시 되찾기 위해서……"

"……"

(세상에, 내가 흥분까지 하고 있잖아! 내 처지로 볼 때 이건 정말 오만방자함의 극치야! 죽어도 타고난 버릇은 고칠 수 없는 것인가?) 나는 뿌루퉁한 얼굴로 입을 다물었다. 저기, 태양이 막 넘어가고 있었다. 얼마 남지 않은 석양빛이 파리 시가지를 온통 황금빛으로 물들였다.

마침내 이고르가 말했다.

"아빠, 그게 아니야. 크래스탱은 아빠가 말하는 그런 사람이 아니야. 그는 은행가도 아니고……"

이고르의 말에 난 더이상 참을 수가 없었다. 내 가슴속에 묻혀
있던 말들이 터져나왔다.

"왜냐하면 그는 실패했으니까. 감정이라는 걸 완전히 비워내
지 못했으니까. 그의 마음 한귀퉁이에 남아 있는 어린 시절의 찌
꺼기, 유년의 기억 한 조각이 악착같이 따라붙으니까! 크래스탱
같은 사람들은 셀 수도 없이 많다. 사실 대부분의 사람들이 그래.
어린애한테서 감정이라는 것을 깡그리 비워낸다는 건 쉬운 일이
아니거든. 그리고 얼마간 남아 있는 인간적인 감정 때문에 그들
은 이 세상에서 가장 불행한 사람이 되는 거야! 이고르, 그를 잘
쳐다보렴, 네 크래스탱 선생 말야. 넌 그가 얼마나 숨막혀하는지
모르겠지. 그는 무엇인가를 직감적으로 느끼고 있는데도 아무도
그를 도와주는 사람이 없어! 그는 사람들이 자기를 알아주기를
갈망하고 있어! 그는 지금 어항에서 뛰쳐나오려고 안간힘을 쓰고
있다구. 그런데 그래, 너희들은 그가 물 밖으로 나온 물고기처럼
죽어가게 내버려둘 셈이냐? 도대체 너희들한테도 감정이라는 게
있기는 한 거야? 크래스탱은 다시 어려졌다, 이고르. 그에게 새
로운 기회가 온 거야. 그가 다시 어린 시절을 살 수 있도록 기회
를 주어야 해!"

"작문 숙제를 하게 해서?"

"물론이지! 이번에야말로, 어린 시절이라는 걸 배가 터지도록 맛보게 해주는 거야! 배탈이 날 만큼 배불리 먹이고 결단을 내버리는 거지! 꾸역꾸역 먹이라고! 내 생각에는 그를 도와주기 딱 좋은 입장에 있는 사람들이 바로 너희들인 것 같구나, 바로 오늘 말야! 오늘이 아니면 다 도로아미타불이 된다! 그리고 이고르 너, 좀더 인간적이고 좀더 쾌활하고 좀더 개방적인 그런 선생님을 만나고 싶지 않니? 가끔은 미친 짓도 할 줄 아는 그런 선생님과 공부하고 싶지 않냐고. 크래스탱한테 작문 숙제를 시키는 거다! 가서 그를 도와줘, 어서……"

24

작문 주제:

어느 날 아침, 잠에서 깨어나보니 하룻밤 사이에 내가 어른으로 변해 있었다. 깜짝 놀라서 부모님 방으로 달려갔는데, 엄마 아빠는 아이들이 되어 있었다. 그 다음을 이야기하시오.

"그 다음을 이야기하라고 그랬다, 알베르!"

"손쉽게 해결하려고 하지 마!"

"이건 꿈도 아니고 외계인 시리즈도 아니고 요정 이야기도 아니야!"

"이건 현실이라구!"

내가 알베르를 도와주라고 했을 때 내가 생각한 도움이란, 그날 밤 알베르의 머리통 위로 비 오듯 쏟아진 알밤이 아니었다. 불쌍한 꼬마 알베르는 부엌 식탁에 앉아, 춤추듯 흔들거리는 전구 불빛 아래 흰 종이를 앞에 둔 채 무력감에 떨고 있었고, 세 사내는 알베르 뒤에 떡 버티고 서서, 교육적 자극의 필요성 어쩌고 하면서 아주 어른답게 행세하고 있었다.

이고르 : 뭐? '나는 못 해요?' 이게 도대체 무슨 소리야? (알밤)

누르딘 : 가정생활, 그게 그렇게 상상하기 힘든 거야? (알밤)

조제프 : 지금 이게 현실이 아닌 것 같다고? 현실이 아니면 우리가 무슨 겜보이 주인공인 줄 알아? (알밤)

누르딘 : (포프, 무운, 타티아나, 에릭, 이스마엘을 차례로 쭉 가리키며) 그럼 쟤들은, 쟤네들은 뭐고? 정원이나 장식하라고 갖다 둔 난쟁이 인형이야? (알밤)

이고르 : 조심해, 알베르. 안 그러면 진짜 화낼 거야……

누르딘 : 알베르, 알베르, 그래도 우리가 그 동안에 너한테서 배운 게 아무것도 없다고는 말 못 하겠지, 안 그래?

조제프 : 제대로 달려들어서 안 하면 단단히 혼날 줄 알아, 알베르……

크래스탱에게 손찌검이 날아갈 때마다 포프, 무운, 에릭, 이스마엘, 타티아나는 마치 자기들이 매를 맞는 것처럼 표정이 일그러지고 눈이 가늘어졌다. 딱, 딱, 부딪치는 소리가 그들의 머릿속에서 울리는 것만 같았다. 아이들은 지금 동료애라는 것을 배우고 있었다. 제일 먼저 자리를 박차고 일어난 아이는 타티아나였다. 타티아나는 이고르에게 달려들어 그를 부엌문 쪽으로 밀어붙이며 소리쳤다.

"애 좀 가만히 내버려둘 수 없어? 혼자서 충분히 글짓기할 수 있을 만큼 꼬맹이잖아!"

이스마엘이 타티아나를 따라 누르딘을 몰아냈다. 그리고 알베르에게 다가가더니 발끝으로 선 채 뭔가 중대한 정보를 알베르의 귓가에 쏟아놓았다. 마치 말하기 위해 평생 그 순간만을 기다려온 사람처럼 이스마엘은 쉬지도 않고 계속해서 말했다.

"지금 뭐라고 했어?"

알베르의 표정이 환해졌다. 귀를 쫑긋 세우면서 알베르는 종이 위에 볼펜으로 미친 듯이 써내려가기 시작했다.

"좀 천천히 말해! 천천히! 그래, 바로 그거야. 하지만 좀 천천히 말하라니까!"

이스마엘이 물러서자 이번에는 에릭이 알베르의 다른쪽 귀에 입을 가져갔다. 양쪽 귓가에서 속삭이는 소리를 듣던 알베르의 얼굴이 환한 빛을 발했다. 알베르가 에릭이 해주는 얘기를 빠른 속도로 적어내려가는 사이, 포프와 무운은 낑낑거리며 조제프와 누르딘을 부엌 밖으로 몰아내버렸다.

*

    그 다음 얘기는 문을 꼭꼭 걸어잠근 아이들끼리의 비공개 밀담 속에서 이어졌다. 그러므로 내가 해줄 수 있는 얘기란, 그 다음날 아침 2학년 2반 교실에서 크래스탱 선생이 자기가 만든 작문 숙제 모범답안을 소리내서 읽는 걸 듣고 아이들이 박장대소를 터뜨렸다는 사실뿐이다. 그것은 이틀 전에 크래스탱 선생이 누르딘 카데, 이고르 라포르그, 조제프 프리츠키에게 벌로 내준 작문 숙제였다. 그걸 하느라고 세 아이는 임파선염에 걸려 결석까지 했다. 크래스탱 선생이 본인이 교정한 작문 숙제를 수업시간에 읽어준 것은 이번이 처음이었다. 처음치고는 썩 괜찮은 편이었다. 성공적이라고 할 수 있을 정도였다. 크래스탱은 그것을 병가(病暇) 동안에 고쳤다고 했다. 소문에 따르면 목이 잠겼다고 했던 것 같은데, 증세가 그리 심각하지는 않았던 모양이다. 한 번도 목이 잠겼던 적이 없는 사람처럼, 목청을 다해서 작문 숙제를 읽은 걸 보면 말이다. 누르딘, 조제프, 이고르도 출석해 있었다. 크래스탱은 작문 숙제의 교정을 위해 기발한 아이디어를 찾아냈다. 그 주제를 가지고 작문을 하자마자 그게 바로 '진짜' 현실이 되어버린다는 아이디어였다. 상상하는 일이 현실 속에서 진짜로 일어나는 것이다! 누르딘, 조제프, 이고르는 덩치 큰 어른으로 변신하고 그들 부모들은 아이로 둔갑해버린다는 거다! 크래스탱 자신도 물론, 도서관 화장실에서 몸이 줄어들었다고 했다! 크래스탱이 작아진다니! 설마! 화장실 문을 열기 위해 변기 위로 기어올라갈 수밖에 없었다고 했다. 실제로 반 아이들은 크래스탱의 얘기에 열광하고 있었다. 진짜 기똥찬 얘기였다. 끝내주는 얘기였다! 메가톤 급으로 재미있는 얘기였다! 어른이 된 아이들, 누르딘, 이고르, 조제프는 뭘 어떻게 해야 할지 전혀 갈피를 못 잡고, 아이가 된 크래스탱 또한 타고난 재주라고는 정말 눈곱만치도 없는 둔재였지만, 그래도 그들 넷은 힘을 합쳐 어려운 고비를 잘도 넘겼다. 학교에 출두한 그들이 교감 푸아리에("복도에서 뛰는 것 아냐")와 교장 랑발 앞에서 세 학생이 결석한 이유를 둘러대는 장면만 봐도 알 수 있다……

삼십 년……

삼십 년 동안 크래스탱의 수업시간에 웃음소리가 들린 적은 단 한 번도 없었다.

교무실을 나온 랑발과 푸아리에가 아이들의 웃음소리에 흔들거리는 복도 유리창 아래로 와서 몸을 웅크린 것도 바로 그 때문이었다('왜 아이들은 학생이 되면 웃음소리가 더 요란해지는 걸까?' 푸아리에는 속으로 생각했다).

"크래스탱 선생이…… 아주 건강해졌군요……"

랑발이 말했다.

"이 반 때문에 이 층 전체가 수업을 제대로 못 하고 있습니다."

푸아리에가 불만스럽다는 듯 말했다.

"내버려두세요, 푸아리에 선생님. 그냥 내버려둬요, 뭐 그렇게……"

"게다가 저 옷차림 좀 보세요!"

푸아리에는 분개하며 크래스탱의 옷차림을 지적했다. 크래스탱은 새빨간 호주머니가 달린, 흰 줄무늬 연분홍빛 양복을 입고 있었고, 아랫단을 접은 통 넓은 바지는 작은 구멍이 숭숭 나 있는 형형색색의 구두 위로 길게 내려와 있었다.

"저 옷 입은 꼴 좀 보세요. 꼭……"

"아닙니다. 저 색깔 하며, 내 생각은 정반대로…… 아주…… 그러니까…… 좀……"

랑발은 즐겁다는 듯 손가락 끝으로 허공에다 소용돌이 모양을 그려 보였다.

*

여기까지가 이고르가 나에게 들려준, 오늘 아침에 있었던 이야기의 대략적인 줄거리다. 크래스탱은, 자기 말로도, 완전히 욜란드에게 "폭 빠졌다"고 했다. 크래스탱은 그녀가 골라준 옷으로 차려입은 자신의 차림새가 자랑스러운 듯했다. 팔짱을 낀 그들은 진정으로 행복해 보였다. 크래스탱의 구두가 삐걱삐걱 소리를 내는 것은, 욜란드 말에 따르면, "그를 시야에서 놓치지 않기 위해서"란다. 크래스탱이 읽어준 작문이 뻔한 해피엔딩으로 끝나버리자(에릭과 라쉬다의 결혼, 이스마엘과 타티아나의 재혼) 두세 학생은 야유를 보내며 불평을 늘어놓았다.

"선생님, 왜 그렇게 행복하게 끝나는 건데요?"

입을 비죽거리며 한 학생이 대담하게 묻자, 크래스탱이 대답했다.

"왜냐하면 네 인생은 나쁘게 끝날 거니까. 내 인생도 마찬가지고. 그걸 아는 것만으로도 충분하지. 뭐라고 덧붙일 필요도 없어."

*

이고르, 누르딘, 조제프는 그 작문 숙제에 대해 자기들끼리 딱 한 번, 그것도 빙 에둘러서 이야기했을 뿐이다. 몇 주 후에 찾아온 조제프의 열세번째 생일날이었다. 해마다 그랬던 것처럼 모든 사람들이 그 자리에 참석했다. 물론 나만 빼고. 달라진 점이 있다면 이스마엘과 라쉬다, 누르딘 그리고 에릭까지, 누르딘네 가족 전부가 함께 자리했다는 거였다. 모든 사람들이 한자리에 모인 셈이었다. 평소에도 손자 생일잔치에는 오지 않던 외할아버지 파피두 종슈빌 영감은 이번에도 역시 나타나지 않았다. 다만 다른 때 같으면 건강상의 이유를 핑계로 댔을 그가 이번에는 무슨 샴페인과 "여전히 분이 가시지 않는" 전화 한 통 때문에 도저히 그 자리에 올 기분이 아니라고 했다.

"내가 보낸 샴페인이 마음에 들지 않는다 이거지. 장인이 다니시는 성당에서 미사 볼 때 쓰시라고 보냈거든."

포프 프리츠키가 설명했다.

거짓말인 게 분명했지만, 조제프는 조금도 놀라지 않았다. 아빠 포프의 말을 들으며, 이 자연스러운 상황에 대해 잠시 생각에 빠졌을 뿐이다. 조제프는 테이블 주위에 둘러앉은 어른들을 한 사람씩 바라보았다(이스마엘은 식탁에서 좀 물러나 앉아 파스텔로 사람들을 그리고 있었다. 말할 것도 없이 타티아나가 그림의 한가운데에 자리잡고 있었다).

조제프가 이고르와 누르딘에게 물었다.

"얘들아, 어른들은 알고 있는 걸까? 아니면 아무런 일도 일어나지 않았던 것처럼 시침 떼고 있는 걸까?"

이고르:(단호한 어조로) 그들은 다 알고 있어. 하지만 절대로 고

백하는 일은 없을 거야.

조제프 : 어째서?

"왜냐하면 그들은 지금 이대로 행복하거든."

언젠가 이 말을 똑같이 한 적이 있는 것 같은 기이한 기분을 느끼며 누르딘이 대답했다.

세 소년의 맞은편에는 랍비 라종이 앉아 있었다. 정신을 딴 데 두고 있는 것처럼 보이지만, 사실 그는 아이들이 하는 말을 단 한마디도 놓치지 않고 있었다. 라종은 자기한테 어울리는 말을 했다.

"진정한 행복은 그 출처를 말하지 않는 거란다."

"왜요?"

말할 때면 상대방을 뚫어져라 바라보는 이고르가 물었다.

"하느님께서 질투하시지 말라고."

모든 질문에 대한 답을 알고 있는 현자 랍비의 대답이었다.

*

바로 여기까지가 이고르가 나한테 뒤죽박죽으로 해준 얘기의 전부다.

이고르와 나 사이에 잠시 침묵이 흘렀다.

이윽고 이고르가 이렇게 물었다.

"아빠지, 그렇지?"

"뭐가?"

"이 모든 게 다, 아빠가 그런 거지?"

"모든 거 뭐?"

"아빠……"

아니, 나는 이고르가 무슨 말을 하고 싶은 건지 정말 몰랐다. 그러자 녀석은 일의 전모를 하나하나 따지기 시작했다…… 일을 그런 식으로 추론하는 것은 녀석의 전문이었다.

"아빠, 내 가방 속에 아빠의 68세대식 그림을 집어넣은 사람은 바로 아빠였어. 아빠가 크래스탱의 머릿속에 그런 작문 주제를 집어넣은 거야. 그게 다, 엄마가 이스마엘을 만나 새출발하게 하려고 아빠가 꾸민 일이라구. 아니야? 아니면 어디 한번 아니라고 말해봐."

나는 하도 어이가 없어서 입을 벌린 채 멍하니 서 있었다. 아이들이란…… 아이들은 우리가 살아 있을 때는 뭐든 다 할 수 있는 존재라고 믿을 뿐만 아니라, 죽은 뒤에는 산 자들의 삶에 개입할 수 있는 능력도 있다고 생각하는 모양이다.

"……"

"……"

그래, 좋다. 그건 사실이다. 복수의 깃발을 들고 크래스탱을 쫓는 광란의 무리, 그건 이고르가 아니라 바로 내가 그린 것이다. 크래스탱을 모델로 한 나의 첫 그림이었다. 그렇다고 그것이 뭘 증명할 수 있겠는가?

"……"

"……"

좋아, 좋다구. 타티아나가 더 이상한 남자를 만날 수도 있었으니까…… 풍자만화나 죽어라고 그리는 사람 다음으로 이스마엘 같은 예술가를 만났다는 건 일종의 신분상승이다. 그럼 그 다음은?

"……"

"……"

이고르는 제 앞을 똑바로 바라보았다.

"아빠, 이제 아빠가 해야 할 일은 끝났으니까 난 더이상 아빠를 볼 수 없겠네, 그렇지?"

바로 그 시점에서 나는 모든 걸 정확하게 짚고 넘어가는 일이 시급하다고 생각했다.

"이고르, 난 너를 알아. 너 그러다간 유령이 있다고 믿고 말 거야."

그러자, 이고르가 아주 자연스럽게 웃으며 대답했다.

"그건 나한테 안 좋은 거잖아!"

그러고는 살짝 덧붙였다.

"아빠, 상상은 거짓말이 아니야."

옮긴이의 말

어느 날 아침, 잠에서 깨어나보니 하룻밤 사이에 내가 어른으로 변해 있었다. 깜짝 놀라서 부모님 방으로 달려갔는데, 엄마와 아빠는 아이들이 되어 있었다. 그 다음을 이야기하시오.

　이것이 중학교 2학년 불어를 담당하는 크래스탱 선생이 수업 중에 장난치다 걸린 세 학생, 이고르 라포르그, 조제프 프리츠키, 누르딘 카데에게 벌로 내준 작문 숙제다. 다니엘 페낙의 소설 『마법의 숙제』는 이 작문 숙제가 현실이 되어버리는 데서부터 시작한다. 아이들(그러니까 하룻밤 사이에 철딱서니 없는 다섯 살배기로 변해버린 엄마와 아빠)을 상대로 별안간 어른 노릇을 하게 된, 몸만 불쑥 커버린 세 아이들이 펼치는 이야기를 통해서, 페낙은 청

소년과 기성세대 간의 진정한 대화가 무엇인가 하는 문제에 새로운 접근을 시도하고 있다.

다니엘 페낙(본명:다니엘 페나키오니Daniel Pennacchioni)은 1944년 모로코의 카사블랑카에서 태어났다. 페낙의 학창 시절은, 본인이 말하고 있듯이, 열등생이다 못해 지진아라는 평가를 받은 불행한 시기였다. 심지어는 초등학교 1학년 내내 배운 게 알파벳의 첫 글자 A 하나뿐이라는 일화가 있을 정도다. 그러나, "걱정할 필요 없다. 일 년에 하나씩 배우다 보면 스물여섯 살이 되면 스물여섯 개의 알파벳을 다 알게 될 거니까"라고 위로하는 이해심 많은 아버지 밑에서 따뜻하게 자라난 그의 행복한 가정생활은 어린 페낙으로 하여금 학교생활이 주는 열등의식을 극복하게 해주었다. 이러한 성장배경은 권위주의적인 사회관습과 기회주의와 물질주의로 가득 찬 인간관계를 거부하며, 가족의 중요성과 타자에 대한 이해심을 강조하는 페낙의 작품세계에 지대한 영향을 끼쳤다. 그의 데뷔작이 군대의 비인간적인 조직사회를 비난하는 글이었다는 점은 이런 관점에서 볼 때 그다지 놀라운 것이 아니다.

그러나 다니엘 페낙이 문학에 내디딘 진정한 첫발은 아동문학을 통해 이루어졌다. 중학교 국어교사였던 페낙은 『카보 카보슈 Cabot-caboche』(1982), 『늑대의 눈 L'oeil du loup』(1984)을 발표하면서 처음 주목을 받기 시작하다가, 두 편의 탐정소설 『식인귀의 행복을 위해*Au Bonheur des ogres*』(1985), 『기병총요정*La Fée carabine*』(1987)이 프랑스 문단에서 드물게 보는 성공을 거두면서, 추리소설 애호가를 뛰어넘어 연령이나 성별을 가릴 것 없이 가장 광범위한 독자층을 가진 인기작가로 떠올랐다. "'독서하다' 라는 동사는 명령형을 참지 못하는 단어다"라는 문장으로 시작하는 페낙의 에세이 『소설처럼*Comme un roman*』은 페낙의 문학관이 무엇인지 잘 보여주고 있는 작품이다. 이 책에서 페낙은, 언어 형식에만 치중하는 아방가르드 문학에는 관심이 없음을 분명히 하면서, 독자란 전통문학이든 대중소설이든 좋아하는 것을 떳떳이 읽을 권리, 페이지를 뛰어넘을 권리, 한 권의 책을 끝까지 읽지 않을 권리, 혹은 아무것도 읽지 않을 권리가 있다고 선언하기도 했다. 이것은 성인이 된 독자들에게, 어른들이 해주던 이야기를 눈을 반짝이며 듣던 어린 시절의 그 즐거움을 다시 돌려주겠다고 하는 작가 페낙의 숨은 문학적 의도를 드러낸다. 페낙이 중요하게 생각하는 것은, 1970년대 이후 프랑스 문단에 지적 테러리즘을 행사해온 구조주의 학파나 누보로망 소설가들이 지식인 독자만을 상대로 '글쓰기écriture'에만 치중하면서 한켠에 제쳐놓았던 '책읽기lecture'의 문제, 즉 독서의 즐거움을 고학력의 문학이론 전문가가 아닌 일반 독자들에게 가져다주는 일이기 때문이다.

페낙의 이러한 문학관은 그가 1969년부터 살아온 파리의 서민촌 벨빌 지역과 깊은 관계가 있을 것이다. 파리의 서민적인 옛 모습을 아직 간직하고 있는 벨빌 지역은 향수와 모드와 박물관 그리고 문학 인텔리로 대변되는 화려한 프랑스 수도의 또다른 이면을 담고 있는 지역이다. 몽마르트르와 마찬가지로 언덕배기에 위치하고 있는 벨빌은 잡다한 직업에 종사하는 노동자들이 많이 살고 있으며 또 다양한 인종이 섞여 살고 있는 지역이기도 하다. 벨빌의 서민적 향기에 대한 작가의 특별한 애착은 『마법의 숙제』에서도 잘 드러난다. 일찍 아빠가 죽고 홀몸이 된 러시아 출신의 엄마를 돌보는 이고르 라포르그, 유태인 아빠, 프랑스인 엄마와 사는 조제프 프리츠키, 프랑스인 엄마가 바람이 나서 도망친 후 말을 잃어버린 모로코 태생 아버지와, 프랑스 사회에 동화한다는 문제가 하나의 강박관념이 되어버린 누나 라쉬다와 함께 사는 누르딘 카데, 이 아이들의 가정환경은 현대 가정의 붕괴와 다양한 민족이 섞여 사는 프랑스 사회를 단적으로 대변하고 있다.

어서 커서 마음대로 할 수 있는 어른이 되었으면 하고 아이들은 바란다. 또 그런 아이들을 상대로 어른들은 너희들 만 한 때가 가장 행복한 시절이라고 되풀이해서 말한다. 그렇게 서로 부러워한다면 어디 한번 역할을 바꿔보시죠, 이게 바로 이 소설의 주제다. 작문 숙제를 하면 작문의 주제가 곧 현실이 되어버린다는 내용의 이 소설은 언뜻 보기에는 동화인 것 같지만, 생의 단편에 대한 작가의 날카로운 지적을 담고 있는 리얼리즘 소설이기도 하다. 부모와 아이들이 서로 역할을 바꾼다는 줄거리를 통해 작가 페낙은 서로에 대해 품고 있는 편견과 고정관념을 공격한다. '요새 아이들'에 대해 어른들이 갖고 있는 이미지, '요즘 어른들'에 대해 아이들이 하고 있는 생각들이 얼마나 허상에 불과한 것인지를 말하고자 하는 것이다. 아마도 이십 년에 걸친 교직생활이 페낙으로 하여금 가정과 학교에서 벌어지는 작은 사건들이 담고 있는 의미를 잘 관찰할 수 있게 해주었을 것이다.

마지막으로, 이 글의 화자 '나', 모든 종류의 미신에 알레르기를 일으킬 만큼 반발하는 철두철미한 실증주의자 피에르 라포르 그가 자신이 이야기하고 있는 사건에 어떻게 반응하는지 주의깊게 읽는다면 더 흥미로운 독서가 되리라고 생각한다.

번역 대본으로는 1997년 프랑스 갈리마르 출판사에서 출간된 *Messieurs les enfants*을 사용했다.

2000년 겨울

신미경

지은이 **다니엘 페낙**
1944년 모로코 카사블랑카에서 태어나 아프리카, 동남아시아 등지에서 유년기를 보냈다.
대학에서 문학을 전공하고 1970년 파리 근교 수아송에 있는 중학교에서 교편을 잡았다. 대
표작으로 『식인귀의 행복을 위하여』 『기병총 요정』 『산문팔이 소녀』 『정열의 열매들』 등의
말로센 시리즈를 비롯해 『독재자와 해먹』, 르노도 상 수상작인 『학교의 슬픔』 등이 있다. 말
로센 시리즈는 프랑스에서만 편당 백만 부 이상 판매되었으며 전 세계 18개국에 번역 출간
되었다.

옮긴이 **신미경**
연세대학교 불문과와 동대학원 졸업 후, 프랑스 파리 3대학에서 문학박사 학위를 받았다.
현재 연세대학교에 출강중이다. 저서로 『프랑스 문화사회학』이 있으며, 『홍수』 『디아볼루
스 인 무지카』 『사회학의 문제들』 등을 우리말로 옮겼다.

문학동네 세계문학
마법의 숙제

1판 1쇄 2000년 12월 26일 | 1판 2쇄 2001년 5월 3일
2판 1쇄 2004년 2월 9일 | 2판 6쇄 2012년 11월 20일

지은이 다니엘 페낙 | 옮긴이 신미경 | 펴낸이 강병선
책임편집 최정수 황혜진 | 디자인 양섬문 이원경 | 저작권 한문숙 박혜연 김지영
마케팅 정민호 김도윤 박보람 | 온라인 마케팅 김희숙 김상만 이원주
제작 서동관 김애진 임현식 | 제작처 한영문화사(인쇄) 우진제책사(제본)

펴낸곳 (주)문학동네
출판등록 1993년 10월 22일 제406-2003-000045호
주소 413-756 경기도 파주시 문발동 파주출판도시 513-8
전자우편 editor@munhak.com | 대표전화 031) 955-8888 | 팩스 031) 955-8855
문의전화 031) 955-3576(마케팅) 031) 955-8860(편집)
문학동네카페 http://cafe.naver.com/mhdn

ISBN 978-89-8281-788-5 03860

www.munhak.com